도전하라

김시화 에세이

도전하라

© 김시화, 2022

1판 1쇄 인쇄 __ 2022년 02월 20일
1판 1쇄 발행 __ 2022년 02월 22일

지은이 __ 김시화
펴낸이 __ 이종엽

펴낸곳 __ 글모아출판
　　　　 등록 __ 제324-2005-42호

공급처 __ (주)글로벌콘텐츠출판그룹
　　　　 대표 __ 홍정표 **이사** __ 김미미 **편집** __ 하선연 최한나 권군오 문방희 **기획·마케팅** __ 김수경 이종훈 홍민지
　　　　 주소 __ 서울특별시 강동구 풍성로 87-6 **전화** __ 02-488-3280 **팩스** __ 02-488-3281
　　　　 홈페이지 __ www.gcbook.co.kr

값 20,000원
ISBN 978-89-94626-93-2 03810

도전하라

문화예술이 풍부하고 잘사는 교육도시, 강남 위에 하남 건설

김시화 에세이

글모아출판

고향이라는 단어가 주는 의미

사람은 누구나 최소한 한 가지 이상의 잊지 못할 자기만의 추억이 있다고 한다. 그리고 그 추억은 대부분 고향을 배경으로 이루어진다고 한다. 그래서 사람이 고향을 떠나 타향에서 살다가도 나이가 들어갈수록 고향이 그리워지고, 심지어는 그리워하는 것에서 멈추지 못해 타향에서의 삶을 모두 정리하고 고향으로 돌아가는 사람이 생긴다는 것이다.

물론 이 말이 꼭 그렇다는 것은 아니다. 사람이 살아가는 일반적인 이야기를 하다가 나온 말로 그렇게 말한 사람과 그 주변 사람들에게 국한된 사실이라고 치부해 버릴 수도 있다. 하지만 그냥 흘려버릴 말은 아닌 것 같다. 필자 주변 지인들의 말을 들어보아도 고향을 떠나 타향에서 자리 잡고 사는 사람들은 늘 고향이 그립고, 마음 한구석에 남아 있는 보금자리 같은 곳이라고 서슴없이 말한다. 고향이야말로 비록 그곳에 가지 않고 생각만 해도 우리를 따뜻하게 품어주는 영원한 보금자리인 것만은 틀림없다.

그런 면에서 필자는 너무나도 행복한 사람 중 하나다.

필자는 하남에서 태어나 하남에서 학창 시절을 보내고 하남에서 결혼해서, 군 복무를 위해 떠났던 시절을 제외하고는, 지금까지 하남을 떠난 적 없이 하남에 살아온 토박이 하남인이다. 하남의 분신이라고 자부할 수 있다. 그렇기에 누구보다 하남을 사랑한다고 자랑할 수도 있다.

고등학교 시절 4H 클럽 회장을 맡으면서 처음 봉사를 시작했고, 86년 아시안게임 자원봉사, 88서울올림픽 자원봉사와 1989년 1월 1일 하남이 시로 승격할 때 10만 하남시민을 대표해서 선서하는 영광을 누리기도 했다.

시의원을 세 번 역임하면서 시의회 의장으로 하남의 구석구석을 살펴보았고, 하남의 자랑거리와 하남이 새롭게 가꿔나가야 할 일들에 대해 고민하고 토론하고, 실행할 수 있는 발판을 마련하기 위해서 노력했다.

하남도시공사 사장을 역임하는 동안, 지금은 50만 자족도시를 대비하고 있지만, 그 당시만 해도 30만 자족도시로 성장할 하남을 위한 맞춤형 도시계획을 만들기 위해 노력해야 한다는 생각으로 '강남 위의 하남'이라는 슬로건을 내세웠다. 높은 수준의 경제, 교육, 문화예술을 누리고 있는 강남보다 살기 좋은 하남을 만들어 서울의 베드타운으로 전락하기 쉬운 수도권의 한 도시가 아니라 스스로 자족하는 도시, 하남을 만들어야 한다는 것이다. 그리고 나의 그런 생각을 뒷받침하기 위해서 도시공사 사장으로 재직하면서도 여러 가지 연구와 공부를 하는 데 게을리하지 않았다. 그리고 지금도 지인들과 함께 하남의 발전을 위해서 끊임없이 연구하고 토론하며 나날이 성장하는 하남의 모습이 맞춤형 도시로 발전하는 강남 위에 하남을 만들기 위해서 연구를 게을리하지 않고 있다.

　필자는 이미 두 권의 서적을 출간했다.

　처음 출간한 서적은『꼴망태』라는 제목으로 필자가 하남에서 태어나 성장하고 살아가면서 하남을 위해서 봉사했던 모습과 필자의 부친에 대한 추억 등 일상의 모습을 담아 출간한 자전적 에세이집이다. 두 번째『은방울꽃』역시 자전적 에세이집으로 필자의 하남도시공사 사장 재직 시절의 경험을 중심으로 하남을 맞춤형 도시로 설계하기 위한 구상을 함께 엮었었다.

　이번에 출간하는 세 번째 책『도전하라』에는 지금까지 필자가 지나온 여러 가지 삶을 종합하여 필자의 철학과 앞으로의 각오를 담았다고 하는 편이 옳을지도 모른다. 우선 제1부에서는 그동안 기고했던 칼럼들을 모았다. 3선 시의원과 시의회 의장을 역임한 필자의 정치철학은 물론 사람이 살아나가는 도리에 대한 필자의 생각들을 글로 옮겼다. 제2부에서는 필자 자신은 물론 우리 모두가 도전하는 정신으로 하루하루의 삶을 개척하고 살아나가자는 각오를 밝혔다. 삶이라는 것이 어렵고 힘들더라도 인간으로서의 도리를 지키며 주어진 임무에 충실하고 열심히 사는 진정한 모습을 보이면 언젠가는 반드시 꿈을 이룰 수 있다는 필자의 지론을 글로 옮긴 것이다. 그리고 그 실증을 위해서 후반부에는 필자가 하남도시공사 사장을 역임하면서 도전하는 정신으로 이룩했던 스타필드 하남에 대한 이야기를 잠깐 언급하는 동시에 그로 인해서 혹시 피해 볼 수 있는 상공인들에 대한 대책 역시 짧게 언급했다. 진심으로 하남의 미래를 생각하는 필자의 생각을 일부나마 글로 담은 것이다.

물론 지금까지 출간한 필자의 졸저들이 필자의 족적임에는 틀림없다. 하지만 그 모든 것은 필자의 고향이자 지금까지 살아온 삶의 터전이었으며 앞으로도 영원히 삶의 터전으로 남아 필자가 죽고 묻힐 하남을 진심으로 사랑하고, 그렇기에 하남의 발전을 위해서 늘 고민하고 생각하고 공부하는 가운데에서 나온 결과물 중 하나일 뿐이다.

서두에 언급한 바와 같이 고향은 설령 그곳에 가지 않고 생각만 해도 늘 사람을 따뜻하게 품어주는 곳이라고 한다. 그런 고향을 한 번도 떠난 적 없이 살고 있는 필자가 고향을 위해서 무언가 할 수 있는 것을 고민한다는 것은 너무나도 행복한 일이라고 확신한다. 그리고 앞으로도 내 고향 하남의 발전과 하남시민의 행복을 위해서 끊임없이 노력할 것이라고 이 지면을 통해서 감히 약속드린다. 그것이 바로 고향을 사랑하는 필자의 진정한 행복이기 때문이다.

2022년 봄을 향해 가는 겨울에
김 시 화

제2부 도전하라

칼럼
모음

도전하라

제1부는 그동안 필자가 매체를 통해서 발표했던 칼럼을 모았다. 시의원과 시의회 의장을 역임하는 정치 생활을 하면서 가졌던 필자의 정치에 대한 철학과 함께 하남도시공사 사장을 역임하는 등의 여정을 지나오면서 겪은 여러 가지 경험을 토대로 사람이 살아가는 도리와 모습 역시 피력해 보았다. 필자의 삶과 일에 대한 나름대로의 철학을 담은 글들을 모은 것이다.

　흔히 역사에는 만약이 없다고 한다. 마찬가지로 우리 삶 역시 만약 그때 이렇게 했었다면 하는 반성이나 가정은 있을지 모르지만 돌이켜서 그 만약을 실행할 수는 없다. 하지만 만약이라는 전제를 달아서 지난날을 생각해 보고 잘못된 것을 알게 된다면 앞으로는 그렇게 하지 않겠다고 각오는 할 수 있다. 또한 내가 한 일을 아니지만, 이웃들이 한 일을 보면서 만약 잘못되거나 불합리한 것이 있다면 나는 그렇게 하지 않겠다고 생각하고 비슷한 일을 겪을 때 올바로 할 수 있다. 그래서 사람은 생각하는 동물인 것 같다.

미·중 패권 전쟁의 시작

-미·중 갈등과 우리가 나갈 길 Ⅰ-

2021년 3월 18일과 19일 양일에 걸쳐서 미국 알래스카 앵커리지에서는 미국과 중국의 최고위급 외교회담이 열렸다. 미국에서는 토니 블링컨 국무장관과 제이크 설리번 백악관 국가안보보좌관, 중국에서는 양제츠 공산당 외교 담당 정치국원과 왕이 중국 외교 담당 국무위원 겸 외교부장이 참석한 최고위급 회담으로 정상회담 못지않게 중요한 회담이었다.

모두 아는 사실이겠지만, 최고지도자만이 내릴 수 있는 결단이 정말로 필요한 일이 아니라면, 정상회담에서는 조약을 체결하면서 서로의 우호를 다지는 정도이고 나머지는 실무진에 의해서 사전에 조율되어 결정되는 것이 국제적인 관례다. 따라서 이번에 열린 회담은 정상회담 못지않게 중요하고 의미 있는 회담이라고 할 수 있다. 그런데 회담은 시작부터 난타전으로 시작해서 결론은 아무것도 도출하지 못한 빈껍데기가 되고 말았다.

이에 대해서 전 세계는 각자 나름대로 평을 내놓았고, 중국은 스스로 성공한 회담이라고 희희낙락했다. 최고위급 외교회담이 결렬된 이후 중국 언론과 중국인들은 자신들의 승리라고 열광한 것이다. 공동성명 채택도 못 한 회담을 승리라고 자축한 중국의 속내는 무엇이며 또 왜 그런 일들이 일어나야만 했을까? 그것은 한마디로 중국이 미국 앞에서 제 목소리를 냈다는 것으로, 하루 이틀 묵은 것이 아니라 세기에 걸쳐 묵었던 감정을 털어 냈다는 것이다.

이날 회의가 개시되자마자 미국의 블링컨 장관은 중국의 인권 문제, 특히 신장위구르 지역과 홍콩의 인권에 대한 문제와 대만 문제 등을 거론하며 중국이 국제질서를 위반하고 있다고 공격했다. 이에 대해 중국의 양제츠 정치국원이 미국의 인권은 세계 최저 수준으로 지금도 흑인들이 학살당하고 있다고 받아치면서, 결국 인권 문제에 대한 다툼 이상 진척된 것이 없는 회담이었다. 그러나 중국은 미국이 제기한 인권 문제에 대해서 충분히 반박했다는 판단으로 자신들이 이긴 회담이라고 자평한 것이다. 이른바 패권 전쟁을 시작한 것만 해도 승리한 것과 다름없다는 의미다.

중국은 1842년 8월 29일, 난징 인근에 정박 중이던 영국 해군의 '콘월리스 호' 함상에서 영국 전권대사 헨리 포팅어와 난징 조약을 맺어 홍콩을 조차하면서 서양의 발굽 아래 짓밟히기 시작한다. 1844년 미국과 맺어진 왕샤 조약으로 인해서 미국에 문호를 개방하면서도, 조약 자체가 불평등한 조약으로 맺어져 늘 불이익을 당하며 짓눌려 지내야만 했다. 그런데 이번 회담에서 양제츠가 무려 177년 만에 미국 앞에서 큰소리를 친 것이다.

중국이 미국과 왕샤 조약을 체결할 당시에는 지금의 중화인민공화국 체제는 아니었다. 하지만 비록 청나라가 중국을 지배하고 있던 체제라고 할지언정 한족(漢族)이 생활하는 곳이 지구의 중심이라는 자부심에 중원(中原)이라 부르며, 전 세계에서 가장 뛰어난 문명을 누린다고 자부하며 부르던 중화(中華)라는 이름이 서양 세력에 짓눌려 처참하게 무너져 내렸고, 그 이후로 미국을 포함한 서양 세력에게 큰소리를 쳐 본 적이 없었다. 그런데 무려 177년 만에 미국 앞에서, 그것도 전 세계가 보는 앞에서 서양 세력의 최고봉이라고 해도 과언이 아닌 미국에게 큰소리를 쳤으니 중국으로서는 당연히 승리한 회담이라고 열광할 수밖에 없었던 것이다.

얼핏 보기에는 지금 벌어지고 있는 미·중 갈등이 트럼프 대통령 시절의 무역 갈등에서 시작된 것으로, 바이든 대통령이 당선되면 잘 타협될 것을 기대했을 수도 있다. 미국 우선주의를 부르짖던 트럼프는 당연히 그럴 수 있다지만, 바이든은 트럼프에 비해 훨씬 유화적인 정책을 펼 것으로 기대했기에 타협하기 쉬울 것으로 전망했을 수도 있다는 것이다. 그런데 오히려 중국에 대해서 더 날을 세우는 것이 지금 당장 눈에 보이는 시각이다.

당연히 그럴 수밖에 없는 이유는, 지금 눈에 보이는 것 이면에서 미국과 중국은 세계 최고의 패권이라는 아주 커다란 틀을 서로 거머쥐기 위해서 노력하고 있기 때문이다. 바이든 역시 다른 것이라면 몰라도 패권만큼은 절대 양보할 수 없는 것이 현실이다. 그것을 양보하는 날에는 자신과 민주당은 정권을 잃지만, 미국은 모든 것을 잃는다고 생각하기 때문이다.

일대일로(一帶一路)

-미·중 갈등과 우리가 나갈 길 Ⅱ-

중국이 세계 패권을 거머쥐기 위해서 추진하는 전략은 일대일로(一帶一路)다.

시진핑 중국 국가주석이 2013년 9월부터 10월 사이에 중앙아시아 및 동남아시아를 순방하면서 제시한 전략이다. 중국이 중심이 되어 주변 60여 개국을 포함한 거대 경제권을 구성하여 중화주의를 부활하겠다는 의지를 표방한 것이다. 다시 말하자면 미국의 일방적인 국제 패권을 잠재우고 중국이 아시아에서 유럽을 거쳐 아프리카까지 뻗어나가 새로운 패권국가가 되겠다는 의지를 드러낸 것이다.

일대일로를 한마디로 정의하자면 새로운 실크로드 전략이다. 새로운 실크로드를 통해서 중국을 중심으로 하는 거대한 경제권을 형성하겠다는 것이다.

'일대(一帶)'는 여러 지역이 통합된 '하나의 지대(one belt)'를 가리키는 것으로 중앙아시아와 유럽을 잇는 육상 실크로드를 뜻한다. 이미 중국으로서는 커다란 재미를 본 경험이 있는 육상교통로에서, 낙타가 교통수단으로 활용되던 그 길을 철도로 연결하겠다는 것이다.

'일로(一路)'는 '하나의 길(one road)'로 동남아시아와 유럽, 아프리카를 연결하는 해상 실크로드를 뜻한다. 600년 전 명나라가 개척했던 남중국해-동남아시아-인도양-아프리카를 잇는 바닷길을 활용해서 중국을 중심으로 새로운 경제체제를 구축하겠다는 목표다.

그 무기는 2100년 전처럼 비단과 향신료가 아니라 중국이 주도하여 설립한 아시아인프라투자은행(AIIB)과 400억 달러 규모의 펀드 등 자금원을 무기로 대용하는 것이다. 중국이 주도하는 인프라투자은행을 앞세워 달러와 함께 중국 위안화를 공식 화폐로 사용하겠다는 계획을 발표하고 나선 것이다. 즉, 중국 위안화를 국제 통용화폐로 만드는 촉매로도 일대일로를 사용하겠다는 것이다.

미국으로서는 그냥 두고 볼 수 있는 일이 아니다.

유럽이야 미국과의 관계나 러시아와 대치하는 상황 등을 고려하면 안보상의 협력관계가 절대적으로 필요하므로 괜찮다고 할 수 있을지 모르지만, 경제 문제가 꼬이고 들어서면 장담할 수 없는 일이다.

아시아 역시 언제 중국 편으로 돌아설지 모른다. 특히 북한의 경우는 핵을 보유하고 있는 관계로 미국마저 마음대로 휘두르지 못하는데 중국 편에 설 것은 누가 뭐래도 자명한 일이다.

특히 아프리카는 절대 마음을 놓을 수 없는 곳이다. 그들은 경제적인 지원만 약속하는 곳이 나타나면 언제 등을 돌릴지 모르기 때문이다.

최근에는 일대일로가 중국의 배만 불려주는 정책이라는 비난의 여론도 나오고 있다. 중국이 고금리로 개발도상국에 차관을 빌려주고 2년에 한 번씩 상환하도록 함으로써 오히려 개발도상국들을 착취하고 있다는 것이다. 만일 그 말이 사실이라면 중국은 자신들의 목적을 위해서 언제든지 정책을 수정할 것이다.

일대일로가 비난을 받게 되면 중국은 비난받는 내용에 대한 수정을 가해서, 어떤 방식으로든 위안화를 국제통화로 만들고 아시아를 넘어서 국제적인 경제 맹주가 되겠다는 꿈을 버리지 않고 계속 추진할 것이다. 실제로 중국은 이미 그럴 정도의 경제력을 갖췄다는 것이 중요한 것이고 우리 대한민국 역시 그런 점에서 어쩔 수 없이 중국 눈치를 안 볼 수 없는 것이다.

중국은 우리 대한민국의 1위 교역국일 뿐만 아니라 그동안 교역에서 경제적으로 많은 재미를 볼 수 있게 해 준 나라임에 틀림이 없다. 단지 그런 이유가 전부는 아니겠지만, 문재인 정부가 코로나19 비상시국임에도 불구하고 시진핑 답방 추진에 공을 들이고 있는 이유 역시 그런 맥락에서도 볼 수 있다는 것이다. 물론 북한의 핵 문제가 우선순위일 수도 있지만, 아무튼 지금 이 시점에서 미국만 믿고 중국을 배제할 수 없다는 의도인 것만은 확실하다.

중국 역시 대한민국의 그런 입장을 잘 알고 있다. 아울러 대한민국이야말로 자신들이 추진하는 일대일로에 참여만 해 준다면, 지리적으로나 미국과의 우호적인 측면에서나 그 꼭지점에 가장 근접하게 설 수 있는 나라라는 점을 잘 알기에 자신들의 일대일로 정책에 참여해 주기를 기대하고 있는 것은 틀림없다.

쿼드(Quad)와
우리 대한민국의 대응 자세

-미·중 갈등과 우리가 나갈 길 Ⅲ-

중국의 일대일로에 대응하는 것이 바로 미국의 쿼드(Quad)다.

쿼드는 본래 4채널을 뜻하는 영어로 미국·인도·일본·호주 4개국이 참여하고 있는 다자간 안보 회의를 말한다. 이 회의의 근원은 1992년부터 미국과 인도가 합동해상훈련을 실시하던 것을 계기로, 2007년부터 아시아 태평양 주요 4개국인 미국·인도·일본·호주의 지도자가 모여 정보 교환 및 회원국 간 군사 전략에 관한 대화를 함으로써 시작된 것이다. 그리고 그 본격적인 시동을 건 것은 일본의 아베 전 총리다.

아베는 2012년 12월 '아시아 민주주의 안보 다이아몬드'라는 글에서, 다이아몬드 형태의 블록으로 연결되는 미국·호주·인도·일본 4개국이 민주주의 가치를 공유하는 집단 안보를 통해 부상하는 중국을 억제해야 한다고 주장했다. 이것은 아시아 태평양 주요국들이 반(反)중국 군사동

맹을 결성해서 중국이 세계적인 패권을 차지하는 것을 방어해야 한다는 미국의 의사가 다분히 반영된 것이다. 그러자 2013년 중국은 일대일로를 선언했고, 결국 미국은 2020년 8월 31일 쿼드를 공식 국제기구로 만들었다. 그리고 한국·베트남·뉴질랜드 3개국을 더해 '쿼드 플러스'로 확대할 의도를 밝혔다. 하지만 대한민국은 쿼드 플러스론에 미온적인 태도를 보이고 있다. 대한민국 정부가 이렇게 조심성 있게 행동해야 하는 이유는 중국이 일대일로에 참여하기를 희망해도 반응하지 않는 것과 같은 이유로, 안보와 경제가 동시에 얽혀 있기 때문이다.

우리 속담에 소나기는 일단 피하라고 했다.

지금 쏟아지는 중국과 미국의 패권 다툼이라는 소나기를 잘못 맞으면 우리에게는 엄청난 피해로 귀결된다. 나라의 존망이 걸려 있다고 해도 과언이 아닐 수도 있다. 자존심 상하는 표현이라고 할지 모르지만, 솔직히 그게 현실이다.

무엇보다 중요한 것은 안보 문제다.

우리는 제2차 세계대전의 종전과 함께 전통적으로 미국과 안보 동맹국으로 살아왔다. 비록 그 내용상으로는 미국이 자국의 국익을 위해서 일방적으로 억지를 부린 것도 있고, 불합리한 점도 있기에 병 주고 약 주는 경우도 겪었다지만, 그런 미국 덕분에 북한의 남침으로 발발한 참혹한 6·25 동란에서 살아남을 수 있었던 것도 사실이다. 그러나 최근에는 간과할 수 없이 중요한 것이 중국의 영향력이다. 북한의 핵 문제를 이야기할 때는 더더욱 그렇다. 미국의 정권이 바뀌기 전인 트럼프 대통령 시절 이야기라고는 하지만, 북미 정상이 무려 세 번이나 만났음에도 불구하고 북한 핵 문제에 있어서는 아무런 진전을 보지 못했다. 따라서 그 문제에 대해서는 미국보다는 오히려 중국이 나서서 해결하는 편이 낫다고 생각할 수도 있다. 물론 중국이 개입한다고 해서 북한이 핵을 포기할 것이라고 기대하기는 극히 힘든 문제지만, 일단 미국보다는 낫다고 볼 수도 있다는 것이다. 자칫 미국과 북한의 줄다리기 결과로, 그나마 유지되고 있는 한반도의 평화가 흔들리는 것을 막을 수 있다는 기대라도 가질 수 있다는 것이다. 하지만 그렇다고 중국을 믿고 안보를 맡길 수도 없는 노릇이니 그게 문제다.

다음은 경제적인 문제다.

미국이나 중국 모두 우리에게는 중요한 교역 국가다. 특히 중국은 우리나라 제1의 교역 국가라는 것은 지나칠 수 없는 현실이다. 중국이 경제적인 보복을 마음먹는다면 우리나라 경제는 커다란 타격을 받지 않을 수 없다. 그런데 그런 상황은 미국의 경우라도 마찬가지로 야기될 수 있다. 미국이나 중국 두 나라 중 하나라도 마음만 먹으면 우리나라 경제를 휘청거리게 할 수도 있다는 것이다. 자칫 잘못하다가 두 나라의 패권 경쟁에 휘말려 들게 되면, 공연히 엄청난 손해만 볼 수 있다. 물론 우리나라 경제에 적신호가 생기면 파생되는 여러 가지 국제 경제의 심각한 문제 때문에 섣부르게 행동하지는 않겠지만, 미국이나 중국이 궁지에 몰리면 그럴 수도 있다는 것이다.

솔직히 이런 말을 하는 자체가 부끄럽고 한심스럽지만 그게 힘없는 나라의 현실이다. 따라서 지금 우리가 나갈 길은 시대의 상황에 잘 순응하는 것 이외에는 다른 방법이 없다. 바람이 불면 함께 움직인다는 표현이 맞을 것이다. 국제 정세의 흐름을 빨리 읽고 순발력 있게 대응함으로써 미·중 양국의 패권주의 다툼에 희생양이 되지 않게 살아남아야 한다. 훗날 우리가 절대 강국으로 부상하는 그 날을 위해서라도, 지금은 줄타기 외교의 묘수를 보여주는 것이 가장 현명한 방법이라고 할 것이다.

미·중 전쟁의 근본 원인
-미·중 패권 전쟁의 명(明)과 암(暗) Ⅰ-

　세상 모든 일에는 명과 암이 있다. 아무리 나쁘고 불행한 일일지라도 큰 틀에서 본다면 반드시 명과 암이 있다. 비난받을 수도 있는 소리지만 코로나19로 인해서 모두가 고통받고 힘든 와중에서도 경제적으로는 이득을 보는 업종이 있다는 사실은 모두가 아는 일이다. 또한 대한민국이 IMF 구제금융을 받던 시절에 원자재를 수입해서 비축했던 업체나 수출하는 업체들은 환율의 상승으로 인해서 오히려 득을 봤던 것 역시 사실이다. 그런 원칙이 존재한다면 세계 경제의 흐름과 무력의 주도권을 쥐기 위한 미·중 패권 다툼에도 우리에게 상대적으로 명과 암이 존재할 것이고, 우리는 우리가 나갈 길을 제시해 줄 수도 있는 명(明)을 찾기 위해서 노력해야 한다.

　미·중 패권 다툼에 대한 중국의 궁극적인 목적 중 커다란 하나는 위안화의 위상 확보다. 달러화가 세계 경제를 좌우하는 통용화폐로 독주하는 것에 대응하여, 위안화 역시 국제 통용화폐로 만들어 중국도 세계 경제의 주도권을 쥐어 보겠다는 것이다. 중국은 그런 노력의 일환으로 2020년 8월 왕이 외교부장을 유럽에 특사로 파견하여 독일, 네덜란드, 프랑스, 노르웨이, 이탈리아 등 유럽 5개 국가를 방문하였으나 오히려 인권 문제에 대한 비난만 잔뜩 안고 돌아서는 결과를 초래하였다. 득은 없고 오히려 비난의 불씨만 키운 결과가 되고 말았다.

거기에다가 코로나19가 세계적인 유행으로 번지자 트럼프 당시 미국 대통령은 우한폐렴이라고 부르면서 공공연히 중국이 그 발상 원흉이라고 지목하고 나섰다. 물론 미국 대통령은 선거로 교체되었지만, 그렇다고 신임 바이든 대통령이 중국이나 전 세계에 대해 완화 정책을 펴는 것도 아니다. 트럼프는 사업가적인 기질을 발휘해서 말로 떠들면서 눈에 보이게 미국 우선주의를 부르짖었다. 미국 시민을 보호하기 위해서 불법 체류자를 추방하며, 멕시코 장벽을 쌓는 가시적인 미국 우선주의를 폈다. 그에 반해서 바이든 행정부는 떠들썩하게 벌이지는 않지만, 실질적으로는 더 강한 미국 우선주의 정책을 펴고 있다고 해도 과언이 아니다. 당장 코로나 백신에 대한 정책만 보아도 미국이 살아야 세계가 산다는 정책을 펴고 있다. 그리고 그다음이 주변 국가이고 쿼드 국가 이후에 우방이라는 논리다. 미국에 가까이 있어서 영향을 줄 수 있는 나라와 머리 조아리고 들어오는 나라부터 백신을 나누어 주겠다는, 미국 우선주의를 넘어서 미국 우월주의까지 포함된 정책을 펴는 것이다.

바이든 미국 대통령이 스가 일본 총리와 정상회담을 하면서 오찬으로 햄버거 하나 디밀고 언어 낸 것은 중국을 자극하는 선을 넘어섰다. 물론 도쿄올림픽에 대한 언질도 받았겠지만, 스가 총리는 햄버거 오찬이라는 치욕을 감수하면서 센카쿠 열도에 대한 분쟁 시 미국의 개입이라는 한마디에 녹아 대만 문제와 신장·홍콩 등의 인권 문제 등 미국이 중국을 향해 꺼내고 싶은 포화를 앞장서서 열어 주었다. 중국으로서는 당장 그에 맞설 국제적인 유대관계의 힘이 부족하다는 것을 스스로 알기에 시진핑은 대국으로서의 면모를 지키라는 한마디를 할 수 있을 뿐이었다. 그리고 다시 유럽으로 팔을 뻗어 유럽과 공조를 모색하고 있다. 그러나 이미 한 번 치욕을 당한 중국으로서는 인권 문제가 걸림돌이 되어 쉽지만은 않을 것이다.

인권 문제라고 한다면 비단 중국만의 문제는 아니다. 솔직히 유럽이나 미국 모두 아직도 백인 우월주의에 젖어 있는 것은 사실이다. 그리고 그런 정신적인 자세가 실제로 행동으로 나타나 자주 문제가 되고 있다. 물론 정부가 공식적으로 표방하는 정책이 아니라, 일개 개인이나 단체의 행동일 뿐이라고 변명한다면 할 말은 없다. 민주주의라는 정체(政體)로 개인을 제재할 수 없어서 벌어지는 일이라고 한다고 되는 일이 아니다. 그럼에도 불구하고 중국은 정부가 조직적으로 벌이는 일이라는 점에 대해서 미국과 유럽이 문제를 제기하고 나서는 것이다.

그러나 인간의 기본권을 보장한다는 인권이라는 기본 개념에서 본다면 소위 강대국이라는 나라들은 모두 할 말이 없다. 자신들의 이익을 위해서라면 어떤 나라가 내전에 휘말려 엄청난 인명 손실을 보더라도 부추기는 것이 현실이다. 강대국은 무기를 팔아서 부를 축적하는 동안 무고한 생명이 무참히 죽어가는 인류의 기본 인권을 말살하는 행위다. 그런데도 유독 중국의 인권이 문제가 되는 이유는 중국은 자신들이 가져야 할 영토 이상을 부당하게 점유하고 그에 대한 독립을 막으려다 보니 신장이나 티베트는 물론 대만 문제까지 야기되어 당장 눈에 보인다는 것이다.

미·중 전쟁은 역사와 문화에서 출발

-미·중 패권 전쟁의 명(明)과 암(暗) Ⅱ-

   미국과 중국의 충돌 원인을 분석하기 위해서는 먼저 두 나라의 역사와 문화에서 기인하는 근본적인 차이부터 살펴보아야 한다.

   중국의 역사는 약 3천 년이다. 그동안 줄곧 절대 권력을 소유한 황제가 다스리는 전제주의 국가와 공산당 독재로 이뤄지는 통치로 존속했을 뿐이다. 혼란기라지만 그나마 공화정 비슷한 중화민국이라는 역사가 30여 년 동안 존속하는가 싶더니, 1949년 10월 1일 중국공산당이 베이징을 수도로 공산 중화인민공화국이 들어서면서 전제주의보다 더 심한 통치가 이루어진다. 황제가 지배하던 시대에는 대신들이 목숨 걸고라도 백성들을 지켜내기 위해서 노력하기도 했고, 또 실제로 그런 노력의 결과가 포악한 황제를 견제하는 역할을 수도 없이 해 왔다. 그러나 공산당이 집권하면서는 오히려 황제가 집권하던 시대보다 더 살벌한 권력구조가 이루어질 수밖에 없었다. 이건 이기지 않으면 죽는 그런 권력이다. 권력을 손에 잡지 못하면 목숨을 내놓는 정권이다 보니 하루도 마음을 놓을 수 없었다. 중국의 3천 년 역사는 원나라와 청나라에게 짓밟혀 지배를 당하던 역사를 포함해서 온통 투쟁의 역사다. 한눈팔면 목숨이 날아가는 역사였고 그 역사는 지금도 지속되고 있다. 최고 권력자가 황제로 추앙받던 시기와 마찬가지로 시진핑은 자신의 임기를 연장하고 천안문 안에서 고대 황제처럼 군림하며 강한 중국을 공언하기 시작한 것이다.

미국의 역사는, 토머스 제퍼슨이 기초한 독립선언서가 회의에서 채택된 1776년 7월 4일을 기념하는 미국의 독립기념일을 기준으로 해도, 이제 겨우 245년이다. 역사로 보면 신생국가라고 해도 과언이 아니다. 산업혁명으로 인해서 남아도는 인력을 처분하기 위해서 개발에 박차를 가하던 신대륙에서, 우월한 화력을 바탕으로 원주민 인디언들을 무차별 살생하고 손쉽게 획득한 영토에 선만 그으면 자신의 땅으로 만들고 살던 이들이 만들어 낸 나라다. 그들의 투쟁은 영토를 얻기 위한 투쟁이라기보다는 더 많은 돈을 벌기 위한 투쟁이었다. 권력도 땅도 돈만 있으면 해결되는 자본주의로 시작해서 지금도 오로지 돈만이 모든 것을 해결해 주는 자본 만능주의에 취해서 살고 있는 나라다. 죄를 지어도 돈만 있으면 보석으로 석방될 수 있는 나라에 사는 그들에게 어찌 보면 투쟁이라는 단어는 어울리지 않는 단어일 수도 있다. 정권의 고위층에서의 암투도, 기껏해야 정권을 잃고 측근들이 가진 이권을 잃는 것이지 목숨은 부지한다. 그리고 시간이 지나면 적당히 타협하거나, 그것도 아니면 그 다음번 선거에서 자신이 속한 정당이 정권을 되찾아 옴으로써 적당히 해결된다.

3천 년 역사와 245년 역사가 마주하는 싸움이다. 그럼에도 불구하고 쉽게 결판이 나지를 않는다. 역사가 길면 주변국의 호응도 등에서 많은 이점을 얻어 그만큼 유리할 것 같은데 그렇지를 못하다. 그 이유는 단순한 역사가 아니라 그 역사 안에 숨겨진 흑막 때문이다.

중국은 자신들의 역사를 3천 년이라고 했었다. 그러나 최근에 와서는 자국 역사를 1만 년으로 만들기 위해서 안간힘을 쓰고 있다. 그 이유는 전부 중국이 불법으로 강점하고 있는 영토를 지키기 위해서다. 난하 동쪽에 위치한 만주는 물론 내몽골, 신장위구르, 티베트 등 소위 자치구라는 허울을 붙여 불법으로 강점한 영토들을 지키기 위해서 혈안이 되어 있는 것이다.

만주는 청나라 발상지다. 청나라야말로 중국이 자신들의 역사에서 가장 지워 버리고 싶으면서도 절대 지울 수 없는 역사다.

중국은 청나라를 자신들의 역사가 아니라 자신들을 지배한 역사라고 해서 청나라로부터의 독립을 이념으로 혁명을 일으켜서 건국한 나라다. 바로 신해혁명이 중화인민공화국을 건국하는 원동력이 된 혁명인데, 그 혁명의 이념이 멸만흥한(滅滿興漢) 혹은 멸청흥한(滅淸興漢)으로 만주족이 세운 청나라를 멸하고 한족의 나라를 세운다는 것이다. 당연히 청나라의 발상지이자 근거인 만주를 자신들의 영토라고 인식하지 않은 상태에서 도출된 방정식이다. 쉽게 말하자면 신해혁명은 한족 중심인 지금의 중국이 청나라로부터 독립하기 위해서 일으킨 독립운동이었다. 한족 중심인 지금의 중국 초대 주석인 마오쩌둥 역시 독립운동에 참여했다가 공산당에 가입해서 자신이 된 것임을 자인했다.

그런데 제2차 세계대전의 종전과 함께 그 방정식이 어긋나기 시작했다.

제2차 세계대전은 미·영·소·중 연합 4개국의 승전으로 끝나고, 연합 4개국은 동북아 영토를 자신들의 취미에 맞게 분할했기 때문이다.

제2차 세계대전의 종전과
연합국의 만행
-미·중 패권 전쟁의 명(明)과 암(暗) Ⅲ-

제2차 세계대전이 연합국의 승리로 끝나면서 미·영·소·중 연합 4개국은 동남아 영토를 마치 전리품 나누듯이 나눴다.

당시 미국에게 가장 중요한 것은 아시아에 자신들의 전초기지를 두는 것이었다. 물론 한반도가 있었지만, 그들에게 한반도는 너무 부담스러운 땅이었다. 완전히 자신들 마음대로 주무를 수 있는 땅이 필요했다. 그러기에 가장 안성맞춤인 곳은 오키나와였다.

오키나와는 원래 류큐왕국으로 1879년 일본이 강제 병탄한 곳이다. 류큐왕국은 조선 성종 2년(1471) 당대 최고 석학인 신숙주 선생께서 왕명을 받들어 편찬한 해동제국기에 유구국(琉球國)이라는 이름으로 소개되는 나라다. 그들은 일찍부터 해외무역에 상당한 재주를 지닌 민족으로 아시아와 오세아니아를 비롯한 주변의 모든 나라와 교역을 하며 부를 축적했다. 그들은 자신만의 고유한 언어는 물론 문자도 보유한 나라로 일본보다 선진국이었으나, 일본이 메이지유신으로 근대화를 이룩하고 남아도는 군부 세력을 소진하기 위한 방편의 하나로 오키나와의 수리성을 공격하여 함락함으로써 병탄한 나라다. 제2차 세계대전의 종전과 함께 패전국 일본의 손을 벗어나 당연히 독립되었어야 하는 나라다. 그러나 오키나와의 전략적 중요성을 누구보다 잘 아는 미국이 그들의 독립을 방해하고 만 것이다.

오키나와는 제2차 세계대전 당시 점령군 일본군을 몰아내기 위해서 미국이 병력 18만 명을 투입한 곳이다. 3개월 동안 벌인 전투에서 사령관인 사이먼 중장이 전사하는 등 무려 12,000명의 미군이 전사했다. 부상자는 36,000명으로 말할 수 없이 큰 인적, 물적 피해를 입었다. 그 이유는 오키나와가 천연의 요새라서 낮과 밤의 전략을 달리해도 점령하기가 너무나도 힘든 곳이었기 때문이다. 군사적인 매력이 철철 넘치는 이런 곳이야말로, 미국이 아시아는 물론 오세아니아까지 손아귀에 넣고 통제하기 위한 해병대 기지를 세우기에는 최고의 적격지였다.

소련은 자신들의 영토와 붙어 있는 사할린과 그 연해에 있는 쿠릴열도를 차지하는 것이 동구권에 위성국을 만드는 것 이상으로 중요했다.

홋카이도는 사할린과 쿠릴열도와 함께 아이누족의 영토로, 일본이 우리 한민족의 대마도를 강점하던 1868년에 병탄한 곳이다. 아이누족은 자신들의 고유한 문화와 언어를 가지고 생활하던 독립된 민족이다. 그들 역시 제2차 세계대전의 종전과 함께 사할린과 쿠릴열도, 홋카이도를 되찾아 일본으로부터 독립했어야 하는 나라다. 그럼에도 불구하고 소련은 사할린과 쿠릴열도를 잃는 것은 자국의 안보에 위협이 될 수도 있다는 생각에 무조건 차지하기 위해서 아이누족을 희생시킨 것이다. 단순히 아이누족을 희생시킨 것에서 그치지 않고 일본에게 엄청난 이익을 주고 만 것이다.

제2차 세계대전의 승전국인 연합 4개국은 정작 일본 영토를 나누기는커녕 홋카이도를 아이누족에게 돌려주지 않았을 뿐만 아니라 미국이 해병대 기지를 설치하느라고 오키나와를 기본으로 하는 류큐국을 독립시키지 않아서, 류큐제도와 오키나와가 일본 영토로 남게 되었다. 그 바람에 홋카이도와 같은 시기에 일본에 강점된 우리 한민족의 대마도 역시 반환받지 못한 것이다. 일본은 제2차 세계대전 이전에 동남아에서 병탄한 영토 중 상당 부분을 그대로 유지하게 되어, 패전국이 오히려 승전국의 지위를 누리게 되었다. 이 모든 것이 연합국이 자신들의 욕심을 채우기 위해서 동남아 영토를 난도질한 이유에서 기인한 사실들이다.

미국과 소련이 위와 같이 자신들의 욕심을 채우는 동안 영국은 오늘날처럼 글로벌 세상이 될 것이라는 예측을 하지 못하고 오로지 아시아 시장의 교두보 확보를 위해서 홍콩을 조차하기로 하면서 묵시적으로 미국과 소련의 횡포를 눈감아 준다.

결국 미국과 소련, 영국은 자신들이 승전국이라는 사실을 활용해서 자신들의 욕심을 채운 것이다. 그런 모습을 보면서 중국이 가만히 있을 리가 만무하다. 더더욱 홍콩까지 영국에 내준 배경에는 무언가 커다란 흑막이 있는 것은 빤한 이치다.

그 당시에는 중화민국으로 장개석이 이끌던 중국은 자신들의 요구를 미·영·소 3개국에 전하고, 동북아를 난도질해서 자신들이 원하던 바대로 흡족하게 챙긴 3개국은 흔쾌히 받아들인다. 만주에 있던 만주국을 해체하고, 그 영토를 부당하게 중국에 귀속시키는 천인공노할 범죄를 저지른 것이다. 그야말로 인류 역사상 영원히 지울 수 없는 커다란 범죄를 저지른 것이다.

일본의 만주(滿洲)에 대한 투자

-미·중 패권 전쟁의 명(明)과 암(暗) IV-

만주는 제2차 세계대전이 끝났을 때 중국에서 기간산업이 가장 잘 발달된 곳으로 산업화를 이룩한 곳 중 하나였다. 일본이 만주를 점령하여 자국 영토화하기 위해서 엄청난 공을 들인 덕분이다. 여북하면 모택동이 집권했을 때 만주를 공화국의 장자라고 불렀는지 짐작이 가는 일이다.

제2차 세계대전 당시 만주에는 만주국이 있었다. 일본은 만주를 점령하기 위해서 한일병탄 이전부터 공을 들였다. 1905년의 을사늑약으로 대한제국의 외교권을 박탈하여 강점한 일본은 1909년 간도협약을 통해서 만주의 이권을 챙기기 시작한다.

간도는 대한제국이 간도의 백성들을 보호하기 위해 1902년 이범윤 장군을 간도시찰원으로 파견하였으며, 1903년에는 간도관리사가 되어 세금을 징수하여 군대 유지비를 충당하는 등 청나라에 납세할 의무가 없다고 선언할 정도로 대한제국의 영토라는 인식이 자리 잡은 곳이다. 반면에 청나라는 만주가 자신들의 발상지라는 것을 내세워 대한제국 수립 이전인 조선 시대부터 간도를 자신들의 영토로 인정받기 위해서 안간힘을 써 왔다. 그런 틈새를 노려서 간도협약을 통한 이권을 챙기려 한 자들이 바로 일본이다.

　일본은 청나라가 압록강과 두만강을 대한제국과의 국경으로 못 박고 싶어 한다는 것을 누구보다 잘 알고 있었다. 따라서 자신들이 대한제국의 외교권을 대행한다는 명분을 내세워 간도협약을 맺으면서 제일 먼저 청나라가 원하는 대로 국경 문제를 들어주면서 자신들이 원하는 바를 얻어 낸 것이다. 두만강을 양국의 국경으로 하며 용정 등 네 곳에 영사관이나 영사관 분관을 설치하고, 간도 지방에 한민족의 거주를 허용하되 청나라의 법권 관할 하에 두며, 간도 거주 한국인의 재산은 청국인과 같이 보호된다는 것으로 여기까지는 일본이 주는 것처럼 보인다. 그러나 길회선(吉會線: 延吉에서 會寧間 철도)의 부설권을 가진다는 조항에서 일본은 그들 특유의 본색을 드러냈다. 철도부설권을 얻어 낸다는 것은 바로 대륙 침략을 위한 기동력을 얻겠다는 것이다. 대한제국을 대신해서 간도라는 영토를 넘겨주는 것처럼 하면서 더 깊숙이 침략할 수 있는 길을 연 것이다. 이미 청일전쟁에서의 승리를 경험한 일본으로서는 기울어 가는 청나라의 국운이라면 자신들이 언제라도 유리한 조약을 들이밀 수 있다고 판단했던 것이다. 그리고 그런 일본의 속내는 1915년의 21개조 요구 사항 중 '제2호 남만주(南滿州)·동부 내몽고(東部內蒙古)에 있어서의 일본국의 우선권'에서 적나라하게 드러낸다.

　제1차 세계대전 중이던 1915년에 일본과 청나라 간에 맺어진 이 조약에서 일본은 간도를 청나라의 영토로 할애했던 간도협약이 무색하게, 1912년 청나라로부터 독립한 중화민국을 압박하여 실질적인 간도를 비롯한 남만주 통치권을 확보한다. 무엇보다 먼저 이미 조차한 영토와 침략을 위한 발판인 철도 관리권에 있어서, 여순(旅順)·대련(大連) 조차 기한, 남만주 및 안봉(安奉) 양 철도 및 길장철도(吉長鐵道)의 관리 경영을 99년씩 연장한다. 그리고 일본 국민은 자유롭게 남만주와 동부 내몽골 토지의 임차권 또는 소유권을 취득하고, 각종 상공업 및 기타의 업무에 자유자재로 종사하며, 광산 채굴권을 갖는다. 또한 남만주 및 동부 내몽고의 철도 산업 등에 타국인이 개입하게 되면 일본의 허락을 받는 등 무늬만 청나라 영토지 실제로는 일본 영토와 진배없는 권한을 일본이 소유한 것이다. 그러나 일본의 만주에 대한 열정은 단순히 지배하는 것에서 그친 것이 아니다. 그만큼 많은 투자를 함으로써 만주의 산업화에도 앞장섰다. 1920년대에 만주에 투자된 외국 자본 중에서 일본 자본이 약 70%에 해당한다. 이 투자 중 상당 부분은 만주철도를 건설함으로써 일제가 이미 병탄한 대한제국을 기지로 삼아 중국과의 전쟁에 필요한 물자와 병력수송을 수월하게 하자는 의도였던 것은 사실이다. 하지만 철도에 투자한 이유가 단순히 전쟁의 승리를 위한 것이라고 볼 수만은 없다. 철도에 투자한 것 자체가 교통 기반 시설에 투자한 것으로, 중국과 전쟁을 벌였다가 패전하더라도 만주만큼은 수중에 넣겠다는 의지에서 비롯된 점도 무시할 수는 없다. 물론 그 역시 만주를 기반으로 대륙을 침략하기 위한 수단이거나 아니면 만주 자체를 침략하기 위한 수단이었지만 만주를 자신들의 수중에 넣겠다는 야욕만큼이나 만주의 산업화를 위해서 노력했다는 것이다.

만주국(滿洲國)

-미·중 패권 전쟁의 명(明)과 암(暗) V-

만주를 집중적으로 공략하던 일본의 본격적인 만주 점령 계획은 만주국 건국을 통해서 적나라하게 드러난다.

일본은 청나라 말기의 혼란기에는 중국과 청나라를 양면으로 지원했다.

군부는 비공식적으로 청나라 후손인 장쭤린(張作霖)을 지원했고, 극우 단체인 겐요샤는 쑨원(孫文)과 장제스(蔣介石) 등 신해혁명을 주도하여 중화민국을 건국한 한족의 지도자들이, 일본 유학파 내지는 망명을 경험했던 자들이라는 이유로 친분을 앞세워 그들을 지원했다. 어느 편이 이기든 간에 일단 긴밀한 관계를 맺어 놓고 시작하자는 속셈이었다. 그러나 전세는 중국에게 유리하게 흘러갔고, 무엇보다 만주를 점령해야 하던 일본은 작전을 바꿨다.

장쮀린은 청나라 군벌로 청나라가 청일전쟁에서 패망하자 고향인 봉천성(奉天省: (현) 요녕성)에서 자위대를 조직하고 그 세력이 점점 커지자, 만주를 독립정부처럼 운영하며 베이징까지 진출하여 1926년에는 베이징에서 대원수직에 취임하기도 한다. 그러나 1927년 통일 중국이라는 기치 아래 북으로 진격해 오는 장제스의 국민당 군대에 눌려 약해지기 시작했고, 일본은 베이징을 국민당에 넘겨주고 퇴각하도록 압력을 넣었다. 장쮀린은 일본의 퇴각 명령을 받아들이지 않을 수 없었다. 그리고 1928년 6월 4일, 일본의 명령에 의해 베이징에서 천진으로 퇴각하던 장쮀린은 열차 폭발사고로 숨지고 만다. 청나라나 중화민국과의 조약을 통해서 괴뢰 군벌인 장쮀린을 내세우는 것보다는 직접 만주 지배권을 확보해야 한다고 주장하던 관동군 참모들이 그를 암살한 것이다.

　장쮀린을 암살한 일본은 그 내막을 아는 그의 아들 장쉐량(張學良)이 국민당 정부 편으로 돌아서자, 1931년 9월 18일 만주철도 선로를 스스로 폭파하고 그 사건이 장쉐량 지휘하의 중국군에 의한 소행이라고 몰아붙이며 관동군이 만주 침략을 개시했다. 1931년 10월 요녕성(遼寧省)에 있는 장쉐량의 거점 금주(錦州) 폭격을 시작으로, 1932년 1월에 금주, 2월에 하얼빈을 점령하여 만주의 대부분 지역을 장악하였다. 그리고 1931년 11월부터 준비했던 대로 천진에 망명 중인 청나라 마지막 황제 애신각라부의(愛新覺羅溥儀: 아이신기오로푸이)를 탈출시켜 만주국의 황제로 삼았다.

　1932년 3월 1일 만주국 행정위원회가 건국을 선포하고, 3월 9일 애신각라부의가 국왕에 취임함으로써, 대동이라는 연호를 쓰는 새로운 국가인 만주국으로 출범하게 된 것이다.

일본은 만주국을 건국하고 그곳에 악명 높은 731부대를 만들어서 인간을 실험 도구로 하는 생체실험을 하는 등 제2차 세계대전을 승리로 이끌기 위해서 인간이 해서는 안 될 온갖 만행을 저지른다. 만주국을 설립한 목적 중 하나가 바로 그런 것들이었다. 일본 열도와 떨어져 있는 곳에 생체실험을 자행할 수 있는 부대를 만듦으로써 설령 화학무기나 세균이 방출되더라도 일본인에게는 안전하고, 실험에 필요한 사람들을 무작위로 잡아들여도 일본인에게는 피해가 가지 않는다는 이점이 있다는 것이다. 또한 대륙을 침략하기 위한 생체 무기이므로, 만주에서는 육로를 이용해서 간단하게 이송할 수 있다는 이점이 있는 곳이었다.

일본에게 있어서의 만주는, 대륙을 지배하기 위해서 없어서는 안 될 곳이었다. 당연히 직접 지배하고 싶었지만, 국제적인 합법성을 인식한 일본은 청나라 마지막 황제 애신각라부의를 내세워 만주국을 건국한 것이다. 그 결과 핀란드, 덴마크, 소비에트 연방 등 20여 개국이 만주국을 승인하여 국제적인 합법성을 이끌어냈다.

그러나 제2차 세계대전에서 일본이 패망하자 연합 4개국은 만주국을 일본이 세운 어용 국가라고 해체한다. 이것이야말로 연합국의 폭거다. 비록 일본이 만주국을 지배하고 있었다지만 만주국은 그 당시 엄연히 황제가 군림하는 독립 국가였다. 여타 식민 국가들이 그랬던 것처럼 일본의 지배를 받고 있었을 뿐이다. 당연히 만주국을 독립시켜 주려고 노력해야 했음에도 불구하고 연합국은 자신들의 이익 배분을 위해서 만주국을 해체하고 그 영토를 중국에 넘겨주었다.

한 줄기 빛을 찾아서

-미·중 패권 전쟁의 명(明)과 암(暗) Ⅵ-

만주국이 해체되고 나서 부당하게도 그 영토가 중국에 귀속되자 중국은 동북인민정부라는 체제로 그 영토를 묶어 두었다가, 일부는 내몽고에 귀속시키고 대부분은 동북3성이라는 이름으로 지금까지 강점하고 있다. 만일 청나라가 이미 망하고 없어서 만주를 줄 나라가 없었다면, 역사와 문화를 분석해서 그 영토에 대한 점유권을 가지고 있는 우리 한민족에게 귀속시켰어야 할 영토를, 자신들의 이권에 따라서 불법으로 중국에 할애한 것이다.

중국은 만주의 조선족 자치구를 비롯해서 티베트와 내몽골, 신장 등 4개의 자치구를 가지고 있다. 그리고 그들은 한결같이 독립을 원한다. 만일 중국이 청나라와의 역사를 단절하면 이 자치구들을 모조리 잃을 수도 있다. 청나라 발상지라는 명목으로 지탱하고 있는 만주는 당연하고,

요즈음 한창 독립투쟁으로 인해서 중국으로부터 인권을 유린당하고 있는 신장위구르 자치구만 해도 청나라 건륭제 때 병탄한 곳으로 청나라를 잃으면 중국 영토라고 지속할 근거가 없어진다. 이것이 중국이 청나라 역사를 단절하지 못하는 커다란 이유 중 하나다.

청나라가 서방 세계에 문호를 개방하면서 당했던 수많은 굴욕을 생각하면 그 역사를 지워 버리고 싶다. 실제로 청나라는 중국 역사도 아니고, 중국이 청나라에 지배당했던 역사이니 그리하는 것이 당연한 일이다. 그러나 영토 등의 이익을 생각하면 청나라가 품 안에 있어야 하기에 중국은 지금도 청나라를 버리지 못하는 것이다. 하지만 그런 이유에서 만주국을 해체하고 그 영토를 중국에 귀속시킨 것은 역사상 씻을 수 없는 오류를 범한 엄청난 잘못으로 지금이라도 바로잡아야 한다. 만일 만주가 청나라 발상지로 청나라 영토라서 만주국 영토가 중국에 귀속되었다면, 제2차 세계대전 당시 패망한 일본을 해체하고 그 영토는 일제 강점으로 인해서 고생한 우리 대한민국과 류큐국, 아이누족 등에게 할애되었어야 한다는 논리를 벗어날 수가 없다.

지금까지 살펴본 바에 의하면 안타깝게도 중국은 우리 한민족과 접촉해 있으면서 영토분쟁 문제를 안고 있다. 그리고 그것은 비단 우리 한민족에게 국한된 것이 아니라 자치구라는 이름을 달고 사는 모든 민족과의 문제로 문 앞에 적들이 우글거리고 있다. 그러나 미국은 멀리 아메리카 대륙에서 오키나와에 철옹성 같은 해병대 기지 하나를 설치해 두고 일본을 이용해서 아시아를 통제하고 있다. 그런 사실을 알면서도 중국은 자신들이 경제적으로 뒤처진다는 이유로 말 한마디 제대로 못 하고 살아왔다. 그러나 이제는 어느 정도 살 만하다고 생각해서 미국에 반기를 들었더니 의외로 미국이 강하게 나오고 일본까지 덩달아 춤추고 있다.

중국으로서는 난감하기 그지없을 뿐만 아니라 주변 국가들의 지지를 얻어 내야 하는데, 그 역시 마땅치가 않은 것이 현실이다. 궁여지책으로 잡은 것이, 오랜 동지 국가라는 명분을 앞세워 국제적으로 고립된 북한과 쿠데타를 일으켜서라도 정권을 잡겠다는 미얀마 군부다. 그리고 선뜻 나서 주는 나라가 없다.

중국으로서는 이미 호주와 일본은 미국에 찰싹 붙어서 어쩔 수가 없다고 판단한 나머지, 북한 핵 문제로 골치가 아픈 우리 대한민국이 혹시라도 자신들 편에 서거나 그게 힘들다면 중재자 역할을 자처하고 나서지 않을까 잔뜩 기대하고 있을 것이다.

반면에 미국은 자신들이 만들어 놓은 쿼드에 당연히 대한민국은 참여할 것이라고 무언의 압력을 행사하고 있다.

실로 난감하기 그지없는 일이다. 외교적인 묘수를 부리지 않는 한, 이미 사드 배치 사태에서 겪은 고통을 다시 한번 재현할 수밖에 없다. 그 대상이 중국이 되든 미국이 되든 있어서는 안 될 일을 겪게 될 수도 있다는 것이다.

지금이야말로 우리가 역사를 통해서 보아 온 지혜를 발휘할 때다.

역사적으로 중국은 체면을 중시하고, 나보다 약하다고 판단하는 상대는 동격이 아니라 지배하고 싶어 하는 습성을 유지하며 살아온 나라다. 반면에 미국은 체면이나 등등보다는 그저 실리를 가장 우선하는 나라다.

잘 들여다보면 어떤 지혜를 발휘해야 할지 그 대답을 얻을 수도 있을 것 같기도 하다. 자존심 상하는 발상이라고 욕할 수도 있지만, 어쩔 수 없는 것이 현실이라는 것도 솔직하게 인정할 줄 알아야 생존한다.

1차 산업혁명

-4차 산업혁명과 우리가 나갈 길 Ⅰ-

우리는 현대를 4차 산업혁명 시대라고 하며 그에 대한 대응 방안을 모색하자고 한다. 매스컴은 물론 웬만한 강연회의 주제에 단골손님으로 자리 잡는 것이 4차 산업혁명이라는 주제로, 마치 4차 산업혁명을 모르면 당장 세상을 살아가기 힘들 것 같은 불안감마저 생길 정도다. 그런데 4차 산업혁명이라는 단어의 의미에서 알 수 있듯이 인류는 이미 3차까지 세 차례의 산업혁명을 겪었다. 그리고 그때마다 무언가 인류가 겪어야 할 문제가 있었으니까 4차 산업혁명에 대응해야 한다고 하는 것이다. 그렇다면 산업혁명의 의미는 무엇이며 각각의 산업혁명마다 인류가 직면했던 문제는 무엇일까?

혁명의 의미는 지금까지의 관습이나 제도를 단번에 깨뜨리고 새롭게 하는 것으로, 지금까지 이어져 내려오던 것들을 근본적으로 고치는 일이다. 따라서 산업혁명이라는 것은 기존의 산업 질서가 깨지고 새로운 구조로 개편되는 것이니, 부분이나 전체가 뒤흔들릴 정도로 혼란이 올 수밖에 없기는 하다. 그렇다고 모르고 앉아서 당하는 것보다는 알고 미리 대비를 한다면 피해를 극소화하거나 아니면 피해를 보지 않을 수도 있다. 그게 바로 인간이 가지고 있는 가장 큰 장점 중의 하나다.

　1차 산업혁명은 1760~1840년 사이에 겪은 것으로 철도와 증기기관을 발명한 이후 사람의 손으로 생산하던 수공업을 기계에 의한 생산으로 바꿈으로써 생산의 수량을 늘린 일이다. 사람의 손에 손보다 훨씬 빠르게 일할 수 있는 기계와 사람보다 힘이 센 증기기관이 쥐어지면서, 손으로 하던 작은 일 하나에서 힘이 필요한 일까지 사람만이 할 수 있던 일을 기계가 훨씬 효율적으로 하게 되었다. 더더욱 증기기관은 사람이 혼자서는 못하고 여럿이 힘을 합해야 겨우 할 수 있는 일도 혼자의 힘으로 얼마든지 할 수 있게 되어 조정하는 사람만 있으면 되기에 힘을 쓰던 많은 사람은 쓸모가 없어지고 말았다. 결국 노동자들의 해고로 이어졌고, 잉여 노동력에 의해 실업률이 치솟자, 아메리카라는 신대륙으로 잉여 노동력을 이전하는 처방을 내리게 된다.

　유럽에서 아메리카 대륙으로의 이민을 추진하고 이민자에게는 신대륙에서 일할 수 있는 조건을 만드는 데 적극적으로 지원하는 정책을 쓰게 된다. 그러나 이 혁명은 전통적으로 이어오던 장인 정신을 훼손하는 결과를 낳게 된다. 장인이 되는 것보다는 기계를 잘 다루는 사람, 즉 기술자가 되는 것이 더 효용가치가 있다는 것을 사람들에게 인식하도록 만든 것이다. 그뿐만이 아니라 신대륙으로 이전하는 잉여 노동자들이 신대륙에서 일할 수 있는 터전을 만들어주기 위해서, 남북 아메리카 가릴 것 없이 아메리카 원주민들인 인디언들을 무차별 사살하고 그들의 보금자리를 약탈함으로써 인류의 소중한 문화유산이 사라져가고 인디언들은 재기 불능의 사태를 맞게 되는 인류의 비극을 초래한다.

지금도 해석이 불가능하여 불가사의라고 일컫는 페루의 마추픽추 같은 잉카 유적이나 멕시코의 마야문명같이 인류가 다시는 접할 수 없는 문화가 파괴되고 그 유산을 소유하고 있던 원주민들은 살해되고 만 것이다. 단지 문명을 파괴하고 원주민을 살해한 것에서 그친 것이 아니라 유럽 문화만이 우수하다는 그릇된 생각에 사로잡혀 그 문화유산을 말살하는 수준에 이른 것이 큰 문제였다. 그래서 지금도 풀리지 않는 수수께끼로 남아 있는 것이다. 그러나 1차 산업혁명의 이런 병폐에도 불구하고 기계는 스스로 무언가를 만들어 내지 못했다. 만들어 내는 것의 주체는 어차피 사람이고 기계는 그 도구에 지나지 않은 것이다. 게다가 현대에 와서는 기계가 제작한 제품에는 장인 정신이 들어있지 않다는 것이 인식되기 시작하면서 장인의 혼이 깃든 수제품을 선호하지만, 그 맥을 이은 사람을 찾기가 쉽지 않다.

기계를 도입한 당장은 인간이 기계에 맹신하는 바람에 스스로 밀려났다고 할 수 있을지 모르지만, 결국에 모든 것을 해결할 수 있는 것은 오로지 인간이라는 결론을 맺게 되는 것이다.

2차 산업혁명

-4차 산업혁명과 우리가 나갈 길 Ⅱ-

1차 산업혁명이 영국의 주도로 이루어졌기에 영국은 그들 스스로 앞서 간다고 생각했다. 그러나 유럽제국들은 영국의 독주를 보고만 있지 않았 다. 더더욱 영국 시민들 중에는 자신들의 산업혁명으로 얻은 지식과 경 험을 해외로 가서 산업활동을 한다면 많은 이윤을 얻을 수 있다는 것을 알았고, 그와 때맞춰 유럽 각국의 자본가들은 영국의 새로운 기술을 자 국으로 유입하기 위해서 노력하고 있었다.

그 대표적인 나라가 벨기에로 벨기에의 산업혁명은 영국인이 주도해 서 이룩한 것으로, 철·석탄·섬유업을 중심으로 전개된 벨기에의 산업혁 명은 유럽 대륙에서 경제적으로 변모한 산업혁명을 이룩한 최초의 국가 가 되었다. 또한 독일의 경우에는 석탄과 철강 자원이 풍부했음에도 39 개의 주권국가로 이루어진 연방국가라는 정치적 문제로 인해서 산업혁 명을 이룩하지 못했다. 그러나 1871년 빌헬름 1세를 황제로 통일 국가가 형성되면서 산업혁명이 시작되었다. 일단 산업혁명이 시작되자, 풍부한 자원을 바탕으로 급속도로 공업생산이 증가하여 철강생산 부문에서 영국을 앞질렀고, 화학공업은 세계적으로 앞서가며 세계산업을 선도했다. 처음에 영국에서 시작된 산업혁명은 유럽제국들은 물론 미국과 러시아에도 그 불씨를 당겨 인류가 가족 단위의 손으로 하던 생산을 공장이라는 가족과 별개의 집단에서 기계를 통해서 생산하도록 바꿔 놓은 것이다. 그리고 결국에는 대량생산이라는 2차 산업혁명으로 이어지게 된다.

　2차 산업혁명은 19세기 말에서 20세기 초에 벌어지는 현상으로, 전기의 발명에 의해 생산라인을 만들고 그에 의한 대량생산에 돌입하게 되었다. 1차 산업혁명에서는 기계를 도입했지만 생산라인을 만들어 대량생산을 한 것은 아니다. 그러나 2차 산업혁명에서는 전기를 이용한 생산라인을 구축하게 되었고, 생산라인에 의한 대량생산은 1차 산업혁명에 비하면 노동력에 대한 수요를 늘려 고용증대의 효과를 가져오기도 했다. 뿐만 아니라 1차 산업혁명 때는 사용하지도 않았던 새로운 소재가 등장하기도 했다. 지금까지는 생각하지도 못했던 새로운 합금이나 플라스틱 같은 새로운 소재들이 등장하기 시작한 것이다. 이것은 화학적인 발전을 뜻하는 것이기도 하다.

　그런데 이렇게 산업이 발전하는 반면에, 인류는 또 다른 측면에서 문제점을 안게 된다. 대량생산이라는 풍부한 생산을 하게 되자 소비시장을 개척하는 것이 무엇보다 중요한 문제로 대두되었고, 소비시장을 개척하기 위한 과정에서 제국주의가 팽창하게 된다. 기계공업과 화학공업이 발달한 제국주의는 당연히 무기의 발달을 가져오게 된다. 그리고 제국주의의 팽창은 서양이 동양을 지배한다는 의미인 서세동점(西勢東漸)이라는 단어까지 만들어 낼 정도로, 아시아를 시장으로 개척하기 위한 유럽제국들의 쟁탈전이 벌어진다. 결국 그런 팽창주의는 두 차례의 세계대전을 치러야 하는 아픔을 겪게 된다. 특히 뒤늦게 1차 산업혁명을 시작했지만, 철강산업이 영국을 앞지르고 화학공업이 전 세계를 선도할 정도로 눈부신 성장을 보인 독일은 전쟁 도발국으로 인류를 고통 속으로 몰아넣고 말았다.

아시아에서는 일본이 미국을 통해서 문호를 개방하고 재빠르게 근대화에 성공함으로써 제2차 세계대전에 참전국으로 진주만 기습까지 감행하지만 결국 미국에 참패하고, 히로시마와 나가사키에 투하된 원자폭탄 두 발에 무조건 항복을 하고 만다. 겉으로는 전쟁을 발발한 당사자인 일본·독일·이탈리아만이 패전국이고 나머지는 승전국인 것 같아 보인다. 하지만 제2차 세계대전은 승전국 없이 전 세계가 모두 패전국이다. 전 세계적으로 4,000~5,000만 명의 사망자를 낸 제2차 세계대전은 인류 모두에게 패전을 안겨준 것이다. 그뿐만이 아니다. 제2차 세계대전은 그동안 산업혁명을 주도한 세력으로 전 세계의 무게중심이 실려 있던 유럽에서, 그 무게중심이 미국과 소련으로 옮겨가는 판도를 형성하는 계기가 되기도 한다.

3차와 4차 산업혁명

-4차 산업혁명과 우리가 나갈 길 Ⅲ-

전회에서 기술한 것처럼 인류는 1, 2차 산업혁명 결과 살아남기 위한 투쟁이라는 쓰라린 경험을 간직하고 있다. 원주민을 학살하거나 자신들의 영역을 확보하기 위해서 인류 스스로 사람이 사람을 적으로 만들고 살상하는 전쟁으로 이어졌다. 살아남은 자들은 산업혁명 때문에 생활 그 자체는 편안해지고 부를 축적했는지 모르지만, 지울 수 없는 상처를 간직함으로써 인류의 전체적인 입장에서 볼 때는 결코 바람직하지 못한 것이었다. 그렇다고 인류가 새로운 기술에 조전하고 성공해서 삶이 진화하고 산업이 발전하는 것을 막거나 멈추게 할 수도 없는 일이다. 그래서 4차 산업혁명에 대응할 방법을 연구해야 한다고 말할 수도 있다.

4차 산업혁명이라는 용어는 2016년 1월에 열린 다보스포럼에서 정의했다.

그 의미는 '디지털 혁명을 기반으로 디지털을 이용하거나 아니면 물리적인 공간 및 생물학적 공간의 경계가 희석되는 융합의 시대'이다.

4차 산업혁명은 제품이나 서비스가 네트워크와 연결되는 것과 사물을 지능화시키는 것이 특징이다. 사물을 지능화시킨다는 것은 사물이 그렇게 할 수 있는 프로그램을 사람이 탑재해 준다는 의미다. 그리고 인공지능기술과 정보통신기술이 운송 수단이나 로봇 혹은 바이오산업 등의 첨단 기술들과 융합함으로써, 보다 넓은 범위에서 보다 더 효율적이고 빠른 속도로 변화를 초래하게 만드는 것이다.

일부 학자들은 4차 산업혁명이 컴퓨터와 인터넷으로 대표되는 3차 산업혁명인 정보화 혁명의 연장선상이라는 점에서, 아직도 3차 산업혁명에 머무르고 있다고 주장하기도 한다. 하지만 대부분의 학자는 '융합'과 '인공지능'이라는 단어가 제공하는 효율적인 운용으로, 3차 산업혁명에서는 한 걸음 더 나가 진화한 산업임이 틀림없으므로, 4차 산업혁명이라고 부르는 것이 옳다는 견해다.

그러나 정작 우리가 걱정하는 것은 4차 산업에 대한 견해가 옳고 그름을 떠나서 산업혁명 뒤에는 사람의 노동력이 잉여의 대상이 될 수 있다는 우려를 포함하고 있었고 또 실제로 그렇게 나타났었다. 과연 이번 4차 산업혁명에도 그런 부작용이 뒤따르는 것은 아닌지에 대한 우려로 4차 산업혁명에 대응할 방법을 연구하자고 하는 것일 수도 있다. 하지만 4차 산업혁명을 올바르게 이해한다면 결코 걱정할 일만은 아닌 것 같다.

지금 우리가 당면하고 있는 4차 산업혁명 직전에는 컴퓨터와 인터넷의 발전에 의한 정보 기술 시대인 3차 산업혁명이 있었다. 그리고 3차 산업혁명은 지금도 4차 산업혁명과 함께 진행 중이다. 하지만 3차 산업혁명이 노동력을 잉여 산물로 만들어 대혼란을 야기하지는 않았다. 물론 일부 업종에서는 사람의 손을 거칠 필요가 없이 컴퓨터가 하는 것이 효율적이기에 실직을 유발하기도 했다. 예를 들면 일일이 사람의 손을 거쳐야 했던 산술적 계산을 컴퓨터가 더 손쉽게 하는 등 인간만이 할 수 있는 일을 기계인 컴퓨터가 해 내기 시작한 것은 사실이다. 그러나 그런 모든 일을 할 컴퓨터를 만들기 위해서 사용되는 갖가지 부품을 시작으로 완성된 기계를 생산하기 위한 산업은 물론이고, 사람이 하는 일을 대신하도록 만들기 위해서 반드시 필요한 프로그램을 만드는 일까지 다양하게 사람의 힘을 필요로 했다. 이른바 IT산업이라는 신종 산업의 발달을 가져왔고 수많은 인력이 그 안에 흡수되었다. 최소한 1차 산업혁명이나 2차 산업혁명처럼 사람의 노동력이 잉여의 대상이 되거나 잉여 생산물을 소비해야 하는 시장으로 전락하지는 않았다는 것이다. 물론 3차 산업혁명은 아직도 진행 중이고 그것은 4차 산업혁명과 맞물려 어떤 결과로 끝맺음을 할지는 시간이 더 지나 봐야 알 수 있지만, 많은 학자는 일자리 감소를 예상하면서도 사람만이 할 수 있는 일이 있다는 것을 강조하고 있다. 인공지능을 융합하는 것 자체도 사람만이 할 수 있는 일이다. 기계가 스스로 자신의 지능을 가지고 전원에 스스로를 연결해서 일을 한다고 할지라도 사고하는 능력을 가져서가 아니라 사람이 그렇게 하도록 프로그램화시켜 놓았기에 가능한 일이라는 것을 잊어서는 안 된다.

산업분류를 통한 4차 산업의 이해

-4차 산업혁명과 우리가 나갈 길 Ⅳ-

4차 산업혁명을 쉽게 이해하는 방법 중 하나는 콜린 클라크에 의한 산업분류를 통해서 이해하는 것이다. 특히 3차 산업혁명과 4차 산업혁명 사이에 얽힌 문제를 이해하는 데 도움이 될 것이다. 그렇다고 1차 산업혁명이 콜린 클라크가 분리한 1차 산업에 대한 혁명을 의미한다는 것은 절대 아니다. 콜린 클라크의 산업분류와 산업혁명은 전혀 다른 개념을 바탕으로 성립된 것으로, 다만 3차 산업혁명과 엉켜 있는 4차 산업혁명을 이해하는 데 도움을 준다는 것이다.

콜린 클라크에 의한 산업분류는 산업을 분류하는 가장 고전적인 방법이다. 제1차 산업은 인간이 생존하기 위해서 반드시 필요한 먹을 것과 기본적인 입을 거리와 기거할 곳을 충족해 줄 수 있는 농업, 임업, 수산업, 목축업, 수렵업 등이 포함된다. 제2차 산업은 생존을 위한 원초적인 의식주 문제에서는 한 걸음 나아가 편안하고 안락한 삶을 위한 제조업, 광업, 전기, 수도 사업 등을 포함하고 있다. 3차 산업은 1차와 2차 산업에서 형성된 제품들을 상품화시켜 소비자에게 판매하기 위한 상업, 운수업, 통신업, 금융업 등의 서비스업과 그에 따른 전문적인 직업을 포함하고 있다.

그러나 이런 고전적인 분류는 이미 산업의 중심이 2차 산업에서 3차 산업으로 넘어가 있고, 3차 산업이 나날이 발달함에 따라 서비스업 자체가 다양하게 발달함으로써 서비스업을 단순히 제3차 산업만으로 분류하는 데에는 한계가 있기 때문에 3차 산업을 상업, 금융, 보험, 수송 등에 국한시키고, 4차와 5차 산업의 개념을 확대 도입하여 분류하여야 한다는 이론이 우세하다.

이 경우에 있어서 4차 산업은 지식을 기반으로 하는 서비스 산업으로 정보와 지식 산업의 발달로 인해서 도입된 개념이다. 즉 정보의 수집이나 전달, 의료 산업, 교육 산업, 연구·개발 산업, 금융·설계 산업 등 지식집약적 산업을 총칭한다. 그리고 제5차 산업은 인간의 취향을 극대화시키는 생활용품의 설계나 취미, 여가 생활을 즐기기 위한 개발을 집중적으로 하는 패션, 오락 및 레저 산업 등을 가리킨다.

이렇게 산업을 분류하고 보면 지금 우리가 당면하고 있는 4차 산업혁명이 결코 낯설게 느껴지지 않는다. 왜냐하면 우리는 이미 3차 산업혁명을 통해서 컴퓨터라는 낯선 시스템을 도입하였음에도 잘 적응하고 그에 대처했다. 대한민국을 IT강국이라는 기반 위에 올려놓은 것이다. 그에 따라 단순히 서비스업으로 분류되던 산업 중 지식전달을 위해서 최우선적으로 필요한 통신업은 물론 사람의 목숨을 좌지우지하는 의료기기 산업 등의 발달 등은 세계 1위 수준이다. 그리고 그에 준하는 산업들, 예를 들자면 통신업인 휴대폰을 사용하기 위한 앱을 개발하는 산업 등에서 아주 우수한 저력을 보여 주고 있다. 뿐만 아니라 컴퓨터에 해당하는 모든 기기, 예를 들면 휴대폰 등의 모든 기기에 반드시 필요한 반도체 생산은 전 세계 1위로 전 세계의 반도체 시장을 석권하고 있다는 것은 우리 모두가 아는 사실이다. 하드웨어와 소프트웨어의 기술개발과 적응이 상당히 앞서가고 있다.

그런데 4차 산업혁명이라는 것은 컴퓨터로 대변할 수 있는 3차 산업혁명이 초지능화되고 서로 연결되어 빅데이터와 인공지능을 이용하여 인간과 전자기기 혹은 인공지능을 탑재한 기계가 대화하고 소통함으로써 보다 지능화된 사회로 변화하여 편안하고 안락한 생활을 추구하기 위한 것이다. 마치 3차 산업의 서비스업이 너무 비대하게 성장하다 보니 4차 산업과 5차 산업으로 나뉘어야 하는 경우와 그 본질은 다를지 모르지만, 경우는 유사한 것이다.

결국 4차 산업혁명이라는 것은 이미 우리가 경험한 컴퓨터 산업에 인공지능을 융합한 것에 지나지 않는 것으로 우리는 얼마든지 헤쳐나갈 수 있는 산업일 뿐만 아니라 우리 대한민국이 가장 우수한 나라가 될 수 있는 산업이다. 다만 우리는 어떤 산업에 어떤 목적을 가지고 전념할 것인가 하는 문제는 고민해 봐야 할 필요가 있다.

선진각국의 4차 산업혁명에 대한 대응

-4차 산업혁명과 우리가 나갈 길 V-

4차 산업혁명에 대응하여 우리 대한민국이 전념할 산업 분야를 고민하고 선택하기 위해서 먼저 선진국들의 사례를 검토해 본다.

독일은 전통적으로 제조업 강국이다. 하지만 점차 중국이나 인도의 저비용 생산에 그 지위를 잃어 가는 것은 물론 노동자들의 평균 연령이 높아지는 등의 문제에 봉착하여 제조업 강국의 자리를 내어 줄 위기를 맞고 있다. 그러나 독일 정부는 '융합 산업'인 4차 산업혁명을 계기로 자국의 제조업 효율을 극대화하기 위해서 '제조업과 정보통신의 융합'을 기치로 내걸었다. 완전한 자동화 생산체계를 도입하고, 국내 제조업체들을 거대 단일 가상공장으로 연결하여 전 세계 시장 환경을 실시간으로 파악하는 맞춤형 생산을 할 수 있도록 지원하겠다는 방침이다. 그야말로 국가가 주도하는 제조업 강국으로 다시 태어나, 적어도 공산품에 있어서는 전 세계가 알아주던 '메이드인 저머니(Made in Germany)'의 영광스러운 시절을 되찾겠다는 것이다.

  미국은 데이터를 인터넷과 연결된 중앙컴퓨터에 저장해서 인터넷에 접속하기만 하면 언제 어디서든 데이터를 이용할 수 있는 클라우드 서비스를 우선적으로 내세우고 있다. 나름대로 IT산업은 물론 제조업에서도 대단한 노하우를 갖고 있는 미국으로서는 당연히 그럴 수 있다. 제조업과 인터넷 기업에서 축적된 빅데이터를 바탕으로 시스템을 개방하여 개인, 기업 할 것 없이 모두가 참여하여 원하는 일을 자유롭게 할 수 있도록 환경을 구축하여 참여자 모두에게 새로운 가치와 혜택을 제공해 줄 수 있는 플랫폼을 만들고 부가가치를 창출한다는 계획이다. 이 경우에는 무엇보다 중요한 것이 데이터에 대한 보안이라고 할 수 있다. 공들여 구축한 데이터가 손실된다면 손해가 엄청나기 때문이다. 따라서 데이터 보안을 위한 여러 가지 주변 산업 역시 상당한 발전을 보이며 동반 성장함으로써, 4차 산업혁명의 결실을 가져오는 데 일익을 담당할 것이다.

  일본은 경쟁 우위에 있는 로봇 기술에 중점을 두고 있다. 로봇 산업이야 말로 4차 산업혁명의 최고봉에 달하는 산업 중 하나임에 틀림없다. 우선 그 제작을 위한 소재가 일반적인 소재로는 어려운 점이 많기 때문에 소재를 개발해야 한다. 소재를 개발하기 위해서는 다방면의 기술력이 동원될 것이고, 로봇 소재를 개발하다 보면 단순한 로봇 소재가 아니라 사람의 생활을 보다 윤택하게 하는 소재를 개발하는 역할도 동시에

하게 될 것이다. 그리고 로봇이 활동하기 위해서는 인공지능이 더해져야 하는데, 이 경우에 있어서의 인공지능은 단순한 기능을 보유한 인공지능을 기기에 탑재하는 것이 아니다. 빅데이터를 보유함으로써 수시로 변하며 벌어지는 여러 가지 상황에 스스로 대처할 수 있는 인공지능을 탑재해야 로봇이 다양한 서비스에 임할 수 있다. 물론 청소 로봇처럼 단순한 업무를 처리하는 로봇이 아니라 마치 사람처럼 행동하는 로봇을 말하는 것이다. 따라서 그 빅데이터를 구축하기 위한 산업 역시 만만한 산업이 아닌 만큼 인공지능의 데이터 구축을 위한 여러 가지 산업에서도 상당한 진척을 보게 될 것이다.

중국은 현재의 노동 집약적인 제조방식에 IT를 더해 지능형 생산시스템을 실현하고 제조 강국 대열에 진입하겠다는 목표를 밝혔다. 중국인들이 말하는 노동집약적인 생산도 이제 그렇게 긴 세월을 갈 수 없다는 것을 스스로 깨닫고 있기 때문이다. 전 세계가 모두 겪는 일 중 하나로 출산율이 감소해서 고령화 사회가 되어 가고 있는데, 중국은 이제까지 한 자녀 정책을 펴 왔고 그 결과물로 나타날 고령화 사회가 엄청나게 큰 노동시장의 위기에 봉착함으로써 경제적 위기를 가져올 것임을 잘 알고 있다. 그렇기에 제조 강국으로 거듭나기 위한 노력을 내걸고 있는 것이다.

선진각국의 대응 방안과 마찬가지로 우리 대한민국 역시 어떤 산업에 어떻게 전념할 것인지를 심각하게 고민해 볼 필요가 있다. 대한민국만이 할 수 있는 일을 만들자는 것이 아니라 대한민국의 특성을 만들자는 것이다. 필자는 이 점에 대해서는 우리 대한민국이 IT강국으로 가지고 있는 소프트웨어의 힘과 반도체 최고 생산국의 강점을 융합해서 다른 나라에서는 할 수 없는 새로운 융합 산업에 도전해 볼 필요가 있다고 생각한다.

우리의 선택

-4차 산업혁명과 우리가 나갈 길 VI-

이미 서술한 바와 같이 산업혁명은 사람에게 잉여 노동력이라는 불안함을 조성하고는 했다. 4차 산업혁명은 앞선 1차와 2차 산업혁명처럼 심각하지는 않겠지만, 혹시 영향을 받게 될 수도 있다는 상황마저 배제할 수는 없다. 우리 다음이나 그다음 세대가 혹시나 그 불안함의 대상이 되지 않을까 하고 염려할 수도 있다. 그러나 올바른 교육을 할 수만 있다면 그런 불안은 안 가져도 될 것 같다.

4차 산업혁명의 결과로 인공지능이 대체할 수 있는 직업군을 조사한 발표에 따르면 당연히 단순한 일을 하는 근로자들을 대체하기 쉬운 것으로 나타나고 있다. 운반이나 단순 조립 등의 일은 인공지능이 대체하기 쉽고 이미 대체한 곳이 많이 눈에 띈다. 우리가 흔히 대하는 주차장의 주차 정산시스템이 그 대표적인 예라고 할 수도 있다. 사람이 정산하는 것이 아니라 인공지능이 입차 당시 번호를 기억하고 출차할 때 정산한다.

반면에 화가나 사진작가, 작가 등 감성에 기초한 예술 관련 직업과 대학교수나 교사처럼 교육에 종사하는 사람과 요리사, 출판물이나 광고 기획전문가, 패션디자이너, 귀금속 등의 보석 세공사, 금융전문가, 의료계 종사자 등 창의성과 전문성이 필요한 직업들은 인공지능이 대처하기 힘든 직업군으로 분류되고 있다. 그러나 분류는 어디까지나 분류일 뿐이다.

얼핏 보기에는 단순한 일처럼 보일지라도 과연 인공지능이 그 일을 해결할 수 있을지에 대해서는 숙고해 볼 필요가 있다. 예를 들면 우리가 흔히 마주칠 수 있는 교통 시설물 중 신호등을 수리하거나 보완 설치하는 일이라고 해 보자. 그런 일들을 단순한 일이라고 하기에는 어폐가 있을지 모르지만, 얼핏 보기에는 단순한 일이다. 다만 사람이 처리하기 위해서는 사다리차에 올라가서 위험을 무릅쓰고 작업을 하고, 자칫 전기에 대한 위험까지 감수해야 할 수도 있으니 로봇이 하는 것이 낫다고 생각할 수도 있다. 하지만 기본적으로 로봇에게 장착된 인공지능이라는 것은 사람이 만들어 낸 경우의 수에 의한 것임으로 그 외의 경우가 발생해서 생긴 고장이라면 로봇이 해결하기는 불가능하다. 물론 원격조정이라는 새로운 기술이 탑재되었더라도 사람만이 판단할 수 있는 것이 분명히 존재한다. 로봇은 판단하는 것이 아니라 여러 가지 경우의 수를 조합하여 그에 합당한 경우를 도출해 내는 단순한 지능을 탑재한 것이지, 판단할 수 있는 능력을 탑재한 것이 아니기 때문이다. 마찬가지로 요즈음 전기 자동차만큼이나 큰 관심을 불러일으키고 있는, 스스로 운전하는 시스템을 갖춘 인공지능 자율주행차를 예로 들어 보자. 인공지능 자율주행차는 앞에 장애물이 있으면 멈춘다. 장애물과 충돌하면 안 된다는 것까지는 데이터에 의해서 판단할 수 있다. 하지만 그 장애물을 돌아가면 된다는 것에 대한 판단은 사람이 하는 것이다. 물론 그런 경우에 대비해서 인공지능을 설계한다지만 어디로 어떻게 돌아갈 것인지까지에 대한 데이터를 구축해서 인공지능을 설계하는 것은 분명히 한계가 있을 것이다. 자동차 주행이라는 것이 매일 동일한 길을 반복해서 운행하는 것도 아니고, 수 없이 많은 길에서 수 없이 많은 경우의 수를 만나게 되는데, 그 모든 경우를 데이터로 탑재한다는 것은 불가능하다고 보는 것이 옳기 때문이다. 따라서 우리는 4차 산업혁명을 어렵게 생각하거나 두려워할 것 없이 정면으로 마주하면 된다. 인공지능(人工知能)이 아무리 우수하다고 해도 이름에 붙어 있는 그대로 사람이 만든 인공(人工)이다. 판단하고 창의성을 발휘할 수 있는 것은 오로지 사람뿐이라는 것을 잊어서는 안 된다.

유대인은 교육할 때 '무엇을 암기하고 어떻게 해야 한다'가 아니라, '이것에 대해서 어떻게 생각하느냐'는 창의성 교육에 중점을 둔다고 한다. 그렇다고 우리 교육이 잘못된 교육이라는 것은 아니다. 다만 입시교육이라는 오명을 벗지 못하고 창의성이나 판단력보다는 암기하는 교육에 치중하고 있는 것이 현실이다. 보다 넓은 눈으로 세상을 바라볼 수 있는 교육으로 눈을 돌리는 것이, 4차 산업혁명 시대를 살아가고 있는 지금의 우리가 나갈 길이 아닌가 싶다.

지금도 우리 곁에 머무는 김삿갓

-방랑시인 김삿갓이 주는 교훈 I-

김삿갓이라는 말을 들으면 가장 먼저 생각나는 것이 바로 '방랑시인' 이라는 단어다. 우리에게 흔히 김삿갓(金笠: 김립)이라는 이름으로 통용되고 있는 시인의 본명은 김병연(金炳淵)이고 별호는 난고(蘭皐)다. 김삿갓이라는 명칭은 그가 항상 삿갓을 쓰고 다녔다는 행적에서 유래한 이름일 뿐이다. 그는 조선시대에 하늘의 나는 새도 떨어트릴 수 있는 권세를 가지고 있다는 명문 안동 김씨의 후손으로, 1807년(순조7)에 경기도 양주에서 태어났다. 그리고 1863년(철종14)에 전라도 동복(同福: 전남 화순)에서 객사하였다. 객사한 그의 시신을 아들 익균이 영월로 옮겨 장사를 지내는 바람에 그의 산소는 현재 강원도 영월군 김삿갓면 와석리에 자리 잡고 있다. 그리고 영월군은 그 일대를 김삿갓 유적지로 조성하여 많은 관광객을 유치하기 위한 지방 수익 사업으로 활용 중이다.

약 200년이라는 긴 세월이 지난 지금까지 시인의 이름은 우리 주위를 맴돌며, 우리들의 대화 중에 등장하곤 한다. 안동 김씨의 후손이라고는 하지만 벼슬을 해서 이렇다 할 치적을 남긴 것도 아니고, 그저 방랑시인으로 시를 읊었을 뿐인데, 한 시대를 풍미한 문장가로 우리 곁에 머물고 있다. 그렇다고 고상한 시를 읊은 것도 아니다. 가끔은 자연을 노래한 시도 있지만, 차마 지면에 담기 힘든 그런 시도 거침없이 읊었다. 그러나 세상을 한껏 풍자한 그의 시가 무언가 매력을 주기에 지금도 우리 곁에 머무르고 있을 것이다. 이런 의문을 풀기 위해서는 먼저 그의 시를 감상해 볼 필요가 있다. 시인은 무엇보다 작품으로 자신을 드러내기 때문이다.

먼저 감상해 볼 시는 그가 어느 부잣집에 가서 밥 한 끼를 청했더니 쉰밥을 주자 그 밥을 먹으며 읊었던 시다. 참으로 어처구니없는 일로, 배가 고파서 그 밥을 먹기는 했지만, 사람대접을 받지 못하는 서러움을 시 한 수에 담았던 것이다.

二十樹下
二十樹下三十客　四十家中五十食
人間豈有七十事　不如歸家三十食

이십수하
이십수하삼십객　사십가중오십식
인간개유칠십사　불여귀가삼십식

얼핏 보기에는 나이 삼십인 나그네가 사십이라는 집에서 밥을 먹는 것처럼 보일 수도 있지만, 그 숫자가 내포한 의미를 되새기면 아주 기묘한 시가 된다.

첫 구절의 '삼십'은 서른이니 '서러운'이 되어 '삼십객'은 '서러운 나그네'가 되고, 둘째 구절의 '마흔'은 '망할'과 어감이 비슷하고, '오십'은 '쉰'이니 '오십식'은 '쉰밥'이 된다. 그리고 시째 구절의 '칠십'은 '일흔'이니 '칠십사'는 '이런 일'의 의미를 내포하고 있다. 또한 맨 마지막 구절의 '삼십식'은 첫 구절과 마찬가지로 '설운'의 의미를 내포하고 있는 것이다. 이렇게 의미를 되새기며 우리말로 새롭게 해석해 보자.

스무나무 아래
스무나무 아래 서러운 나그네가
망할 집에서 쉰밥을 먹네.
인간 세상에 이런 일도 있나.
집에 돌아가 서러운 밥을 먹으리.

방랑 중인 자신의 서러운 처지를 그대로 나타낸 이 시 한 수에서 보듯이 그야말로 시의 귀재임에는 의심할 여지가 없다. 그런데 집으로 돌아가도 서러운 밥을 먹는다고 했다. 필시 무언가 사연이 있는 방랑시인임이 틀림없다.

김병연의 장원급제

-방랑시인 김삿갓이 주는 교훈 II-

명문 가문 출신인 그가 왜 일생을 삿갓에 의지하며 살게 되었으며 어쩌다 그 바람에 김삿갓이라는 이름으로 불리게 되었는지, 또 '방랑시인'이라는 호칭이 말해 주듯, 왜 전국을 떠돌다가 전라도에서 객사했는지와 같은 것들은 '김삿갓' 하면 따라오는 의문들이다. 게다가 전해 오는 그의 행적은 기괴하기 짝이 없어서 분명히 무언가 사연이 있음을 직감하게 한다.

김삿갓의 조부이신 김익순(金益淳)은 1811년(순조11년)에 일어난 홍경래의 난 당시 평안도의 선천(宣川) 방어사로 난이 일어난 것을 알면서도 술에 취해 잠에 들었다가 반란군이 들이닥치자 항복하였던 것으로 전해지고 있다. 그 바람에 난이 평정되고 난 후 김익순은 사형에 처해진다. 그러자 김병연(삿갓)의 아버지 김안근(金安根)은 그 당시의 법이었던 연좌제에 희생될 아이들의 안위를 걱정하게 되어 피신할 곳을 찾게 된다. 그때 마침 김익순이 데리고 있던 종복(從僕) 중에 김성수(金聖秀)라는 사람이 있었는데, 그는 의리가 굳은 사람으로 이미 김병연의 선친들과 맺었던 정을 잊지 못하고 황해도 곡산에 있는 자기 집으로 형인 병하와 병연 형제를 피신시키고 글공부도 시켜 주었다.

그동안 조정에서는 김익순 자신이 반란을 일으킨 것이 아니라 항복에 그친 것임을 감안하여 김익순에게 내렸던 벌을 감해, 처벌을 당하는 사람을 김익순 한사람으로 하고 멸족은 면하게 해 주었다. 그러나 이미 아버지 김안근은 세상을 떠났고, 형제는 어머니 함평 이씨와 재회를 했지만 기울어진 집안은 발붙일 곳이 없게 된다.

형제는 홀어머니 손에 이끌려 여주, 가평 등을 전전하다가 강원도 영월로 이사를 한 후 그곳에서 아주 어렵게 생활한 것으로 전해진다. 물론 어머니는 자식들에게 혹시 문제가 될 수도 있는 조부의 이야기는 일절 하지 않고, 다만 자식들을 바르게 키우려고 노력하면서 꾸준히 공부를 시켰다.

집안은 폐족에 가까워 아주 어렵게 생활했지만, 사람의 천재성이 변하는 것은 아니었는지 김삿갓의 시에 대한 천재성은 변함이 없었다. 그러나 그 천재성 때문에 김삿갓의 운명이 극적으로 바뀌는 사건이 일어난다. 그가 스물이 되던 해, 결혼하고 이제는 자신의 앞날을 열어야겠다는 생각이었는지 아니면 자신의 실력이 이 정도면 남들 앞에 나서도 부끄럽지 않다고 생각해서인지 지방의 과거에 응시한 것이다.

그가 응시했던 과거의 시제(試題)는 "가산군수 정시의 충절을 찬양하고 역적 김익순의 죄를 탄핵하라(論鄭嘉山 忠節死 嘆金益淳 罪通于天: 논 정가산 충절사 탄김익순 죄통우천)"였다.

이 시제가 나온 이유는 김삿갓의 조부 김익순이 항복을 했던 홍경래의 난 당시, 선천에서 멀지 않은 곳에 있는 가산의 군수였던 정시는 김익순보다 직급도 낮은 문인임에도 불구하고 끝까지 싸우다가 전사를 했다. 따라서 정시는 죽음으로 충절을 지킨 관리의 모범이니 그를 칭송하고, 김익순은 항복한 역적이니 그의 죄를 탄핵하라는 것이다. 이는 과거에 응시하여 관리가 되려는 이들에게 나라를 위해 충절을 지키는 것이 얼마나 중요한지를 보여 주려는 의도였다. 시제를 받아 든 김병연은 김익순이 자신의 조부인 것은 까맣게 모르는 사실이니만큼 거침없이 그의 천재성을 드러냈다.

원문을 인용하고 번역하기에는 너무 많은 분량이라 그 내용을 요약하면 다음과 같은 내용의 글을 썼다.

김익순은 들어라. 정시는 경대부에 불과했으나 항복하지 않았지만, 너희 가문이 성은을 두터이 입었음에도 불구하고 너는 항복을 하였구나. 그러니 당연히 너는 선왕들이 계시는 저승에도 가지 못하는 것은 물론이요, 한 번 죽는 것 가지고는 안 되고 만 번 죽어야 마땅하다. 또 너의 일은 역사에 기록하여 천추만대에 전해야 한다.

중국 충신들의 예를 들어가면서 정시를 찬양하고, 김익순을 구천을 떠도는 귀신이 되어야 마땅하며 만 번 죽어도 모자라는 인간으로 묘사하였다.

결과는 당연히 장원급제였다.

삿갓으로 세상을 가리다

-방랑시인 김삿갓이 주는 교훈 Ⅲ-

장원급제라는 영광을 안은 김병연은 집으로 돌아와 자랑스럽게 자신의 이야기를 했다. 그러자 어머니는 마치 죽을죄라도 지은 사람처럼 자책하며 자리를 펴고 몸져누웠다. 자식이 장원급제했는데 기뻐하는 것이 아니라 병이 난 것이다. 그리고 며칠이 지나서 어머니는 병연 형제를 불러 모은 후 김익순이 그들의 조부이며 그가 형장의 이슬로 사라진 이유를 정시에 대한 이야기와 함께 자세히 들려주었다.

비록 반란군에게 항복을 해서 사형을 당했다고는 하지만 조부는 조부다. 병연은 아연실색할 수밖에 없었다. 그런데 그 조부를 저승에도 가지 못하고 만 번 죽어도 모자라다고 실컷 욕을 해 댔으니 어찌 조상들의 얼굴을 대할 것인가? 어머니가 며칠을 몸져누운 까닭을 그제야 알 것 같았다. 어머니는 마음도 아팠겠지만, 그보다 선친을 욕해 댄 자식이 더 걱정스러워 이 일을 어찌 처리할까를 고민하느라 일부러 생각할 시간을 가진 것이다. 이제는 조부뿐만 아니라 어머니에 대한 불효 역시 지울 수 없게 되었다.

순간 병연의 머릿속은 텅 비는 것 같았다.

차라리 죽고 싶은 마음뿐이었다. 그렇다고 스스로 목숨을 끊으면 이미 한 번 욕보인 조상을 또 욕보이는 꼴이 될 터이니 그리 할 수도 없는 일이었다.

몇 날을 두고, 어찌해야 조상은 물론 지금 이 세상과 백성들에게 던진 자신의 과오를 용서받을 수 있을까 하고 고민하던 병연은 자신을 가리고 세상을 풍자하는 것으로 그나마 과오를 씻기로 마음먹었다. 자신을 가리기 위해서 아주 커다란 삿갓을 구해서 하늘은 물론 세상마저 잘 보이지 않을 정도로 가린 후 방랑의 길을 떠나, 들을 귀 있는 자들은 들어야 하는 날카로운 비수 같은 시로 세상을 꼬집게 된 것이다. 그리고 세상을 풍자한 시 이상으로 자신의 처지를 노래하기도 했는데, 그가 살아온 모습과 마음을 아주 잘 표현해 준 시 한 편을 소개한다.

천릿길을 지팡이 하나에 맡기면

남은 엽전 일곱 푼도 오히려 많다.

주머니 속 깊이 두려고 다짐했건만

석양 주막에서 술을 보았는데 어찌할까나.

– 〈주막에서〉

그의 시와 행적에 대해서는 너무나도 잘 알려진 관계로 더 이상 기술

하지 않는다. 다만 김삿갓은 그저 단순한 방랑시인이 아니라 자신을 버림으로써, 무언가 잘못 나가고 있는 시대에 저항하는 반항 시인이었다는 말은 덧붙이고 싶다. 연좌제 같은 제도에 대한 저항이었을 수도 있고, 홍경래 난이 지배계층의 농민수탈과 세도정치의 폐해에 대항해서 일어났다는 것을 빤히 아는 그로서는 시대가 만든 불평등에 대한 저항일 수도 있다. 삿갓이 그가 간직하고 있는 모든 회한과 불만을 덮고 있었기에 보이지 않았겠지만, 그 삿갓 아래에서 하늘을 향해 수도 없이 구슬 같은 눈물도 흘리고, 원망도 하며 길을 걸었을 것이다.

김삿갓이 시의 귀재이며 시대를 풍미한 방랑 유객(遊客)임에는 틀림이 없다. 하지만 지금의 우리가 기억하는 그는 어찌 보면 시대가 허락하지 않은 풍운아라고 하는 편이 옳을지도 모른다. 자신도 모르는 채 할아버지를 능멸하는 시를 지었다는 이유 하나만으로 너무 가혹한 인생을 산 것이 아닌가 하는 생각도 든다. 지금의 우리라면 생각도 하지 않았을 일인지도 모른다. 그러나 무엇보다 그가 스스로에 대한 책임을 질 줄 아는 사람이라는 면에서는 절로 머리가 숙어진다. 비록 잘 모르고 저지른 일이지만 자신이 저지른 과오에 대해, 굳이 삿갓을 쓰고 방랑하는 외적인 행동이 아니더라도 일생을 후회하며 속죄하는 마음으로 산다는 것이 쉬운 일은 아닐 것이다. 사실 알았으면 그리하지 않았을 것이라고 변명할 수도 있는 일이건만, 구질구질하게 변명하지 않고 지나칠 정도로 책임지는 자세는 어찌 보면 지나친 것 같기도 하다. 하지만 스스로를 책임지며 삿갓으로 자신이 살던 시대에 저항하던 그 자세야말로 지금을 살고 있는 우리들이 본받아야 할 모습 중 하나가 아닌가 하는 생각이 들며, 그의 이러한 저항이 오늘날의 지식인들에게 전하는 메시지가 아닐까 하는 생각마저 든다.

석연치 않은 시작

-도쿄올림픽이 주는 교훈 I-

14세기 유럽을 휩쓸고 지나가며 유럽 인구의 30%를 희생시켰다는 페스트 재앙 이후 인류 최악의 재앙이라고 일컬어지는 코로나19의 위협 아래 도쿄올림픽이 어렵게 막을 내렸다. 코로나 확산이라는 지극히 불안한 사태를 방관할 수 없다며 도쿄올림픽의 취소를 요구한 일본 자국 내의 반대 시위가 얼마나 힘든 올림픽이었는지에 대한 현실을 잘 대변해 주고 있다. 설령 자신들이 불편한 점이 있더라도 나라의 이익을 위해서라면 모르는 체하거나 아니면 싫어도 좋은 척하는 일본인들의 습성을 감안하면, 일본인들이 올림픽 개최를 얼마나 반대했는지에 대한 대답은 명확해진다. 하지만 중계료를 비롯한 올림픽 수입이야말로 재정의 근본 중 하나인 국제올림픽위원회(IOC)로서는 올림픽 개회를 포기할 수 없었고, 올림픽을 통해서 원전 사고 등으로 상처 입은 일본이 아직도 건재하다는 모습을 보여주고 싶던 일본 정부의 계산이 맞아떨어지는 바람에 코로나19로 인해서 1년이나 연기된 올림픽은 치러질 수 있었다. 생각 같아서야 기왕에 1년 연기된 행사이니 1년을 더 연기해 가면서라도 코로나19의 상황과 추이를 보고 싶었겠지만, 1년 후에는 동계올림픽이라는 IOC 자체 행사는 물론 FIFA가 주관하는 월드컵이라는 대형 행사 때문에 올림픽, 정확하게 말하자면 하계 올림픽이 자리 잡을 공간이 없던 것이다.

물론 도쿄올림픽이 단순히 주최측의 욕심 때문에 개최된 것만은 아니다. 나라마다 사정은 다르겠지만, 올림픽 직전에 출전 선수를 확정 짓는 구기종목 같은 경우에는 올림픽에 출전하겠다는 일념으로 십수 년 동안 자신의 기량을 연마하며 올림픽 개최만 손꼽아 기다리는 선수도 있었을 것이다. 또한 어떤 종목에서는 이미 대표로 선발되고도 올림픽이 1년 연기되는 바람에 실의에 빠졌다가 겨우 올림픽이 개최된다는 희망을 갖게 되었는데, 개최가 취소된다면 더 이상 희망을 가질 수 없는 경우도 있었을 것이다. 세상 모든 일이 그렇지만 특히 스포츠 선수는 적령기가 있고 올림픽이 한 번 취소되면 다시 4년이라는 세월이 흘러야 하니 그때는 그 선수가 지금의 무대에 서 있으라는 법도 없다. 따라서 참가하는 나라들 역시 코로나19라는 대재앙에도 불구하고 자국 선수들을 출전시켜야만 하는 필연의 조건이 성립함으로써 도쿄올림픽은 열렸어야 할 이유가 충분했다.

우리 대한민국 역시 29개 종목 233명의 선수와 임원 122명을 합해 총 355명이 출전했다. 코로나19의 백신 빈국 처지에서도 참가 선수들에게는 우선적으로 접종을 해 주는 아량을 베풀었건만, 백신을 맞고 술판을 벌여 방역 수칙을 위반하는 바람에 국가대표 자격을 반납하는 선수까지 생기는 통탄할 일까지 생기면서도 어쨌든 처음 계획대로 출전했다. 그런데 문제는 올림픽을 시작하기도 전부터 일어났다. 대한민국 선수촌임을 알리기 위해서 선수촌 앞을 장식한 현수막이 그 발단이 되었다.

'신에게는 아직 5천만 국민들의 응원과 지지가 남아 있사옵니다'라는 현수막에 대해 일본이 공식적으로 이의를 제기했다. 이 현수막의 내용이 임진왜란의 연장선상에서 벌어졌던 정유재란 때, 이순신장군께서 선조에게 "아직 신에게는 열두척의 전함이 남아 있사옵니다(今臣戰船尙有十二: 금신전선상유십이)"라고 상소함으로써 조국을 위해서 싸울 희망이 있다고 했던 말에서 유래하여 정치적인 의도를 내재했다는 것이다. 더욱 그 상소를 올린 이순신 장군은 이어서 벌어진 명량해전에서 일본을 대파하고 승리를 거뒀다. 명량해전은 실질적으로 임진왜란이 막을 내리게 만든 해전으로 전 세계 해전사에 길이 남을 전공으로 유명하다. 일본으로서는 당연히 떠올리고 싶지 않은 기억을 자국 수도인 도쿄의 한가운데 버젓이 게시한 것이 기분 나빴을 것이다. 일본은 정치 행위를 금지한 올림픽 헌장 50조 위반이라고 IOC 측에 이의를 제기했고 IOC가 이것을 받아들여 현수막을 철거하게 하였으니 일본은 주최국으로서 텃세를 단단히 행사한 것이다.

문제는 과연 우리 선수단의 현수막이 정치 행위가 되는 것이었으며, 철거되어야만 했냐는 것이다. 선수들 스스로 5천만 국민의 응원과 지지를 무기로 삼아 싸우겠다는 것이니 이순신 장군의 상소문이 없었더라도 그런 문구는 얼마든지 나올 수 있는 문구다. 설령 이순신 장군의 상소문을 패러디한 것일지라도, 국민들의 응원에 힘내겠다는 것을 왜 정치 행위로 보아야 하는지 솔직히 납득이 가지를 않는다. 그럼에도 불구하고 대한체육회는 현수막을 철거하면서 일본도 욱일기를 사용하지 않겠다는 약속을 받았다고 했지만, 어차피 무관중으로 치러지는 경기인데 욱일기가 등장할 이유가 없었으니, 스포츠 외교가 부실한 현실을 그대로 드러내며 석연치 않은 시작이 되고 말았다.

최선을 다하는 아름다움

-도쿄올림픽이 주는 교훈 II-

    비록 석연치 않은 시작이었지만, 우리 선수단은 금메달 6개, 은메달 4개, 동메달 10개를 수확하며 종합 16위로 대회를 마무리했다. 얼핏 듣기에는 16위라는 성적이 아쉬울 수도 있지만, 실제 중계방송을 보면서 느꼈던 감정을 생각해 보면 장하고 자랑스러운 성적이다. 때로는 대견하고, 때로는 안타깝고, 때로는 환호를 보내며, 때로는 자신도 모르게 화가 나는 혈전이었다. 그러나 최선을 다했음에도 불구하고 어쩔 수 없이 눈물을 흘려야 하는 선수들을 볼 때는, 조국이 같다는 매개체 때문인지 같이 눈물을 흘렸다. 다만 선수들이 수고했다는 것을 알면서도 아쉬운 점이 있다면, 양궁에서 금메달 4개를 획득함으로써 최고의 성과를 올린 반면에 종주국이라는 자부심을 가진 태권도에서 금메달을 하나도 획득하지 못하는 등 전통적으로 강했던 격투기에서 기대한 만큼의 성적에 미치지 못했다는 것이다. 하지만 스포츠라는 것이 경기할 때마다 이길 수 없고,

최선을 다했음에도 불구하고 패한 선수들이 그동안 흘렸을 땀과 눈물을 생각하면 그 아쉬움마저 삭힐 수 있는 것임에는 틀림이 없다. 그런데 문제는 그렇지 못하고 국민적 공분을 일으킨 종목도 있다는 것이다. 굳이 종목을 들추어내는 것이 어떤 면에서는 미안한 마음도 들지만, 많은 국민이 공분했던 일이기에 감출 일도 아니라는 생각이 들어서 잠시 언급해 본다.

이번 올림픽에 출전했던 구기 종목 중에는 우리나라에서는 불모지와 다름없는 럭비처럼 오로지 선수들의 노력에만 의존했던 경기가 있는가 하면, 국민 모두의 사랑과 기대를 한 몸에 받으면서 출전한 남자축구, 야구, 여자배구 같은 구기도 있었다. 물론 출전한 선수들은 몸과 마음을 다하여 경기마다 승리하기 위해서 노력했겠지만, 문제는 보는 이들에게 그렇게 비춰지지 못했다는 것이다. 남자축구 역시 아쉬움은 많지만, 그보다 야구 이야기를 해 본다.

여자배구는 온 국민이 손에 땀을 쥐며 응원할 수밖에 없는 경기를 펼쳤다. 솔직히 우리가 약세 같은데도 어디서 그런 투지가 솟아나는지 상대를 제압하는 것을 보면 저절로 감탄사가 나올 지경이었다. 동메달을 획득하지 못하고 4위를 했음에도 불구하고, 귀국할 때 공항에 마중 나온 국민들의 열기를 보면 간단한 대답이 나오는 것이다.

반면에 야구는 SNS에서 많은 비난의 글을 맞아야 했다. 야구는 6개 국이 참여한 가운데 4위를 했다. 이미 서술한 바와 같이 스포츠라는 것이 이길 때도, 질 때도 있기에 그럴 수도 있다. 그러나 문제는 처음 팀을 구성할 때부터 방역 수칙 위반으로 선수 교체가 불가피했고, 이미 국민들은 그때부터 눈살을 찌푸리기 시작했다. 게다가 야구 대진표는 묘하게 짜여 있었다. 개최국 일본은 관중이 입장하는 경기에 대비해서, 참가국 수는 적지만 게임을 늘려서 입장 수입을 극대화하기 위한 대진표를 만든 것이다. 몇 바퀴를 도는 것인지도 모르는 게임을 하는 동안 국내에서는 잘나가던 선수가 안타 하나 제대로 치지 못하는 모습을 보면서 국민들은 더 안타까워했다. 그리고 마지막 동메달 결정전에서 도미니카공화국에게 6:10으로 재역전을 당하면서도 도대체 무슨 의식이 있는 것인지 없는 것인지 껌이나 씹고 있는 선수의 모습을 보면서 국민들은 분노하지 않을 수 없었던 것이다.

똑같이 4등을 했음에도 여자배구에는 환호를 보내고 야구에는 분노한 것은 무언가 말로는 다 설명되지 않는 성원과 아쉬움에 대한 표현이라는 것을 잊지 말아야 한다. 야구에 대한 질책이 단순히 메달에 대한 아쉬움이 아니었다는 것은 굳이 구기 종목이 아니더라도 4등을 하고도 열렬한 환호를 받은 종목을 보면 알 수 있다. 예를 들어 근대5종 경기에서 전웅태 선수가 동메달을 획득하기도 했지만, 4위로 골인한 정진화 선수에게 국민들은 아낌없는 박수를 보냈다. 그뿐만이 아니다. 아직 군 복무 중임에도 높이 뛰기에서 4위를 기록하면서도 웃음을 잃지 않았던 우상혁에게도 국민 모두가 환호를 보내는 데 주저하지 않았다.

중요한 것은 메달이 아니다. 똑같은 노력을 했다고 할지라도, 그 결과가 나타나는 경기에 임하는 모습을 국민 모두가 함께 지켜보고 있다는 것을 잊어서는 안 된다. 비단 올림픽 경기에 참여하여 승패를 겨루는 운동선수뿐만 아니라 우리네 삶 모두가 그렇듯이 포기하지 않고 끝까지 최선을 다하는 모습은 아름다운 것이다.

정론직필(正論直筆)이라는
단어의 가치

-언론이 중심을 잡아야 백성이 바로 선다-

　언론중재법 개정으로 인해서 나라가 온통 시끄럽다. 그 내용이 언론에 자갈 물리기 위한 법안이라는 의견과 언론이 정론을 보도하도록 만드는 법이라는 양 갈래가 도저히 합의를 도출하지 못하고 평행선을 달리면서 야당은 필리버스터를 선언하고 그야말로 난리도 아니다. 이렇게 요란하고, 국회의장이 본 회의를 연기하며 여야가 추가로 논의할 것을 주문할 정도인 것을 보면 분명히 중요한 법임에는 틀림이 없다.

　필자 역시 언론에 너무 많은 부담을 안기다 보면 취재가 위축될 수밖에 없다는 점에서는 언론중재법을 반대하는 목소리에 공감한다. 반면에 소위 '가짜뉴스'로 통하는 보도 행위에 대해서조차 통제하지 않는다면 그야말로 고삐 풀린 망아지처럼 날뛰는 형국이 될 수도 있다는 것 역시 배제할 수 없는 것이 현실이기는 하다. 그렇다면 과연 어떻게 대처해야 할 것인지 문제가 될 수밖에 없을 것이다. 하지만 이제까지 우리나라 헌정사상 언론에 관한 법 때문에 문제가 생겼다고 보기보다는 언론을 운용하는 사람들이나, 언론을 이용하는 사람들에 의한 문제가 더 심각했다는 점을 감안한다면 의외로 해법이 나올 수도 있다고 본다. 이제까지의 경험을 바탕으로 언론을 운용하고 이용하는 사람들이 바른 마음으로 언론을 아끼고 사랑한다면 문제가 없을 것이다. 재벌 기업들이 광고를 미끼로 언론에 편파적인 기사를 요구한다든가 권력을 지향하는 언론인에게 미끼를 던지면서 자기들에게 유리한 기사를 요구하는 등의 이야기는 감춰진 진실이라는 것을 우리는 많이 들어 왔다. 그게 과연 사실인지 확인해 본 적은 없지만 적어도 그럴 수 있다는 가능성은 있으며, 우리는 실제 접하는 와중에서도 짐작하게 만드는 일들을 마주치곤 한다.

예를 들면, 언론이면 언론답게 객관적인 보도를 우선해야 하는데 이건 그게 아니다. 그리고 자신들이 하기 껄끄러운 것들은 소위 시사평론가 등의 전문가라고 일컬어지거나 혹은 그와 비슷한 역할을 하는 교수를 비롯한 출연자들의 입을 통해서 듣도록 한다. 그것도 전문성을 의심하게 만드는 출연자들의 입을 통해서 만들어 낸다. 코로나 상황이나 예방을 이야기하면서 의학박사 같은 전문가를 초빙해서 보충 설명을 듣는 것을 탓하는 것이 아니다. 소위 시사평론가라는 이들은 모르는 것도 없는지, 정치 이야기는 물론 백신이나 코로나 예방까지 모조리 잘 아는 것처럼 이야기한다. 그것도 평소 그 사람이 말하던 성향을 여실히 드러내면서 이야기한다. 정치에 관한 평론을 할 때 여당 성향이었던 사람은 백신 수입이 늦어도 그들에게 우리나라는 잘하는 나라다. 반면에 야당 성향인 사람은 정부가 접종자를 늘려 그 효과를 극대화시키기 위해서 아무리 계획을 잘 짜서 시행하고자 해도, 저건 통계수치를 늘리기 위한 방편일 뿐이다. 이런 편협적인 논평은 국민들로 하여금 언론을 못 믿게 만드는 가장 지름길이라는 것을 알 텐데도 불구하고 자초하는 것을 보면 한심하기조차 하다.

솔직히 필자가 잘못 판단하는 것인지는 모르겠지만, 이런 편협한 사건은 자신의 임무에 충실하고자 하는 기자나 앵커의 뜻이라기보다는 여러 가지 이해관계가 얽힌 윗선의 결정에 의한 산물일 수도 있다는 것이다.

하지만 이유가 무엇이든 간에 적어도 언론인 신분에서는 언론이 바른길을 가도록 해야지 그 안에서의 자신의 힘을 이용해서 그릇되게 인도하는 것은 어떤 이유에서도 합당화 될 수 없는 것이다. 언론인의 가장 큰 사명은 사실을 그대로 전하며 올바른 주장을 펴는 정론직필이라는 것을 명심해야 한다. 모름지기 정론직필의 진정한 의미는, 언론에 국한되는 것이라기보다는 우리네 모두에게 적용되는 것이 아닌가 한다. 나부터 바른길을 가고자 노력하다 보면 세상 모두가 바른길을 가게 된다는 의미가 아닐까 하는 생각이다.

언론이 그 갈 길을 잃으면 국민이 나갈 길을 잃고, 국민이 길을 잃으면 나라가 길을 잃어 망국의 한을 품는다는 것을 잊어서는 안 된다.

정치의 명분

-정책대결이 지름길이다-

요즈음 정치판을 뜨겁게 달구는 뉴스는 누가 뭐래도 '국민의힘 윤석열 대선 경선 후보의 고발 사주 의혹'이라는 명제다. 윤석열 후보가 검찰총장 당시에 범여권 인사들을 야당이 고발하도록 사주한 사실에 연루되었다는 것이다. 솔직히 여권 인사들을 조사하고 싶으면 검찰이 직접 했으면 되는 것 아니냐는 생각까지 든다. 하지만 고발해서 수사하는 것과 그냥 표적으로 수사하는 것과는 무언가 차이가 나니까 그리했으리라고 이해를 하려고 해도 쉽게 납득이 안 된다. 소위 '채널A 사건'이 법원에서 무죄 판결을 받음으로 인해서 헛소문에 속았던 허탈함을 간직하고 있기 때문일 수도 있고, 그동안 선거 때면 난무하던 소위 '병풍, 세풍' 등의 사건 때문일 수도 있다.

전 검찰총장 윤석열과 전 감사원장 최재형이 대선 출마를 선언하자 정계가 발칵 뒤집혔다고 해도 과언이 아니었다. 여당은 마치 두 사람이 배신자라도 된 듯이, 그리고 출마해서는 안 될 사람이 출마라도 한 듯이 온통 난리가 났었다. 그러나 그것도 잠시뿐이었다. 두 사람의 정치무대 등장을 비난하던 여당의 유력후보들은, 요즈음에는 두 사람은 차치하고 어떻게든 당내 경선에서 승자가 되어야 한다는 생각에 서로 물어뜯기에 열중하고 있다.

그런가 하면 야당 한편에서는 그야말로 가뭄에 단비를 만난 이상으로, 이건 완전히 대박 났다고 잔치라도 하려는 분위기였다. 물론 그와 동시에 다른 한편에서는 공식적으로 비난에 가까운 말들이 나오기도 했고, 또 다른 측면에서는 새로 입당한 정치 신인이 지도부와 큰 갈등을 겪는 것으로 보이게도 했던 것 역시 사실이다. 백성들은 도대체 어느 것이 맞고 어느 것이 틀리는 것인지 구분이 되지 않을 뿐만 아니라 정권을 교체하겠다는 그들이 정권교체를 목표로 삼는 것인지 아니면 지지율 조금 오르니까 그 틈에 후보로 나선 자신을 부각하려는 건지 이해하기 힘들 정도였다. 그러더니 요즈음 고발 사주 의혹이 대두된 이후에는 일부 후보들은 대놓고 윤석열 후보를 비난하기에 바쁘다. 윤석열 후보가 입당함으로써 경선 열차에 동승하여 경선 흥행이 어느 정도 성공할 확률이 생기니 이제는 지분을 챙겨야 한다는 계산을 하는 것은 아닌지 궁금하다.

도대체 왜 국민들이 납득하기 힘든 현상이 현실 정치에 나타나는 것인지 실로 안타깝기조차 하다. 필자 역시 하남시 의회 의장을 역임하는 등 정치인의 한 사람으로서, 한편으로는 죄송하기도 하다.

정치하는 사람들에게 왜 그렇게 했느냐고 물을 때, 가장 흔하게 듣는 답이 '정치는 명분'이라는 것이다. 그런데 최근에는 그 명분의 일부가 실종된 것 같아서 아쉽다.

정치가 정말 국민을 주인으로 섬기기 위한 행위라면, 정치인의 첫 번째 사명은 국민을 위한 정책 수립이다. 그 정치가 지방을 대상으로 하는 것이면 지방을 위한 정책을, 나라를 대상으로 하는 것이면 나라를 위한 정책을 수립하여 유권자들에게 평가받는 것이 진정으로 국민을 위한 정치다. 그런데 아쉽게도 최근 벌어지고 있는 현상은 상대방의 정책과 나의 정책을 비교하면서 벌이는 정책대결이 아니라, 정책과는 전혀 상관없는 일들을 가지고 서로 물고 물리는 싸움이다 보니 국민들은 짜증이 나는 것이다. 국민들을 만족시킬 특별한 정책도 없이 선거에서 승리하겠다고 하다 보니 애매모호한 행위를 일삼게 되고, 그것이 정치판을 오염시키는 추잡한 현실로 나타나는 것이 아닌가 하는 생각까지 든다. 그러나 그런 모든 추잡한 행위를 가장 먼저 눈치채는 것은 국민들이라는 사실을 알아야 한다. 그리고 일부 타락한 언론과 유착해서 국민들을 기만하려고 해도 국민들은 기가 막히게 진실을 안다. 때로는 잠시 그 속임수에 넘어가 투표를 잘못하는 경우가 있기는 해도, 곧바로 되돌릴 줄 아는 것이 국민들이라는 사실을 잊어서는 안 된다.

정치가 국민들에게 신뢰받고 가장 가까이 다가가는 지름길은 오로지 국민들을 위한 정책 개발에 매진하고, 그 실천을 위해서 노력하는 모습이라는 것을 나를 비롯한 모든 정치인이 깨달을 때 진정으로 행복한 대한민국을 건설할 수 있다고 감히 단언해 본다. 아울러 이번에는 소위 '고발 사주 사건'의 진실이 반드시 밝혀져서 그 결과에 따른 조치가 뒤따라야 한다. 사실이라면 그에 상응하는 조치를 하고, 날조된 것이라면 날조한 이들이 다시는 정치권 주변에도 얼씬댈 수 없는 엄벌에 처함으로써, 국민들이 정치권에 따가운 시선이 아니라 신망을 보내게 해야 한다는 것을 명심해야 한다.

팽당한 정의?

-국민들은 왜 윤석열 후보를 지지하나?-

심한 말일지 모르지만, 윤석열 국민의힘 경선 후보야말로 할 말이 많은 후보라는 생각이 든다. 물론 검찰총장 하던 사람이 정치 예선전도 없이 갑자기 대권에 뛰어드는 바람에 이렇고 저렇고 말이 많으니까 본인도 할 말이 많겠지만, 주변의 여러 의문에 대한 대답을 제외하고라도 할 말이 많을 것이라는 생각이 든다. 그 후보야말로 현 정치권의 거대 양당 모두로부터 제외당했다면 제외당한 것이고 버림받았다면 버림받았던 인사이기 때문이다.

우리 모두 알다시피 윤석열 후보는 박근혜 정부 때 좌천당했다는 이유로 문재인 정부가 들어서면서 급부상한 인물이다. 물론 국정농단 특검 당시 거기 합류하면서 과거의 억울하다면 억울한 사실들이 본격적으로 국민들에게 알려졌지만, 실제 승승장구하면서 검찰총장이라는 나라의 중책을 어깨에 멘 것은 문재인 정부가 걸어 준 명예였다. 중앙지검장을 거쳐 검찰총장이 되는 동안 그가 받은 조명은 오로지 문재인 정부가 비춰 준 것이라고 해도 과언이 아닐 것이다. 그런데 그렇게 힘을 실어 주던 문재인 정부마저 그를 내치기 위해서 법무장관과 검찰총장의 힘겨루기를 비롯해서 국민들의 눈살을 찌푸리게 만드는 일들을 속속 유발했다. 그럼에도 불구하고 그는 조국 전 법무장관을 낙마시키는 데 커다란 역할을 했고, 조국 전 장관의 부인 정경심 전 동양대 교수를 법정에 세워 유죄 판결을 받게 만드는 데 일조했다. 뿐만 아니라 조국 장관의 뒤를 이은 추미애 전 법무장관과도 국민들이 모두 알고도 남을 정도의 치열한 세력 다툼을 했으며, 그 덕분에 올라간 지지율을 등에 업고 검찰총장을 사임한 후 곧바로 대선판에 뛰어들었다. 그러고는 급기야 국민의힘에 입당해서 국민의힘이 말하는 경선 버스에 탑승한 것이다. 자신을 승진시키고 중용했던 민주당을 뒤로하고 좌천시켰던 국민의힘을 택한 것을 보면 차라리 좌천당했을 때가 승진을 해서 검찰총장이 되었을 때보다 더 마음이 편해서인지 아니면 국민의힘을 택하는 것이 더 승산이 있어 보여서인지는 본인만이 알겠지만, 현실은 그렇다는 것이다.

지금까지 두 거대 정당과의 관계를 보면 두 조직 모두 그가 합당하지 못한 인물이라는 결론을 냈다고 보아도 무방할 것 같은데, 문제는 국민들에게는 그의 지지율이 각종 여론조사에서 1, 2위를 오르내린다는 것이다. 거대 양당 모두에게서 배척당한 경험이 있다면 분명히 무언가 잘못된 사람이라는 개념을 갖는 것이 아니라 국민들은 오히려 그를 지지한다. 거대 양당으로부터 버림받았던 사람이라고 해도 과언이 아닌데, 지지율이 30% 전후를 오가는 것을 보면 단순히 양당의 지지자들을 제외한 중도파들만의 지지라고 보기에는 힘들 것이다. 그렇다면 국민들은 왜 거대 양당 모두로부터 부적격 판정이라도 받은 것처럼 아픈 경험이 있는 윤석열 후보를 지지하는지 궁금하지 않을 수 없다.

필자 역시 정치를 하는 사람으로서 솔직히 이런 말을 하는 것 자체가 공연히 머쓱해지지만, 필자의 생각으로는 국민들이 현존하는 거대 양당 모두를 미덥지 않게 여기는 것이 아닌가 하는 생각마저 든다. 그렇기에 거대 양당으로부터 크든 작든 손사래를 당한 경험이 있는 사람을 오히려 배신당했거나 옳은 일을 하려다가 버림받았다고 생각하는 바람에, 지지를 보내는 것이 아닌가 하는 생각이 드는 것이다. 만일 정말 그렇다면 필자를 비롯한 정치인들은 모두 깊이 반성해 볼 필요가 있다. 무엇이 국민들로 하여금 윤석열 후보를 지지하도록 만들었느냐 하는 것은, 그냥 지지하는가 보다 하고 넘어갈 문제가 아니라는 것이다.

민심은 천심이라고 했다.

정치를 하는 것은 민심을 얻어야 가능한 일이다. 그래야 국민들의 선택을 받아 국민들을 위한 정책을 펼칠 수 있다. 그리고 그 정책은 반드시 절대 사심이 개입되지 않은 국민 모두를 위한 정책이어야 하는 것은 물론 그 집행 역시 공정해야 한다. 이런 법칙은 아주 외딴 시골의 군의원부터 나라를 대표하고 국민 모두의 종복이 되어야 하는 대통령까지 마찬가지다. 그래야 국민들이 다음번 선거에서 그 사람이 되었든 아니면 그 사람이 속한 정당을 다시 선택해 줄 것이기에, 그 순간 민심이 바로 천심으로 변하는 것이다. 국민들과는 동떨어진 정치를 하다가 선거 때가 되어 자신이 믿는 신에게 오로지 당선만 되게 해 달라고 아무리 기도를 해도 결국 선택받을 수 없다는 것이다.

윤석열 후보에 대한 국민들의 선택이 일시적인 지지 현상이든 아니면 끝까지 가서 모종의 결과를 내든 간에, 국민 한 분 한 분 신을 받들 듯이 존경하고 그분들의 뜻에 맞는 정치를 해야 한다는 것을 잊어서는 안 된다는 뼈저린 교훈을 주는 것 같아 숙연해진다.

양반전
-양반전이 지금에게 전하는 의미-

연암 박지원은 조선시대 양반사회의 타락하고 부패한 현실을 소설을 통해서 풍자하기로 유명한 분이다. 그분의 소설 중에 『양반전』이라는 소설이 있다.

어떤 고을에서 관곡을 100석이나 빚내서 먹고 갚을 길이 없는 양반이 하옥되어야 하는 곤경에 처하자, 그 고을 부자인 상민에게 자신이 가지고 있는 양반이라는 직책을 팔아서 빚졌던 관곡을 갚는다. 그 과정에서 호장이 새로 양반을 사들인 부자에게 양반이 되고 나면 누릴 수 있는 권리를 낭독하는데, 양반인 그들이 보기에는 권리라는 것이 양반을 사려는 부자 상민이 보기에는 영락없는 도둑놈이나 할 짓이었다.

"하늘이 사람을 낳을 때 사(士)·농(農)·공(工)·상(商) 넷으로 구분했다.

그 가운데 가장 높은 것이 사이니 이것이 곧 양반이다. 양반의 이익은 막대하니 농사도 안 짓고 장사도 하지 않고 공부를 하여 크게는 문과 급제요, 작게는 진사가 되는 것이다. 문과 과거의 합격증인 홍패(紅牌)는 길이 2자 남짓한 것이지만 모든 것이 갖춰져 있어 그야말로 돈 자루다. 진사가 나이 서른에 처음 관직에 나가더라도 잘 되면 큰 고을을 맡게 되어, 배가 요령 소리에 커지며 방에서 기생이 귀고리로 단장하고, 뜰에는 학을 기르는 부를 누린다. 궁한 양반이 시골에 묻혀 있어도 이웃의 소를 끌어다 먼저 자기 땅을 갈고 마을의 일꾼을 잡아다 자기 논의 김을 매라고 한들 누가 감히 괄시하랴. 너희들 코에 잿물을 붓고 머리끄덩이를 회회 돌리고 수염을 낚아채더라도 누구도 원망하지 못할 것이다.”

결국 양반사회의 온갖 부정과 추잡함을 자랑이라고 늘어놓는 양반을 보면서, 자신이 그렇게도 그리던 양반이라는 신분을 사려던 상민은 도둑놈만도 못한 것이 양반이라고 하며 양반이 되는 것을 포기했다. 양반의 권리라는 것이, 양반이 볼 때는 권리였지만 상민이 보기에는 도둑놈만도 못한 짓이었다. 이것은 단순히 조선시대 양반과 상민 사이에서 보는 관점에 따라서 다르게 보인다는 말로 넘기기에는 무언가 쉽게 해결이 되지 않는 것들이 있다.

대선을 눈앞에 둔 우리나라 정가는 연일 새로운 이슈와 뉴스로 시끌벅적하다. 하지만 그렇게 시끌벅적한 뒤편에는 항상 조작과 협잡이라는 꼬리표가 쫓아다녔고 언제 그런 일이 일어나지 않는 조용한 정책대결의 정치가 이루어질지 국민들은 고대하고 있다.

이미 전임 대통령은 탄핵 후 영어의 몸으로 있기에 더 이상 말을 하지 않기로 한다. 다만 현 정부의 최측근이나 그 가족 등이 법원에서 유죄판결을 받고 있으니 그게 더 문제가 심각한 것이다. 물론 이런 현상은 어느 정부에나 있던 현상이라고 넘어갈 수도 있다. 하지만 필자 역시 정치인의 한 사람으로서 행여 정치하는 사람들이 자신들에게 주어진 의무는 잊고 그저 권리만 주장하던 중에 나온 그릇된 판단이 아닌가 해서 걱정이 된다.

우리는 선거를 통해서 당선된 사람들은 선량(選良)이라고 한다. 물론 국회의원을 지칭하는 다른 말로 쓰이기도 하지만, 그 사전적 의미는 '가려서 뽑힌 인물'이라는 뜻이다. 그냥 듣기에도 무언가 막중한 책임을 느껴야 할 것처럼 여겨지는 말이다.

국민들이 선거를 통해서 누군가를 선택할 때는 그 사람에게 거는 기대가 있어서다. 그리고 선택받은 사람은 그 기대를 반드시 행해야 할 의무라고 생각하고 국민들의 기대에 어긋나게 행동해서는 안 될 것이다. 그런데 선거 때에는 그렇게 할 것 같다가도 막상 당선되고 나면, 국민들이 지워 준 의무는 잊고 선택을 받음으로 인해서 얻게 된 권한만 내세우는 경우도 허다하니 그게 문제를 일으키는 것이 다반사다. 국민들이 내게 주신 그 한 표가 나에게 권한을 준 것이 아니라 의무를 준 것이라고 생각하며 행동한다면 일어날 수 없는 일들이 일어나고 있는 것이다. 실로 유감이 아닐 수 없다.

지금은 대선의 그늘 아래 가려서 크게 드러나지 않지만, 대선 이후 곧

이어 다가올 지방선거 역시 그런 의미에서는 마찬가지다. 대선의 무대가 커다란 나라이고 지방선거의 무대는 작은 지방이라고 해서 국민들이 선택해 준 그 한 표의 의미가 절대 다를 수 없는 것이다.

『양반전』이 지금 이 시대에 국민들의 선택을 받고자 하는 우리 모두에게도 무언가 전하고자 하는 의미가 있는 것처럼 자꾸 되뇌어진다.

주초위왕(走肖爲王)

-벌레가 역모를 고발한 사건-

조선시대의 가장 큰 죄목은 역모다. 왕조를 몰아내고 새로운 왕조를 세운다는 것은 나라를 뒤엎는 것으로, 임금을 바꾸는 것 역시 역모다. 임금은 곧 나라이기 때문에 임금을 부를 때 '나라님'으로 부르기도 했다. 그런데 문제는 임금을 바꾸는 계획, 즉 모반을 계획하고도 성공하면 그건 새로운 세상을 연 것이고 실패하면 역모다.

조선시대의 역모는 태종의 왕자의 난을 시작으로 세조의 난과 연산군을 폐하고 중종이 등극한 중종반정과 광해 임금을 몰아내고 인조가 즉위한 인조반정 등의 난을 대표적으로 들 수 있다. 물론 승자의 역사이기에 각각의 난의 타당성을 떠나서 그들은 역사에 왕으로 기록되고 주모자들 역시 역사에 행적을 남긴 것은 사실이다.

연산군은 조선 역사상 가장 패륜적인 임금으로 기록되어 있고, 중종반정으로 왕위에 오른 중종은 연산군이 남긴 악정을 청산하고 개혁해야 했다. 그러기 위해서 중종은 연산군에 의해서 쫓겨났던 신진사류를 등용해서 대의명분을 중시하는 성리학을 장려하는 정책을 폈다. 이 정책에 힘입어 두각을 나타낸 것이 바로 조광조다.

조광조는 당시 성리학의 최고봉으로 손꼽히던 김종직의 학통을 이어받은 김굉필의 문하에서 가장 뛰어난 청년 학자로 사림파의 영수가 되었다. 연산군 당시 갑자사화 때 김굉필이 연산군의 생모 윤씨의 폐위에 찬성했다 하여 처형되면서 제자인 조광조도 유배당하는 몸이 되었다. 그러나 중종반정으로 인해서 성균관 유생들의 열화와 같은 추천을 받아 조광조는 관직에 오르게 되었고, 성리학의 조예가 깊고 왕도정치를 부르짖는 그는 중종의 눈에 들어 승승장구한다.

조광조는 무엇보다 언로를 열어야 한다고 주장했다. 언로가 막히면 사람들이 올바른 의견도 말할 수 없다는 것이다. 그리고 현량과를 두어 인재를 등용시켜야 한다는 것과 향촌의 상호부조와 민간의 교화를 이루려고 노력해서 '좋은 일은 서로 권장하고, 잘못은 서로 고쳐 주며, 어려움을 당하면 서로 돕는다'는 내용이 주된 조목인 '여씨향약'을 도입한다. 또한 유교를 통한 백성들의 교화에 장애물이라고 생각되는 이단을 배척하기 위해서 궁중에서 도교 행사를 치르는 소격서(昭格署)를 폐지한다. 얼핏 보기에는 좋은 일을 한 것 같지만 당시 권력을 손아귀에 넣고 기득권을 잡은 이들에게는 오히려 해가 되는 것이다. 언로를 연다면 기득권자는 비난받을 일이 더 많을 것이고, 현량과를 두면 기존의 양반들끼리

오가던 관직도 솔직히 손해를 보게 될 것이라는 등 여러 불만을 야기시키는 일인 것은 어쩔 수 없었다. 당시 권력을 손에 쥐고 있던 기득권자인 훈구파로서는 부글부글 속만 끓이고 있었다. 그런데 극적으로 기득권자들을 분노하게 만든 사건이 벌어졌다.

중종반정공신을 조정하여야 한다는 1519년의 반정공신 위훈삭제사건(反正功臣僞勳削除事件)이다. 이 사건은 중종반정공신 가운데 자격도 없는 사람이 보상만 받았으므로 정리해야 한다는 사건으로, 공신의 4분의 3에 해당하는 76인의 공신호를 박탈하고 하사받은 토지와 노비마저 환수했다. 이러한 조처는 부당하게 흘러나가는 세금의 유출을 막는 것은 물론 사대부들의 기강을 바로잡자는 것이었다. 그러나 훈구세력에게는 그런 조광조의 개혁정치가 곱게 보이지를 못했다.

그 당시 중종의 사랑을 받던 희빈 홍씨의 아버지인 남양군 홍경주와 훈구세력이 손을 잡고 궁중의 나뭇잎에다가 꿀로 '주초위왕(走肖爲王: 走肖는 결국 趙)'이라고 써서 벌레가 갉아먹게 한 뒤, 그 문자의 흔적을 희빈 홍씨를 통해서 왕에게 보이는 동시에 백성들의 민심이 조광조에게 쏠리고 있다고 연일 간언하게 함으로써 중종의 마음을 움직이게 하였다. 결국 중종은 훈구세력의 간언을 받아들여 조광조는 능주로 유배되었다가 곧 사사되고, 김정·기준·한충 등은 귀양 가서 사형 또는 자결하였으니 이른바 기묘사화(己卯士禍)다. 조광조가 감히 왕의 자리를 넘보는 역모를 벌레가 고발한 것이다.

그렇다면 정말 중종은 벌레가 고발한 역모 사건을 믿은 것일까?

솔직히 그렇게 볼 수는 없을 것이다. 아무리 미신을 믿던 시절이라고 하지만 나뭇잎에 꿀을 발라 벌레가 파먹은 것도 구분 못할 왕은 아니었다. 어쩌면 중종은 조광조를 내치지 않을 경우, 자신이 연산군의 꼴을 당하지 말라는 법이 없다는 것을 깨달은 것인지도 모른다.

요즈음 언론을 통해서 보도되는 대선판을 들여다보면 그야말로 이전투구 현장 그대로다. 후보들끼리 물고 물리는 것을 넘어서서 유권자들이 판단하기 힘들 정도의 의혹들이 쏟아져 나온다. 그것들이 모두 사실이라는 것은 아니겠지만 어쨌든 의혹은 사전에 풀어야 한다. 그래야 임기를 마친 후에 불명예를 짊어지는 역사를 끝낼 수 있다. 여야를 막론하고 자기네 당 후보를 감싸려 할 것이 아니라 의혹에 연루된 후보를 철저하게 검증할 수 있도록 당 차원에서 협력함으로써, 임기만 끝나고 나면 본인이나 자식이 감옥에 가거나 그 이상의 참혹한 불상사가 더 이상은 벌어지지 않게 해야 한다.

중종은 그 당시 몇 안 되는 기득권 훈구세력들의 눈치를 보느라고 조광조를 내쳤지만, 지금은 기득권보다 더 무서운 대다수의 세력인 백성들의 눈치를 봐야 하는 시절이라는 것을 잊어서는 안 된다.

홍익인간

-개천절의 참 의미-

10월 3일은 개천절(開天節)이다. 기원전 2333년 무진년(戊辰年) 음력 10월 3일에 단군 성조께서 우리 한민족의 국가인 단군조선을 건국한 날을 기념하고 건국이념을 계승하여 나라와 민족의 발전에 기여하는 디딤돌로 삼자는 뜻으로 제정된 날이다.

단군 성조께서 기원전 2333년에 나라를 세우신 것은 비단 우리나라뿐만 아니라 중국에서도 역사로 인정하는 바로 의심의 여지는 없다. 중국의 정통 역사서인 『산해경광주(山海經廣注)』에 "요(堯) 임금 때인 무진년(B.C. 2333년)에 신인(神人)이 태백산 단목(檀木) 아래로 내려오니, 조선인(朝鮮人)이 그를 임금으로 모시고 단군(檀君)이라 칭했다"고 기록된 것만 보아도 이견이 없는 것이다. 하지만 10월 3일에 대해서는, 단군 성조께서 개국한 날이라기보다는 우리 민족에게 전래 되어 오는 명절, 특히 일종의 추수 감사제 성격을 지닌 명절들로, 부여의 영고, 고구려의 동맹 등의 행사들이 10월에 열렸다는 것에 기반을 두고 대종교에서 음력 10월 3일을 개천절로 정해서 1909년부터 매년 기념했다는 설이 일반적이다. 그러나 1949년 10월 1일에 공포된 「국경일에 관한 법률」에 의거, 음력 10월 3일을 양력 10월 3일로 바꾸어 거행하게 되었다. 그 바람에 지금도 개천절을 음력 10월 3일로 기념해야 한다는 의견이 끊이지 않는다. 부처님 오신 날도 음력 4월 초파일로 기념하는 데 무리가 없다는 점을 들어서 개천절도 다시 음력으로 환원해야 한다는 것이다. 필자 역시 타당한 주장이라고 생각하지만 정말 중요한 것은 음력과 양력의 차이가 아니라 그 참 의미를 깨닫는 것이라고 생각한다.

개천절의 기본 건국이념은 "홍익인간(弘益人間): 널리 인간 세상을 이롭게 한다. 재세이화(在世理化): 세상에 있으면서 다스려 교화한다. 이도여치(以道與治): 도로써 세상을 다스린다. 광명이세(光明理世): 밝은 빛으로 세상을 다스린다."는 네 가지다. 그러나 그 뜻들을 살펴보면, 결국 인간 세상을 이롭게 하기 위해서 세상에 머물며 도와 빛으로 다스린다는 의미이기 때문에 홍익인간이 건국이념이고 나머지는 행동강령이라고 할 수도 있다. 그래서 우리는 흔히 개천절의 건국 이념을 '홍익인간'으로 알고 있는 것이다. 그리고 홍익인간은 우리나라 교육이념으로도 명시되어 있다.

그런데 최근 '홍익인간'의 의미가 너무 추상적이니 교육이념에서 제외하자는 개정안 발의가 있었다. 제안서에는 '교육이념으로 홍익인간(弘益人間)을 규정하고 있는데, 이러한 表現이 지나치게 추상적'이라는 내용이 발의한 이유로 적혀 있었다. 즉, 현행 교육기본법 제2조(교육이념)는 "교육은 홍익인간의 이념 아래 모든 국민으로 하여금 인격을 도야하고 자주적 생활 능력과 민주시민으로서 필요한 자질을 갖추게 함으로써 인간다운 삶을 영위하게 하고 민주국가의 발전과 인류공영의 이상을 실현하는 데에 이바지하게 함을 목적으로 한다"로 되어 있다. 이것을 "교육은 모든 시민으로 하여금 자유와 평등을 지향하는 민주시민으로서 사회통합 및 민주국가의 발전에 이바지할 수 있도록 함을 목적으로 한다"로 개정하자는 법률안이다.

이 개정안 발의 사실이 알려지자 한국교원단체는 물론 역사를 연구하는 많은 시민 단체와 민족종교 단체가 강하게 반발했다. 그리고 결국 법안을 발의했던 대표발의자는 법안 발의 한 달이 채 안 되어 법안 발의를 취소했다.

필자가 보기에도 실로 어처구니없는 일이 아닐 수 없다.

홍익인간이라는 의미를 올바르게 알았다면 절대 나올 수 없는 생각이다. 사실은 현재의 교육이념을 '홍익인간'이라는 단 네 글자로 해도 그 안에 모든 뜻이 담겨 있어서 무리가 없는 것이다. '인간다운 삶을 영위하게 하고 민주국가의 발전과 인류공영의 이상을 실현하는 데에 이바지하게 함' 등의 모든 것이 '널리 인간 세상을 이롭게 한다'는 그 안에 다 담겨 있는 말이기 때문이다. 그들이 개정해야 한다고 주장하는 '자유와 평등을 지향하는 민주시민으로서 사회통합 및 민주국가의 발전에 이바지할 수 있도록 함'이라는 의미 이상의 의미가 함축되어 담겨 있는 것이 '홍익인간'이라는 것을 모르는 행위였을 뿐이다.

개천절이 원래 음력이었으니 음력으로 기념하자는 것도 맞는 말이고, 지금보다 더 성대하게 기념하자는 주장도 맞는 말이다. 그러나 무엇보다 중요한 것은 개천절이 주는 진정한 의미를 되새기고 그것을 실현하기 위해서 노력하는 것이다. 널리 인간 세상을 이롭게 한다는 그 이념 그대로만 실천할 수 있다면, 민주, 평등, 나눔, 상생, 배려 등등 세상 사람 사는 데 좋은 단어는 모두 가져다 붙여도 부족하다. 개천절의 참 의미이며 건국이념인 홍익인간의 세상을 만들기 위해서는 나부터 이웃에 대한 작은 배려와 나눔을 실천하는 것이 아닐까 하는 생각이다.

시장경제의 원리와 현실

-수요공급의 법칙 I-

경제학의 가장 기본이론이 수요공급의 법칙이라고 하는 학자들도 있다. 그런가 하면 경제학은 수요공급의 법칙을 공부하기 위한 학문이라는 학자도 있다. 그만큼 수요공급의 법칙이 경제학에서 차지하는 비중이 크다는 의미다.

필자가 생각하기에도 경제학이라는 것이 어쩌면 수요공급의 법칙을 공부해서, 그 법칙을 잘 응용하여 현실에 적용함으로써 수요공급을 원활하게 하여 가격형성을 합당하게 하기 위한 것이라고 표현해도 되지 않을까 싶을 정도다. 모든 독자가 알고 있겠지만, 그만큼 수요공급의 법칙이 중요한 것이기에 수요공급의 법칙을 잠시 살펴보기로 한다.

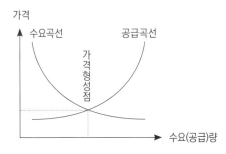

위 표에서 보듯이 공급곡선과 수요곡선이 만나는 점에서 가격이 형성
된다. 따라서 수요는 일정한데 공급이 증가한다면 공급곡선이 우측으로
옮기게 됨으로써 가격은 하락한다. 반면에 공급은 일정한데 수요가 증가
한다면 수요곡선이 오른쪽으로 이동하면서 가격은 높아지게 마련이다.
이런 원리를 잘 응용해서 가격형성이 원활하게 된다는 것은 시장경제가
활성화되는 것은 물론이고 경제가 안정된 것을 의미하니, 당연히 성공한
자본주의 경제일 뿐만 아니라 국민이 행복한 삶을 추구할 수 있는 기본
요소를 만족시켜 주는 것이다.

문제는 이런 수요공급의 원칙이 원활하게 이루어지지 못할 때 경제는
휘청거린다. 수요공급의 법칙은 엄연한 이론으로 실제 공급과 수요가 필
요한 제때 이루어지라는 보장이 없기 때문이다. 따라서 공급과 수요가
불균형을 이루게 되면 경제문제가 야기되는 것이다.
예를 들어서 공급은 제자리걸음이거나 아니면 아주 소량이 증가하는
데 수요가 폭발적으로 증가한다면 가격은 천정부지로 치솟을 것이다. 다
행히 그것이 생활에 꼭 필요한 재화가 아닌 경우에는 소비자에게 선택할

수 있는 권한이 주어지는 관계로 큰 문제가 될 것이 없다. 그런데 그게 의식주에 직결되는 것이라면 소비자는 선택할 수 있는 입지가 좁아지게 되고 경제는 한없이 추락할 수 있는 위기에 처하는 것이다. 그런 문제를 해결하기 위해서 정부가 필요한 것이고 정부는 그 문제를 해결해 주어야 한다는 것이 바로 수정자본주의 이론이다.

자본주의의 꽃은 당연히 완전경쟁이다. 공급과 소비에 기인하는 시장경제가 알아서 가격을 조정해 주는 완전경쟁이야말로 모든 자본주의 시장을 활성화시킬 뿐만 아니라 그 누구도 침해할 수 없는 자유경제 체제를 확고하게 할 기반이 될 것이다. 그러나 인류의 역사에 완전경쟁이 자리 잡기는 힘든 것이 현실이다.

자본주의라는 이름 그대로 자본이 시장을 지배하면서 독점과 독과점 등의 불합리한 요소들이 나타나게 되고 따라서 완전경쟁은 단순히 이론이며 자본주의의 꿈이라고도 한다. 그래서 수정자본주의 학자들은 정부가 시장에 개입해야 한다는 필요성을 주창하는 것이다. 그런데 문제는 정부가 잘못 판단함으로써 시장개입에 잘못된 정책을 적용할 경우 오히려 문제를 그르친다는 것이다.

최근 우리 대한민국의 집값이 바로 그 현상을 겪고 있다.

부동산 정책에 대한 일제언(一提言)

-수요공급의 법칙 Ⅱ-

초기에 정부가 집값에 대응한 정책은 세금으로, 1가구 2주택 이상의 주택 보유를 억제함으로써 집값을 안정시켜 보자는 것이었다. 그러나 그 정책은 얼마 못 가서 바닥을 드러냈음에도 불구하고 정부는 기본 정책을 바꾸지 않은 채 계속 추가적인 대응책을 쏟아부었다. 묘한 것은 집값에 대한 대책이 나오면 나올수록 집값이 올랐다는 것이다. 그 정도 되면 스스로 포기하고 정책을 바꿔야 했음에도 불구하고 고집스럽게 추진하더니 급기야는 실패한 정책이라는 것을 인지하고 부랴부랴 공급 확대 정책을 펴겠다고 나섰다. 경제원리의 가장 기본인 수요공급의 법칙과 원리를 뒤늦게 터득한 것인지도 모른다. 그런데 문제는 거기에서 그치지 않았다. 공급을 확충하고 싶은데 확충할 수 있는 여건 마련이 녹록지 않은 것이다. 특히 수도권에서는 부지마련이 가장 큰 문제다.

여기에서 필자가 한마디 제언을 하고 싶은 것은, 옆으로 나가는 것이 힘들면 위로 올라가는 방안도 검토해 볼 수 있지 않겠느냐는 것이다. 물론 가시권을 침해하고 환경을 해칠 위험 등등의 문제점을 동반할 수 있다. 하지만 그런 모든 점을 열어 놓고 연구한다면 오히려 위로 올라가는 만큼 공지를 활용하는 방안을 연구할 수 있고, 그렇게 함으로써 도로 확보나 녹지조성에도 오히려 숨통을 트일 수 있는 방도가 될 수도 있지 않을까 싶다.

현 정부를 비롯한 우리 대한민국의 진보 정치권은 개발보다는 보호를 더 선호해 온 것이 사실이다. 그러나 이 시점에서는 진짜 보호할 것이 무엇인지를 정말 심사숙고해야 한다. 시장경제의 꿈이라고 할 수 있는 완전경쟁 이론의 모순을 보완하는 수정자본주의 이론을 주장하며 완전경쟁 신봉자들에게 했다고 하는 말이 생각난다.

"완전경쟁, 언젠가는 이루어진다. 하지만 그때 우리는 모두 죽어 있을 것이다."

심한 비유를 제시한 것인지는 모르겠지만, 지금 우리나라 집값에는 가장 적절한 비유라고 할 수도 있다.

최근 국회를 세종시로 옮기는 문제가 제기되어 여당을 중심으로 해서 법안이 만들어져 통과되었다. 따라서 2027년에는 의사당이 준공되고 국회가 이전하게 되면 그나마 수도권의 의미가 희석되어 집값 안정에도 도움이 되지 않을까 하는 기대를 하기도 한다. 그러나 필자가 보기에 그건 한낱 망상일 뿐이라는 생각이 든다.

국회가 세종으로 옮겨갈 경우, 수도권에 지역구를 둔 의원은 물론 그와 연관된 사람들이 과연 세종으로 이사를 하겠냐는 거다. 당장 자녀들의 교육 문제를 들어서라도 서울을 고집할 것이다. 또한 지역구 관리도 해야 한다. 그리고 해당 업무에 관련된 사람은 서울에서의 출퇴근이 어려우니 자연스럽게 한집 두 살림을 시켜 집값 상승만 더 부추길 뿐이라고 생각한다. 이건 세종으로 국회가 이전하는 것에 대한 찬반을 떠나 당장 집값 문제만을 생각하는 차원에서 하는 말이다.

실제로 공기업 본사들이 지방 이전을 서둘러 갔지만 과연 그 결과가 어땠는지는 말 안 해도 모두 아는 사실이다. 한 집안 두 살림을 하게 되면 집을 사지는 않더라도 세라도 얻어 머물 공간을 만들어야 하고, 그것은 전세값 상승으로 이어지고 전세 품귀현상을 초래하면서, 차라리 집을 매입하겠다는 사람이 늘어나면서 집값이 상승하게 되는 악순환의 고리만 연출 되는 것이다. 현재 우리 눈앞에서 그것이 현실로 증명되고 있다. 전국의 집값이 물가에 비해 가파르게 상승한 것이 바로 그 증거다. 물론 지금의 집값 상승이 단순히 지방으로 공기업을 이전시킨 결과라는 것은 아니다. 실례를 든 것일 뿐이다. 만일 기업을 이전해서라도 인구를 분산시켜야 한다면 그에 못지않게 교육 등의 인프라 역시 같이 이전해야 하는데 현실은 그렇지 못하다는 것이다. 그렇다면 지금이라도 공급에 대한 대책을 시급히 세우는 것만이 해답이다. 만일 그렇게 하지 않는다면 우리의 미래는 불을 보듯 빤하다는 말밖에 할 말이 없다고 해도 과언이 아닐 것이다.

보수와 진보
-양 날개의 가치 Ⅰ-

창조주가 세상을 창조하실 때, 하나이어야 하는 것과 두 개가 짝을 이루어야 하는 것에 대한 비율을 잘 만드신 것을 우리는 새삼 느낄 때가 많다. 예를 들면 새가 두 날개로 하늘을 나는 모습을 보면 한 날개로 하늘을 날았다고 가정할 때와 비교해서 훨씬 안정적이고 빠르다는 것을 누가 봐도 단번에 느낄 것이다.

우리 인간의 삶에서도 비록 신체 일부가 아닐지라도, 사람이 살아나가기 위해서 짝을 이루어 가는 것이 훨씬 조화롭고 유익한 것이 많다. 보수와 진보 역시 그중 하나라고 본다. 그런데 우리가 보수와 진보를 이야기할 때는, 많은 사람이 그 개념부터 다른 조선시대의 훈구파와 사림파를 비유하거나 떠올리곤 한다. 어쩌면 어떤 사안에 닥쳤을 때, 백성들의 입장에서 판단해 주기보다는 자신들의 파당이 무조건 옳다고 주장하며 사화의 정쟁에 휘말리던 모습을 떠올려서인지도 모를 일이지만, 정말 그렇다면 그건 문제가 아닐 수 없다.

　훈구파는 흔히 혁명파라고도 한다. 얼핏 듣기에는 모순인 것처럼 들리는 소리다. 훈구파라고 하면 대대로 이어오는 세습에 의한 것을 누리는 집단으로 느껴지는 어감에 비하면 생소하기조차 할 수도 있다. 그러나 훈구파의 성립 배경이 조선 초기 세조가 어린 단종을 폐위하여 사사하면서 일으킨 혁명을 도와 세조가 집권하게 되자 공신으로 등록되어 정치적 실권을 장악한 이후 형성된 집권 정치세력이 이어져 내려온 것이기에 그들을 혁명파라고도 부르는 것이다. 정치적 반란으로 인해서 형성된 훈구파의 지위는 세조 후반에는 일시적으로 약화되기도 한다. 그러나 어린 성종이 즉위하자 훈구대신들은 더욱더 권력을 장악하게 되었다. 성종은 어린 나이에 집권하면서 세조비가 수렴청정을 하게 되었고, 세조비는 자신들이 혁명으로 얻은 권력을 지키고 어린 성종을 보호하기 위해서는 훈구파에게 기대는 방법밖에 없었으니 당연한 일이었다. 그러나 성종이 세조비의 수렴청정을 철회하고 스스로 정치의 전면에 나서는 친정 체제를 구축하면서 훈구파의 지위는 약화되기 시작했다. 훈구파의 세력이 약화되었다는 것은 왕권이 강화되는 한편 사림파가 정치적으로 성장할 수 있는 기회가 되었다는 말과 동일한 것이다.
　그 시대나 지금이나 마찬가지인 점은, 어차피 인간이 차지할 수 있는 그 시대의 자리는 정해져 있다. 집권 세력이 자신들 세력을 넓히기 위해서 늘려봐야 한계가 있다. 그런데 그 자리를 차지하기 위해서 자리다툼을 하다 보면, 한쪽 세력이 약해져야 한쪽 세력이 성장하게 되니 훈구세력의 약화는 사림파의 득세를 의미한다는 것은 당연한 것이다. 바로 이 시대의 정권교체나 국회 의석의 다수당을 누가 확보하느냐와 같은 의미라고 볼 수 있다. 다만 다른 것이 있다면 그 시대에는 모든 자리가 권력을 중심으로 임명하는 자리지만, 지금은 백성들이 투표를 통해서 선택하는 폭이 어느 정도는 가능하다는 것일 뿐이다.

훈구파가 혁명에 관여한 공신들을 시작으로 만들어지기는 했지만, 그들 나름대로는 조선 초 나라의 기틀을 삼는 데 많은 공헌을 한 면도 있다. 정치적으로 사림파와 대립하여 훈구파라는 정치세력으로 이해되기 전부터 조선의 국가체제 정비에 깊숙이 참여했다. 한명회, 정인지, 신숙주 등이 이에 속한다. 이 계열에 주축이 된 관료들은 대부분 집현전을 거쳐 성장한 이들로, 그중에는 『경국대전』, 『동국통감』, 『동국여지승람』 등의 편찬사업에 참여하여 조선왕조의 통치이념을 체계화하고 기틀을 마련하는 데 기여한 인물도 많았던 것은 사실이다. 그러나 이러한 일들이 꼭 혁명을 통해서 권력을 잡은 그들이어야 가능했느냐에 대한 이견도 있다. 굳이 그들이 아니라도 누군가는 건국 초기에 해야 할 일들이고, 만일 단종을 끝까지 배신할 수 없다고 목숨을 바쳤던 성삼문·박팽년·이개·하위지·유성원·유응부 같은 사육신이나, 김시습·원호·이맹전·조려·성담수·남효온처럼 비록 목숨은 살아 있지만 단종에 대한 절개를 지키는 의미로 자신의 모든 지식과 재능을 초야에 묻어 버린 채 평생을 벼슬에 나가지 않고 살다가 세상을 떠난 생육신 같은 지식인들이 권력의 반열에 있었어도 했을 일이라는 것이다. 결국 세조의 반정이 없었더라도 이루어질 일이었을 뿐이라는 것이다. 물론 그런 판단은 보는 눈에 따라서 서로 다르게 할 수는 있다.

사림파와 훈구파

-양 날개의 가치 Ⅱ-

사림이란 용어가 공식적으로 자주 쓰이게 된 것은 정몽주에서 길재를 거쳐 김종직에서 조광조 이황으로 이어지는 신진사류가 중앙정계에 진출하면서부터였다. 원래 사림파는 자신들의 고향이나 시골에서 주자학의 이기심성론과 수양론 등을 깊이 연구하여 그것을 바탕으로 훈구파를 비판했다. 따라서 이들의 정치사상은 수신에 두고 수신의 기본교재인 『소학』 공부를 강조했다. 또한 그들은 생활에서의 실천을 강조하여 봄·가을에 학문이 깊은 어른을 모시고 술을 대접하는 잔치를 한다거나, 웃어른을 공경하는 행사를 열어 성리학적 향촌 질서를 수립함으로써 간접적으로 유교적 가치를 주입시키기도 하였다.

사림파가 하나의 정치세력으로 등장한 것은 훈구파의 세력이 약해진 성종의 친정체제에 김종직·김굉필·정여창 등이 중앙정계에 진출하여 활동하기 시작할 때였다. 이들은 근거 지역을 기준으로 해서 영남사림파와 기호사림파로 나누기도 하는데, 초기에는 김종직을 지지하는 부류로 영남 출신이 다수를 이루었다. 이후 중종대 조광조의 진출을 계기로 기호 지방 출신의 사류도 다수 포함되기에 이르렀다. 학문적으로 김종직 대에는 아직 문예에 힘쓰는 문사가 많고 도학자는 적었던 반면, 조광조대 이후에는 도학의 비중이 절대적으로 높아졌다는 것 등이다.

사림파와 훈구파의 갈등은 1498년 무오사화를 시작으로 여러 차례의 사화를 초래했다. 그 대표적인 사건이 바로 김종직의 '조의제문(弔義帝文)'을 빌미로 일어난 무오사화다. 무오사화는 김종직이 생전에 작성했던 조의제문에서 비롯된 사화다.

조의제문이란 김종직이 1457년(세조 3)에 자다가 꿈에서 초나라 의제를 만났는데 여기에서 깨달은 바가 있어 조문을 지었다고 하면서, 단종을 죽인 세조를 의제를 죽인 항우와 비유해서 세조를 비난한 내용으로 되어 있다. 1498년(연산군 4) 『성종실록』이 편찬될 때 당상관 이극돈이 김일손이 기초한 사초에 삽입된 김종직의 「조의제문」이 세조의 찬위를 헐뜯은 것이라고 하여 유자광에게 고했고 왕에게 아뢰어, "김종직이 세조를 헐뜯은 것은 대역무도"가 됨으로써 김일손 등을 추국하게 하여 많은 유신이 죽임을 당하고 김종직은 부관참시된 무오사화의 원인이 되었던 글이다.

결국 무오사화로 인해서 사림파가 타격을 받았지만, 훈구파 역시 갑자

사화를 피해 갈 수는 없었다. 갑자사화는 연산군이 자신의 친모 성종비 윤씨를 복위하는 문제에서 시작되었다. 이미 성종의 후궁인 엄숙의·정숙의를 죽이고 그의 아들 안양군과 봉안군도 귀양을 보내 사사하고, 윤씨를 왕비로 추존하고 성종 묘에 배사하자, 근거가 있어서 폐비했던 일이라고 반대한 언관 권달수는 죽이고 이행은 유배하였다. 그렇게 시작된 피바람으로 윤씨의 사사에 찬성하였던 윤필상·김굉필 등 10여 명은 사형되었고, 이미 죽은 한명회·어세겸·정여창·남효온 등은 부관참시되었다. 그리고 연산군은 폭정을 일삼는 독주 시대를 연다. 그러나 훈구파에 의해서 주도된 중종반정으로 인해서 연산군은 폐위되고 중종이 즉위함으로써, 중종 초기에는 훈구파가 정권을 장악했다. 사림파의 본격적인 진출은 1515년(중종 10) 이후였으며, 조광조를 중심으로 하는 중종대의 사림파는 강력하게 이상사회를 지향하는 도학정치를 내세웠다. 그러나 이미 필자가 본 칼럼을 통해서 언급했던 사화, 즉 1519년에 소위 주초위왕 사건으로 시작된 훈구파가 주도한 기묘사화 이후 훈구파가 다시 정권을 장악했다. 그러나 오랜 기간 집권 세력이었던 훈구파는 척신 세력이 권력을 장악하는 조선 후기로 들어서게 되면서 사림파와 대립했던 정치세력으로서의 의미도 퇴색되어갔다.

조선시대의 사림과 훈구파는 서로 물리고 무는 과정을 반복하는 과정에서 수많은 무고한 이를 희생시키기도 했지만 반면에 정말 사라져야 할 정치인들을 숙청하는 역할을 했던 것도 사실이다. 그리고 그 과정에서 백성들을 위한 일들을 했던 것 역시 사실이다. 그러나 그 모든 것은 시대를 보는 눈에 따라서 다르게 보일 수 있는 것이기도 하다. 시대에 따라서 다르게 해석할 수 있기도 하고, 같은 시대라고 할지라도 여러 가지 상황을 고려해서 판단하다 보면 서로 다른 입장에서 해석할 수 있다는 것이다.

원칙과 명분

-양 날개의 가치 Ⅲ-

어떤 정치적인 사건이나 행위가 시대와 입장에 따라서 판단을 달리할 수 있을지는 모르지만, 그 판단은 반드시 객관적인 입장에서 해야 하며 그 결과는 보편적이어야 한다. 물론 서로 상충하는 두 가지 판단이 나올 수 있고 그 이상의 여러 가지 판단 결과가 나올 수도 있지만, 그것들이 적어도 최소한의 객관성과 보편성을 지니지 못했다면 그것은 독단적인 아집이나 자기 아류의 편들기에 지나지 않는다는 비난을 면키 어렵기 때문이다. 특히 어떤 사안을 판단하기 위해서는 지금 당장이 아니라 시대와 역사의 흐름에 맡겨야 할 때도 있다. 비록 정치적인 행위는 아닐지라도 예를 들자면, 홍길동이나 임꺽정을 의적이라고 할 것이냐 아니면 도적으로 그 죄과를 치르게 해야 할 것이냐를 논할 때, 그 시대에는 당연히 현행법을 어겼으니 죄인이고 처벌을 받아야 한다. 그리고 시간이 지난 지금도 아무리 의적이라고 해도 도둑은 도둑이니 벌을 받아 마땅하다는 의견이 상당수에 이른다. 최소한의 보편성을 확보한다는 의미다. 다만 그 도적질의 결과물을 자신만의 배를 불리는 데 사용한 것이 아니라 가난한 백성들에게도 나누어 주었고, 그 시대 상황이 그런 행동을 하게 만들었으니 그들은 도둑으로 처벌을 받아야 하지만 정상참작 여부가 충분히 적용될 수도 있다는 것이다.

더더욱 역사에 획을 그을 정도로 큰 사건일수록 당장 내가 무언가 결론을 내리려고 할 것이 아니라 역사의 판단에 맡기는 현명함도 필요하지 않을까 하는 생각이다. 분명히 현행법은 범죄로 취급하고 있지만 그게 아닌데 하는 생각이 들더라도 말이다. 그러나 그런 모든 판단에 있어서 정말로 중요한 것은 보수와 진보라는 두 날개가 있기에 민주주의는 발전할 수 있다는 사실만큼은 변할 수 없는 진리라는 것이다. 그럼에도 불구하고 우리나라 보수와 진보는 그 색깔과 의미를 되새겨 보지 않을 수 없게 만드는 것이 현실이다. 일반 백성들이 보기에는 정말 진보적인 사상을 가진 사람들이라면 절대 저렇게 행동할 수 없다는 생각이 들게 하는가 하면, 정말 보수라면 어떻게 저런 말을 할 수 있느냐고 고개를 젓게 만드는 사실이 비일비재하다. 그리고 그런 사건들은 대개가 자기 편이 저지른 일이라면, 그 일의 정당성은 전혀 고려하지도 않고 무작정 편들기 할 때 확연하게 눈에 띈다.

교황 베네딕토 16세는 종신제인 교황의 직무에서 자신의 건강 등 여러 가지를 고려하여 물러남으로써, 현 프란치스코 교황이 교황직무를 수행할 수 있도록 한 사람이다. 가톨릭 사상 처음으로 죽지 않고 교황직에서 물러난 사람이다. 이런 사건이야말로 엄청나게 진보적인 사고가 아니라면 추진할 수 없던 일이다. 그런데 그분께서 남긴 유명한 말이 있다. "만일 원칙을 지켜서 보수라고 한다면 나는 기꺼이 보수를 택할 것이다." 자신에게 '명예 교황'이라는 칭호를 스스로 부여하면서, 종신제인 교황직을 건강이 허락하고 집무를 원활하게 수행할 수 있을 때까지로 바꾸고 신임 교황에게 무조건적인 순종을 서약한 그분의 사고야말로 누구보다 진보적이라고 할 수 있다. 그렇게 진보적인 사고를 가진 분이 한 말이라고 보기에는 조금은 이상할 수도 있다. 그러나 그분이 한 말의 의미를 새겨본다면 쉽게 이해가 된다. 세상일은 무엇보다 원칙이 중요하다는 것이다. 보수와 진보를 떠나서 우선은 원칙을 지키며 그 안에서 방법적인 차원이나 운용의 묘를 보이는 차원에서 어떻게 대하느냐가 진보와 보수를 구분하는 기준이 되는 것이지 원칙을 무시하고 안 하고의 차이가 아니라는 것이다. 무조건 원칙은 지키는 것이 우선이라는 말이다. 조금은 추상적인 말이라고 할 수도 있지만, 원칙은 사람이 살아가는 데 필요한 가장 기본적인 원리로 도덕과 법 앞에서 부끄럽지 않게 행동하는 것이라고 한다.

정치는 명분이라고 한다. 그리고 비단 정치뿐만 아니라 인간의 삶이라는 것 자체가 합당한 명분을 갖춘 정당성을 잃으면 이미 실패한 인생이라고 한다. 보수와 진보의 진정한 가치를 누리기 위해서는 무엇을 어떻게 해야 하는지는 명분이라는 단어의 의미를 제대로 새길 줄 알아야 할 것이다. 이미 죽은 김종직을 부관참시할 정도로 극하게 대립하는 것은 아닐지 모르지만, 무조건 내 편만 옳다고 주장하는 것은 마치 어린아이들의 편 가르기 같은 모습으로 보인다. 자신들이 정당을 만들고 정치를 시작하면서 품었던 이념이나 원칙은 사라지고 그저 내 편 감싸기에 여념이 없는 것이라면 과연 성숙한 정치인이라고 할 수 있을지 의문이다. 더더욱 원칙을 지키지 않는다면 그것은 백성들 앞에 서서 백성을 이끌어 가야 하는 정치인으로서 자격을 상실했다고 보는 편이 옳을 것이다.

요소수 품귀 사건

-중국 들여다보기 I-

흔히 인생은 타이밍이라고 한다. 그리고 우리는 일상생활에서 타이밍의 중요성을 강조할 때 스포츠와 비유하기도 한다.

축구에서 타이밍의 중요성을 말할 때 반 박자가 빠르면 골인이고 한 박자가 빠르면 오프사이드라고 한다. 반면에 한 박자는 물론이고 반 박자만 느려도 노골이다. 야구 역시 마찬가지다. 타이밍이 맞으면 홈런이 될 타구가 타이밍이 느리거나 빠르면 파울이 되는 것이다. 다시 말해, 적시에 이루어지는 행동이 가장 효과적이라는 것이다.

최근 요소수 파동으로 인해서 온 나라가 떠들썩하다. 중국이 갑자기 요소 수출중단을 선언함으로써 일어난 파동이다. 정부는 부랴부랴 대책을 마련한다고 나섰고 호주에서 요소수 2만 7천 톤을 군 수송기를 통해서 수입하는 기현상까지 유발했다. 그리고 요소수 매점매석 단속은 물론 요소수 판매에도 통제를 시작했다. 마치 코로나19 사태로 인해서 공적 마스크가 등장하던 때를 연상케 하는 대란이다. 그러나 요소수 대란은 코로나19의 마스크 대란과는 근본적으로 차이가 나는 일이다.

마스크는 일상생활에서 누구나 사용하던 물건이 아니었다. 우리나라는 물론 세계적으로 보더라도 의료 현장과 생산 현장의 일부에서 사용되던 것이고 굳이 일반인에게까지 적용하자면 겨울철 독감이나 감기가 유행할 때 아주 일부 시민들이 착용하는 정도였다는 편이 옳다. 하지만 요소수는 나라에 따라서 그 중요성이 다르다. 우리나라의 경우에는, 운송 수단에서만 보아도 화물차와 대부분의 버스는 물론 경유를 연료로 사용하는 많은 승용차 중 연식이 오래된 차를 제외하고는 경유와 함께 주유해야 하는 중요하고 널리 사용되는 물품이다. 만일 문제가 생기는 날에는 물류 대란을 비롯해서 산업이 마비될 수도 있다. 또한 마스크는 코로나19라는 예기치 못한 전염병으로 인해서 온 세계가 대란을 겪었지만, 요소수는 그렇지 않다. 요소 수입의 거의 전량을 중국에 의존하고 있는 우리나라와 대만 등 극소수의 나라가 겪는 난이다. 그렇다면 비록 소수의 국가가 겪는 난일지언정, 요소수 대란이 어쩔 수 없는 천연재해급 난이었는지 생각해 볼 필요가 있다.

무엇보다 중요한 것은 요소 수출에 대한 중국의 제재를 예측할 수 있었느냐는 것이다. 그것은 그렇다. 즉 예측할 수 있었다는 것이다. 미국과 중국의 세계 패권 경쟁의 서막이 오를 때부터 호주는 미국 곁에 찰싹 붙었고, 그게 못마땅한 중국은 호주의 농산물 수입 규제를 시작으로 지난

해 10월에는 호주산 석탄 수입을 중단했다. 중국은 석탄에서 추출한 암모니아로 요소를 만든다는 것을 감안한다면, 이미 예견된 대란이었다고 할 수도 있다는 것이다. 그러나 우리 정부는 아무런 예견도 못했고 만약의 경우를 대비해서 어떤 조치도 취하지 않았다. 문제가 생기자 부랴부랴 대책을 마련한답시고 동분서주할 뿐이다. 반 박자가 느려서 골인이 안 된 축구나 타이밍이 늦어서 파울이 되고 만 야구와 다를 바가 없는 것처럼 보인다. 어쩌면 중국 역시 우리 정부가 그렇게 판단하기를 바라고 있을 것이다. 하지만 진짜 중요한 이유는 그게 아닐 수도 있다는 것을 간과해서는 안 된다.

현 정부 들어서 유난히 중국에게 많은 공을 들였다. 그 이유는 미국과 중국의 세계 패권 경쟁의 희생양이 되지 않기 위해서는 물론이고 북한을 평화협상의 테이블로 끌고 나오는 데는 미국보다 중국이 효과적이라는 판단을 해서일 수도 있다. 그러나 정부의 그런 노력과는 다르게 중국은 우리 대통령 방중 당시 수행원들에 대한 무례한 태도와 외교부 장관 회담에 지각 도착하는 행동 등 눈에 보이도록 우리 정부를 무시하는 태도를 보였다. 문제는 바로 그런 것들이다. 지금 중국은 우리나라에 무언의 압박을 가해 오는 중이다. 자신들이 치르고 있는 미국과의 총성 없는 전쟁에서 우리가 미국으로 급격히 기울어서 자신들이 치명적인 손해를 입게 될 경우, 우리는 어떤 대가를 치러야 할 것인지를 보여 주고 있다는 것이다. 그렇다면 우리가 갈 길은 무엇인지 그 대답은 자명한 일이다. 지나치게 중국 의존도가 높은 것들에 대해서는 수입 다변화를 촉진하거나 아니면 국내에서라도 대체할 수 있는 대책을 마련하는 방도를 연구해 두어야 한다. 우리는 미·중 싸움에서 중립을 지킨다고 해도 중국이 아니라고 판단하는 그 순간 또 다른 보복을 시작할 것이기 때문이다. 좀 더 비싼 값을 치르더라도 산업이 마비되는 사태는 겪지 않도록 대비해야 할 필요가 반드시 있다.

짝퉁 공화국

-중국 들여다보기 II-

요소수 대란이 우리 대한민국에 대한 중국의 무언의 압박일 수 있다고 생각한 필자가 혹시나 하는 마음에 주변의 지인들에게 '중국' 하면 가장 먼저 생각나는 단어가 뭐냐고 물었다. 대답한 그대로를 옮겨보면 '짝퉁', '가짜', '싸구려', '서해안 불법 어로', '동북공정', '요소수', '이어도'의 순이었다. 엄밀히 말하자면 다르다고 할 수 있지만, 여기에서 말하는 '짝퉁'과 '가짜'의 의미가 비슷한 것으로 볼 때, 일반적으로 필자 주변 사람들이 가지고 있는 중국의 이미지는 아직도 무작정 생산해서 수익을 올리기 위한 수단으로 사용하던, 모조품을 의미하는 '짝퉁'을 생산하는 곳이라는 것을 알 수 있었다. 그리고 영토나 역사 등 중국과 얽혀 있는 기타 문제에 관심 있는 분들이 '서해안 불법 어로'와 '동북공정', '이어도'를 이야기하셨고, 요소수 대란의 피해자로 직접 겪고 계신 분은 요소수를 꼽았다고 생각된다.

필자가 군이 중국에 대한 이미지를 지인들에게 직접 물었던 이유는 요소수 대란을 계기로 우리가 중국을 어떻게 생각하고 있으며, 중국은 우리를 어떻게 생각하고 있는지에 대해서 다시 한번 생각해 볼 필요가 있다고 판단해서였다.

우리가 중국을 '짝퉁'의 나라라고 생각한다는 것은 그만큼 중국을 얕보는 것일 수도 있다. 디자인이나 실용적인 면에서 기술이 뒤떨어지다 보니 자신들 고유의 가치 있는 브랜드가 없어서, 제대로 된 물건을 생산해 합법적으로 벌이를 하는 것이 아니라 가난한 나라가 돈벌이라면 무엇이든 하기 위해서 유명 외국 브랜드의 모조품이나 만들어서 판매한다는 의미다. 마치 한때 우리나라에서 유행하던 풍조로 일본 관광객들이 '짝퉁' 쇼핑을 위해서 우리나라를 찾는다고 할 정도였던 시절과 유사하다는 것이다. 하지만 이런 문제로 중국을 얕보는 우리들의 생각은 중국을 너무 몰라서 하는 생각들이다.

흔히 중국 사람들은 책상만 빼고는 다 먹는다고 한다. 이것은 듣는 사람에 따라서 여러 가지로 해석할 수 있다. 그중에서 흔히 해석하는 첫째는 원래 인구가 많다 보니 먹을 것이 궁해서 닥치는 대로 먹는다는 의미다. 둘째는 중국 사람들의 식성이 원래 좋아서 못 먹는 것 없이 다 먹는다는 의미로 볼 수도 있다. 셋째는 중국의 향신료가 다양하고 요리 기술이 발달해서 어떤 재료든 음식을 만들면 먹을 수 있다는 것이다. 마지막으로 아주 이상한 해석이 될 수도 있지만 원래 학문을 숭상하는 나라인지라 책상을 소중하게 여긴다는 전혀 생소한 의미로 해석할 수도 있다.

중국을 '짝퉁'의 나라라고 생각하는 사람들은 먹을 것이 궁해서 닥치는 대로 먹는다는 의미로 해석하고 있다고 볼 수 있다. 하지만 중국인들은 자신들은 절대 그렇지 않고 향신료가 발달하고 요리 기술이 좋아서 어떤 재료를 요리해도 먹을 수 있게 만든다는 의미로 해석하며 자부심을 갖는다. 따라서 자신들이 '짝퉁'을 만드는 것은 손재주가 뛰어나다 보니 쉽게 모방해서 제품을 만드는 것으로 '짝퉁'을 만드는 것은 아무나 만들 수 없는 것을 만들 수 있는 기술이라고 생각한다. 어떤 경우에는 '짝퉁'을 만드는 것을 자랑하기 위해서 남들이 만들 수 없는 것을 만들기도 할 뿐만 아니라 그것을 자랑삼아 이야기하기도 한다는 것이다.

일부 중국인이 갖고 있는 소수의 사고방식이라고 할 수도 있겠지만, 아무튼 우리와는 기본적으로 생각이 다른 것만은 확실하다. 책상만 빼고는 모든 것을 먹는다는 것에 대해서, '짝퉁'을 만드는 중국을 보는 외부의 시선이 첫째와 두 번째 시선이라면 중국인 자신들의 생각은 세 번째와 마지막 개념으로 완전히 서로 다른 세상을 살고 있다. 따라서 중국을 바로 보기 위해서는 먼저 중국인들의 생각을 바로 읽어야 하는데 그게 쉽지 않은 것이 현실이다.

한족 중심의 중국인들이 이렇게 일반적인 사고와 다른 사고방식으로 어떤 일을 해석하는 것은 한족 스스로 넓은 영토의 대국 사람이라는 사상에 젖어 살며 실제로 그런 착각을 실생활에 적용하기 때문이다. 그 덕분에 한족의 송나라와 명나라가 원나라와 청나라에게 침략을 당하고 지배당하는 수모를 겪고 살았음에도 불구하고 우리와는 다르게, 오히려 원나라와 청나라를 자신들의 역사에 편입하는 뻔뻔함까지 갖추고 있다. 역사까지 '짝퉁'을 만들어 내면서도 전혀 부끄러워하지 않을 뿐만 아니라, 다른 나라가 자신들을 평가하는 것에 대해서는 신경을 쓰지 않는다. 그저 '짝퉁' 공화국이라고 하며 웃어넘기기도 쉽지 않은 일이다.

미·중 갈등의 활화산
-중국 들여다보기 Ⅲ-

　우리는 일제 36년의 병탄을 이야기할 때는 국치라는 말을 쓴다. 치욕의 36년이었다는 것이다. 그러나 중국은 전회에 언급한 바와 같이 원나라와 청나라에게 치욕의 지배를 당했음에도 전혀 그런 내색도 없이 오히려 원나라와 청나라를 자신들의 역사로 편입하고 있다. 이 정도라면 단순히 뻔뻔하다고 할 일은 아닌 것 같은 생각이 든다.

　흔히 중국 사람과는 상거래를 하지 말라는 말이 있다. 그것은 자신들은 필요한 것도 조급한 것도 없다는 태도로 느긋하게 상대방을 조여 오는 중국인들의 술수에 넘어가기 마련이라는 의미로 중국인을 상대로 장사를 할 때는 조심하라는 의미다. 그런 중국은 이미 역사상으로 실크로드라는 무역의 길을 개척한 바가 있으며 지금도 일대일로 정책을 통해서 제2의 실크로드를 개척하여 세계 패권을 손아귀에 넣기 위해서 노력하고 있다. 그런 중국의 발목을 잡는 것이 바로 중국의 인권 문제다. 서방 세계가 한결같이 중국의 인권 문제를 거론하면서 2022년 동계올림픽에 대한 정치적 보이콧까지 들먹이고 있다. 물론 당연히 미국이 그 전면에 서고 유럽의 EU 연합이 대대적으로 거들고 있다.

　우리는 이 인권 문제에 대해서 확실하게 짚고 넘어가야 할 것이 있다. 중국의 인권 문제는 미국이 거론하는 북한의 인권 문제와는 다른 차원 이라는 것이다. 미국이 거론하는 북한의 인권 문제는 정치범이나 사상 범에 대한 문제를 말하는 것이지만, 중국의 인권 문제는 소위 중국이 자 치구라는 이름으로 아직도 독립시키지 않고 자신들이 군사력을 이용해 서 강제로 식민 통치하고 있는 위구르족의 나라인 신장위구르와 티베트 에 대한 인권을 말하는 것이다. 특히 무력 항쟁도 불사하는 신장위구르 에 대한 인권탄압을 미국은 콕 집어서 지적하고 있다. 티베트 역시 끊임 없이 중국으로부터 독립을 추구하고 있지만, 티베트의 정신적 지도자인 달라이 라마까지 추방하면서 탄압하는 중국에 대해서 이렇다 할 저항 을 보여 주지는 못하고 있는 실정이다. 그러나 회교국가인 신장위구르는 자신들의 독립을 위한 투쟁을 성전(聖戰)으로 선포하고 독립투쟁에서의 죽음은 순교(殉教)라는 정신으로 무장하여 투쟁하고 있다. 그 대표적인 사건이 중국 정부가 소위 '신장 7·5 사건'이라고 부르는, 2009년 7월 5 일 신장위구르의 수도인 우루무치에서 발생한 신장위구르의 독립투쟁 이다. 중국 정부는 이 사건으로 인해서 197명이 사망하고 1,700여 명이 부상당했다고 말한다. 그러나 우리 한민족이 일제 강점기에 상해에 임시정부를 세우고 독립투쟁을 했듯이, 신장위구르의 독립을 위해서 독일에 임시정부처럼 구성하고 있는 세계위구르의회(WUC: World Uyghur Congress)는 당시 위구르족 사망자와 부상자 및 실종자가 수천 명에 달하며 이는 독립을 열망하는 위구르족에 대한 대학살이라고 주장하고 있다. 이에 대해 중국 정부는 "신장 7·5 사건은 신장위구르의 극단적인 테러리스트들이 저지른 잔인한 폭력 범죄"라고 주장하며 다시는 그런 일이 일어나지 않도록 하겠다고 말하지만, 미국을 비롯한 서방세계의 그 누구도 중국의 이 말을 곧이듣지 않는다는 것이 문제다. 또한 미국의 주장에 의하면, 중국은 신장위구르가 독립을 염원하는 싹을 자르겠다며 대대적으로 탄압하고 있다는 것이다. 직업교육을 시킨다는 명목하에 합숙을 가장해서 감금해 놓고 온갖 고통을 겪게 함으로써 정신상태를 개조하겠다는 소위 정신개조교육을 시키고 있다는 것이다. 그리고 그런 인권탄압을 멈추지 않는 한 서방세계는 중국과 각을 세울 수밖에 없다고 공공연하게 표명하고 있다. 만일 미국을 비롯한 서방세계와 중국이 계속해서 이대로 각을 세운다면 우리 정부는 난감한 경우에 이르고 말 것이다. 당장 2022년 동계올림픽에서 미국과 서방세계가 정치적 보이콧을 벼르고 있는 상황에서 우리 태도를 어떻게 하는지가 우리의 대중국 정책 방향을 표출하는 것과 마찬가지이기 때문이다.

솔직히 미국과 중국의 세계 패권 다툼의 틈바구니에서 우리가 하고 싶은 대로 할 수 없는 처지라는 것이 현실이다. 부끄러워할 일도 아니다. 정말 부끄러운 일은 요소수 사태처럼 중국이 덮쳐 오는 무언의 압박을 예견하지 못하고 막상 닥치자 갈팡질팡했던 일이다. 따라서 곧 닥쳐올 2022년 동계올림픽에서 우리의 태도를 어떻게 하는 것이 현명하게 대처하는 것인지 지금부터 모종의 시나리오를 준비해야 한다. 베이징올림픽 종전 선언이라는 프레임에 갇혀 누를 범해서는 안 될 것이다. 또한 중국과의 교역에서 여차하면 중국이 빼 드는 칼날이 이번 요소수 사건처럼 치명적인 상처를 줄 수 있는 물품에 대해서는 여러 가지 경우의 수로 대비하는 것 역시 잊어서는 안 된다. 물론 말처럼 쉬운 일은 아니다. 하지만 그것이 바로 국민을 위해서 정부가 해야 할 일이다.

원나라와 청나라

-중국 들여다보기 Ⅳ-

짝퉁 공화국 중국이 역사마저 짝퉁을 만들어 왜곡한다는 것은 이미 널리 알려진 사실이다. 중국의 가장 대표적인 역사 왜곡을 꼽으라고 한다면 당연히 우리 한민족의 역사인 고구려 역사를 자신들의 역사로 왜곡하고 있는 동북공정이다. 그리고 그에 버금가게 왜곡한 것이 바로 원나라와 청나라를 자신들의 역사로 만든 것이다.

원나라와 청나라가 중국 역사로 둔갑한 것은, 한족 중심의 유리한 만들어 내기 위해서 사용하는 중국인들의 역사 기술 방법으로, 소위 춘추필법(春秋筆法)의 산물이다. 신채호는 『조선상고사』에서 춘추필법을 알아야 중국 역사를 올바로 읽을 수 있다고 했다. 그들의 역사서술 원칙은 위존자휘(爲尊者諱), 즉 '존귀한 자의 잘못된 일은 숨긴다'는 원칙하에 역사를 왜곡하는 한이 있더라도 자신들의 치부는 기록하지 않는다. 이와 같은 중국인 특유의 역사서술 방법 때문에 원나라와 청나라의 역사가 한족의 중국 역사로 편입된 것이다. 그런 잘못을 알기에 모택동(毛澤東: 마오쩌둥)의 중화인민공화국은 부랴부랴 중국은 한족과 55개의 소수민족이 동등하게 하나인 나라라고 대외적으로 표방하고 있다. 그래야 아직도 내몽골 자치구라는 이름으로 가두고 있는 몽골족에 의해서 원나라 역사를 중국 역사로 만들 수 있고, 만주를 강점했으니 청나라 역사 역시 중국 역사가 되기 때문이다.

분명한 것은 원나라는 몽고 역사로 중국을 지배한 역사다. 또한 청나라 역시 그 후손들의 나라는 지금 존재하지 않지만, 여진족인 만주족의 나라인 청나라가 중국을 지배한 역사다. 그럼에도 불구하고 중국은 막무가내로 두 나라 모두를 자신들의 역사로 편입하고 있다. 청나라는 제2차대전의 종전과 함께 미·영·소·중 4개 연합국의 횡포로 인해서 만주국이 해체되고 만주가 불법적으로 중국에 귀속되는 바람에 만주국을 끝으로 그 후손들의 나라가 존재하지 않는다. 그리고 만주가 불법적으로 중국에 귀속되는 바람에 만주족 역시 중국에 흡수되어 중국은 청나라를 자신들의 역사로 왜곡할 수 있는 근거가 있다고 할 수 있을지 모르지만, 적어도 원나라는 칭기즈칸의 후예인 몽고가 존재하는데도 원나라를 버젓이 중국 역사에 편입하고 있는 것은 어떻게 설명할 것인지 묻고 싶다. 칭기즈칸의 후예인 원나라에 대해서는 실제 지금 그 후손들의 나라가 존재하는 까닭에 중국의 역사인지 아닌지를 논할 이유조차 성립하지 않는 것으로 확연히 중국을 지배한 역사다. 그럼에도 불구하고 그들은 전혀 미동도 하지 않고 자신들의 역사라고 하는 것이다.

비록 지금은 그 후손들의 나라가 존재하지 않는 까닭에 중국이 태연하게 자신들의 역사로 편입하고 있는 청나라 역시 중국을 지배한 역사라는 것은 중국의 독립운동사를 살펴보면 간단히 드러나는 일이다.

오늘날의 중국을 만든 것은 1912년 중화민국의 설립에서 기인한다. 그리고 청나라의 지배에서 벗어나 중화민국을 설립할 수 있도록 만든 중국 독립운동이 바로 신해혁명이다. 신해혁명은 청나라로부터의 독립을 염원하던 손문이 주도해서 성공한 중국 독립운동의 백미로 지금의 중화인민공화국을 만든 모택동 역시 청나라로부터의 중국 독립을 위해 신해혁명에 가담했다고 스스로 말하곤 했다. 그 신해혁명을 주도한 세력이 내건 슬로건이 바로 멸청흥한(滅淸興漢) 혹은 멸만흥한(滅滿興漢)이다. 이것은 이미 1850년에 홍수전에 의해서 일어났던 태평천국의 난부터 한족의 중국인들 사이에 팽배하게 지배하던 사상으로 만주족의 청나라를 멸하고 한족의 나라를 부흥시키자는 구호였다. 한족은 만주족의 청나라로부터 독립해야 한다는 것이 바로 태평천국의 난부터 신해혁명까지 이어온 한족을 중심으로 하는 중국인의 사상이었다. 절대로 청나라가 중국의 역사가 될 수 없다는 것을 한족 스스로 긴 세월 동안 독립운동을 통해서 외쳐 왔다. 그런데 청나라가 중국 역사가 아니라는 사실을 인정하면 중국이 무려 270여 년이라는 긴 세월을 청나라에게 지배당한 것이될 뿐만 아니라, 지금 만주라는 영토를 차지하고 있을 근거를 잃게 된다. 중국은 청나라를 부랴부랴 자신들의 역사로 편입할 수밖에 없었다. 자신들을 지배한 역사를 자신들의 역사로 편입하는 짓은 모름지기 지구상에서 중국만이 할 수 있는 일인지도 모른다.

동북공정
-중국 들여다보기 V-

짝퉁을 잘 만들면 일반인은 모르고 넘어갈 수도 있다. 하지만 제작하는 사람 딴에는 완벽하게 만든 것 같아도 전문가가 보면 구별이 되기 때문에 짝퉁은 짝퉁이라는 것이다.

중국은 원나라와 청나라를 자신들의 역사에 편입하고 나면 역사적인 정통성 면에서 모든 것이 처리될 것이라는 막연한 생각으로 자신들이 지배당했던 치욕의 역사인 원나라와 청나라를 자국 역사로 편입시켰다. 그러나 청나라를 자신들의 역사로 억지로 꿰어 만든 중국은 무언가 불안했다.

『금사』에 의하면, 여진 사람들이 말하기를 여진과 발해는 본래 한집안이라고 하였다. 이것은 대진국 발해가 고구려의 후손으로 신라와 같은 민족이라는 것을 알기 때문에 그렇게 말한 것이다. 후금의 시조인 누르하치가 신라를 사랑하고 신라를 생각한다는 의미의 애신각라(愛新覺羅)라는 성씨를 채택하여 스스로 자신의 이름을 애신각라노이합적(愛新覺羅努爾哈赤: 아이신교로 누르하치)이라고 명명한 것을 보아도 『금사』의 기록은 여진족 스스로 신라의 후손이라고 기록한 것이 분명하다. 그외에도 많은 기록에 의하면 여진족은 우리 한민족과 뿌리가 같다는 것을 중국인들 스스로 인지하게 되자 만주를 불법으로 점유하고 있다는 사실이 불안해졌던 것이다.

제2차 대전 종전과 함께 연합국으로부터 만주를 넘겨받아 불법이나마 중국 영토로 만든 것까지는 좋은데, 만일 청나라가 우리 한민족과 같은 뿌리에서 출발한 민족의 역사라면 몽고에게 원나라 역사를 내주어야 하듯이 청나라 역사를 우리 한민족에게 내줘야 하는 극한 경우도 배제할 수 없다는 생각을 한 것이다. 그리고 그렇게 되는 날에는 만주에 대한 영토권 문제가 제기될 수 있다는 판단이 들자 만주의 모든 역사를 중국 역사로 편입하여 만주를 중국 영토로 만들기 위해서 내세운 것이 바로 동북공정이다. 동북공정은 만주라고 하면 누구라도 먼저 떠올리는 나라인 고구려 역사를 중국 역사로 만들자는 것이 그 최초의 목적이었다. 고구려 역사를 중국 역사로 만들면 만주의 역사가 중국 역사가 될 것 같았다. 그러나 처음에 그들이 생각했던 것처럼 역사 왜곡이라는 것이 그리 간단한 문제가 아니었다. 고구려 역사를 자신들의 역사로 만들기 위해서는 고조선 역사를 자신들의 역사로 만들어야 한다는 것을 깨닫자, 부랴부랴 고조선 역사를 자신들의 역사로 만들기 위한 왜곡을 자행한 것은 물론 고

조선 문명이 요하 유역에서 발달했다는 것에 착안해서 자신들 문명의 발상지를 요하라고 억지로 꿰맞추는 요하문명론까지 탄생시켰다. 지금까지 한족만이 최고요, 중화문명의 발상지는 중원이라고 하면서 황하문명론을 내세우던 한족의 모습에서 돌변한 것이다. 지금도 중국은 동북공정을 완성하기 위해서 단대공정이나 탐원공정 등을 내세우며 역사 왜곡을 멈추지 않고 있다. 언제까지 역사 왜곡을 할지는 두고 보아야 할 일이다.

  지금까지 중국을 들여다보면서 중국이 저지르고 있는 온갖 불합리한 면들을 들춰 보았다. 하지만 분명한 것 하나는 지금 우리 대한민국은 중국이라는 거대한 그늘에서 벗어나기에는 자유롭지 못하다는 것이다. 막대한 자원을 손에 쥐고 있는 중국은 여차하면 우리 대한민국에 그 고삐를 조여 올 것이다. 그리고 비단 중국이 손에 쥔 자원을 떠나서라도 우리 대한민국 상품의 일등 소비국이라는 사실 역시 중요한 것이다. 공산품은 물론 영화나 드라마 같은 문화상품까지 중국은 우리 대한민국의 중요한 고객이다. 그들이 사드 정책에 대한 보복을 가해 왔을 때 우리 경제가 당했던 경험을 우리는 기억하고 있다. 그런 와중에 지금은 미국과 중국이 세계 패권을 놓고 소리 없는 전쟁을 벌이고 있으니 언제 어떤 일이 벌어질지 모르는 상황이다. 우리 대한민국이 무언가를 선택해야 할 때 어떤 선택을 해야 하는지 막막한 상황이 닥쳐올 수도 있다. 우리는 더더욱 긴장하고 대처할 방안을 강구해야 하는 판이다.

중국을 들여다보는 목적은 중국을 비웃거나 욕하고자 하는 것이 아니다. 중국의 한 단면이나마 들여다봄으로써 그들을 바로 알고 그들과의 경쟁에 응용하여 우리 대한민국의 이익을 창출하는 것이 목적임을 잊어서는 안 된다.

제2부

도전
하라

도전하라

제2부는 나 자신을 비롯한 우리 모두에게 필자가 독려하는 목소리다. 청년 실업률과 흔들리는 가치관 아래서 고민하고 방황하는 청년들은 물론 무언가 자신이 하고 싶고 또 새로운 일에 도전해 보고 싶으면서도 차마 용기를 내지 못해 망설이는 우리 모두에게 하고 싶은 이야기이며 나 자신에게 들려주고 독려하는 다짐이다.

사람이 살아가는 정도를 이야기한다고 단언할 수는 없지만, 적어도 이렇게 사는 것이 사람 사는 도리라고 이야기하는 주제들을 모아서 써 본 글이다. 물론 필자가 경험한 일들을 바탕으로 젊은 친구들에게 들려주는 이야기처럼 들리는 것도 있고 실제 그런 목적이 가장 클 수도 있다. 하지만 제2부를 쓰는 진정한 목적 중 하나는 나이나 경력에 상관없이 우리 모두 뜻을 품고 힘차게 앞으로 나가자고 다짐하는 이야기다.

01

은혜는 돌에 새기고
원수는 물에 새겨라

우리나라 옛 격언에 은혜는 돌에 새기고 원수는 물에 새기라는 말이 있다. 누군가 내게 은혜를 베풀어 준 것이 있다면 그것은 결코 잊지 말고, 누군가 내게 손해를 끼쳐 아픔을 주었다면 그것은 하루빨리 잊으라는 말이다.

얼핏 이해가 되지 않는 말이다.

중국 한족의 경우에는 한 번 원수를 지면 자자손손 대를 이어 그 복수를 하는 것이 조상에 대한 예의라고 했다. 흔히 무협지에 나오는 이야기가 아닐지라도 그들의 민족성은 조상의 원수는 반드시 갚아야 하는 것이다. 그들은 죽을 때 자녀에게 하는 유언 중 가장 중요한 것이 자신의 가문에 대한 원수의 목록이라고 한다. 그리고 그 서열을 매겨서 꼭 갚아야 할 선을 제시한다고도 한다. 그런 민족 정서 때문에 무협지의 소재로 조상이나 사부의 원수를 갚는 것이 가장 많이 등장하는 것이다. 중국판

무협지를 보면 단순히 무공을 겨루기 위해서 결투를 하다가 알고 보니 사부님의 원수 아니면 조상님의 원수이기에 결국은 끝까지 목숨을 내걸고 결투의 종말을 보는 경우가 대부분이다. 그리고 그 원수를 갚는 행위는 후손, 혹은 후배에게 이어지는 악순환의 고리가 된다. 후손으로 태어난 사람이 자신의 생업마저 내 던진 채 조상의 원수를 찾아 중원을 떠도는 풍경은 중국 무협지에서 흔히 등장하는 장면이다. 조상의 복수를 어찌나 중요시했는지, 심지어는 자신이 속한 무림의 단체, 우리가 흔히 방내지는 파라고 부르는 자신의 소속보다 더 조상을 우선시했다고 한다. 어제까지 사형이라고 부르다가도 그의 아비나 혹은 조부가 자신의 아버지나 조부와 원수지간사이여서 둘 중 한 가문의 누군가가 상대에 의해서 목숨을 잃었다면, 지금을 살고 있는 그 두 사람이 목숨을 걸고 혈투를 벌여 끝을 내고 말았다고 한다. 물론 현대화된 지금이야 그렇다고 단정 지을 수 없지만, 그것이 한족의 민족성이다.

반면에 일본의 토착 원주민인 왜족들의 경우에는 조상보다도 자신이 모시던 주군의 원수를 더 중요하게 생각했다. 물론 그 역시 현대화된 지금은 많이 완화되었다지만 아직도 일본은 그런 정신이 깊이 맥을 이어오고 있다. 예를 들자면 막부 시절에 자신의 번(藩: 영지)에 손실을 끼친 원수는 어떻게든 갚는 것을 우선시했으며 만일 그 원수를 갚기 위해서 일을 벌였다가 실패하면 할복자살이라도 하는 것이 자신은 물론 자신이 속한 조직의 명예를 세우는 것이라고 생각했고, 또 그렇게 실시해 온 민족이다. 주군의 원수를 살려두고도 자신이 산다는 것을 가장 큰 치욕으로 생각했던 것이 소위 일본의 사무라이 정신이라는 것 중에서 중요한 자리매김을 하고 있던 것이다. 원수는 무조건 원수지 다른 수식어가 필요치 않았다.

그러나 우리 선조들은 달랐다.

원수를 갚을 것이 아니라 원수는 빨리 잊고 은혜는 두고두고 기억해서 반드시 갚으라고 가르쳤다. 원수의 이름은 물에 써서 물이 흘러가는 것처럼 그냥 잊어버리라는 것이다. 대신 은인의 이름은 바위에 새겨 죽어도 잊지 말고 그 은혜를 갚아야 한다는 것이다.

사람은 망각의 동물이라고 한다.

시간이 지나면 아무리 기억하고 싶어도 저절로 잊혀, 잊지 않고 싶은 일도 잊게 된다는 것이다. 이건 인체 공학적인 측면에서 보더라도 사람의 뇌는 기억할 수 있는 한계가 있는 것이기에 당연한 것이다. 그런데 우리는 인간의 본능에 따라 살다 보면 내가 상처를 준 일보다는 내가 상처받은 일을 더 오래 기억한다.

누군가가 나를 도와준 것에 대한 은혜를 생각하기보다는 누군가가 내게 해를 입힌 일을 더 오래 기억한다는 것이다. 그런 현상은 심리학적으로 자기방어라는, 사람의 본능에 의해 당연한 일이라고 생각할 수도 있다. 또한 내가 남에게 상처를 주거나 손해를 입힌 것은 내가 큰 상처를 받지 않아 뇌에 깊이 각인되지 않지만, 남이 내게 상처를 주면 그것은 나도 모르게 충격으로 다가와 뇌에 깊이 각인되기 때문일 것이다. 그 상처가 인격적인 것이든 아니면 재물의 손해를 본 것이든 마찬가지다. 물론 어느 것이 더 깊은 상처가 되는지는 당한 사람 각각이 처한 상황이나 혹은 여러 가지 사정에 따라 다를 수도 있겠지만, 어쨌든 상처를 받기에 그 상처가 먼저 감성을 자극하고 다음으로 뇌에 각인되는 것이다. 그럼에도 불구하고 우리 선조들은 이론과는 전혀 다른 역설적인 말씀을 우리들에게 교훈으로 남겨 주셨다. 실제 그 속뜻은 그렇지 않고 원수를 갚으라는 이야기를 일부러 역설적인 표현을 한 것이 아닌가 하는 의심마저 든다. 그러나 선조들 말씀하신 교훈을 곰곰이 되새겨 보면 결코 틀린 말씀이 아니라는 것을 알 수 있다.

아픔이나 상처는 생각하면 생각할수록 치유되는 것이 아니라 오히려 더 깊은 상처로 남게 된다. 타당한 비유일지 모르겠지만 피부에 상처가 났을 때, 약을 바르고 치료를 한 후 잘 여미고 들쑤시지 않으면 곧 아물 수 있는 것도 자꾸 만지고 이런저런 방법으로 건드리고 들쑤시면 덧나서 더 악화될 뿐이다. 반대로 정상적인 운동에 의해서 생성되는 새로운 근육은 자신이 더 열심히 운동하면 할수록 더 단단해지고 탄력적으로 변한다.

원수를 물에 새기라는 그 말씀은 상처의 아픔을 잊고 그냥 두는 것이 자신에게도 이익이 되면 되었지 손해가 되는 것이 아니라는 현명한 말씀이다. 원수를 물에 새기라는 것은 원수의 이름을 물에 새겨 물 흐르듯이 잊으라는 뜻도 있겠지만 그보다는 그 원수가 저지른 행위로 인해서 상처받은 내 마음을 달래기 위한 방편으로, 물 흐르듯이 잊음으로써 나를 위로하라는 뜻이 더 크게 내포되어 있다는 것이다.

만일 누군가에게 배신을 당한다든지, 인격적 모독을 당한다든지, 재물의 손괴를 당하는 사기를 당함으로써 상처를 받았는데, 그 상처를 치유한답시고 자신이 받은 상처를 곱씹으면 씹을수록 자신의 정신은 피폐해져만 가는 것이다. 예를 들자면 만일 자신이 누군가에게 사기를 당해서 재물의 손실을 입었다고 할 때, 그에 대한 정당한 법적 조치를 하고 그 나머지는 법의 심판에 맡기라는 것이다. 다만 그 잘못을 거울삼아 다시는 그런 잘못을 범하지 않으면 되는 것이다. 여기에서 법의 심판에 맡기는 것도 원수를 갚기 위해서가 아니라 사회정의를 실현하는 차원이라고 스스로를 위로하는 것이 좋다는 것이다. 아니 어쩌면 그것은 위로가 아니라 진정으로 사회정의를 실현하기 위한 방편일 수도 있다.

사회정의를 실현하는 것은 나는 그 사람을 그냥 용서해 주고 싶어도 내가 그냥 넘어가면 나에게 상처를 준 그 사람은 또 다른 누군가를 상대로 똑같은 짓을 저지를 것이고 그것은 사회를 병들게 하는 것이므로 그런 부조리를 막고자 한다는 것이다. 물론 법에 의해서 내가 상처받은 재물은 보상받을 수도 있겠지만, 그렇다고 마음의 상처마저 치유되는 것이 아니기 때문에 보복을 하고 싶은 생각을 지울 수는 없겠지만 복수를 한다고 생각한다면 이미 수차 말한 바와 같이 나 스스로를 자꾸 아픈 상처 속에서 헤매도록 묶어 둠으로써 내가 나를 괴롭히게 된다는 것이다.

사기를 당했다는 것은 엄밀히 말하자면 자신이 조심하지 않은 잘못도 있다. 자신이 판단을 잘못한 잘못도 있다는 것이다. 그렇다고 사기행각을 한 사람을 무조건 용서하라는 말이 아니다. 이미 앞서 말한 바와 같이 적절한 법적 대응을 했다면 그 이후에는 자신이 무엇을 잘못했는지에 대해 반성하고 다시는 그렇게 하지 않겠다는 다짐을 한 후 잊으라는 것이다.

왜냐하면 처음에는 자신에게 해를 가한 사람을 미워하게 된다. 하지만 시간이 지나면서 앞서 말한 바와 같이, 스스로 판단을 잘못했기에 그런 사기 행각을 당한 것이라 생각하게 되고 그 자신이 미워지게 된다. 결국 자신이 조심하지 않은 것에 대한 자책을 하고 그 자책은 생각하면 생각할수록 자신을 괴롭힐 뿐만 아니라, 그 생각에 빠져 소위 자신의 모든 행위에 대해 후회하게 되고 종국에는 자신의 정신마저 피폐하게 할 수도 있다는 것이다. 그리고 심지어는 극한 선택을 하는 경우도 우리는 종종 뉴스에서 접하고 있다.

물론 그런 경우까지 오는 것은 극히 일부라고 할 수도 있다. 하지만 그보다는 덜하다고 할지라도 자신의 잘못을 지나치게 질책하다 보면 의기소침해지고 삶에서의 자신을 잃게 되는 것을 비일비재하게 볼 수 있다. 설령 그것이 사기행각이 아니더라도 누군가에게 깊은 상처를 받은 사람들이 겪는 후유증 중 하나로 가장 크게 지목되는 것이 바로 자신감의 상실과 사회생활 적응의 장애라는 것이다. 그리고 그 모든 것이 원수를 물에 새기지 않고 마음에 새긴 까닭이라는 것을 잊어서는 안 된다.

물론 말처럼 쉬운 일은 아니라는 것은 누구라도 잘 안다. 하지만 적어도 그렇게 하려는 노력은 반드시 해 봐야 하는 것이다.

반면에 은혜를 돌에 새기라는 그 말씀은 반드시 은혜를 갚아야 한다는 말보다는 내가 은혜를 입은 것을 잊지 말고 나도 그렇게 행동하라는 것이다. 내가 은혜를 입음으로써 스스로 만족을 얻고 행복함을 느꼈다면 나 아닌 다른 사람에게 그렇게 해 줌으로써 또 다른 사람도 행복을 느낄 수 있도록 해 주라는 것이다. 나에게 은혜를 베푼 그 사람만을 지목하는 것이 아니라 내 주변의 모든 이웃에게 내가 은혜를 입은 것처럼 행동하라는 것이다. 그것이야말로 진정한 세상의 행복을 창조하는 길이라는 것을 조상님들이 교훈으로 남겨주신 것이다.

우리가 잘 아는 이야기 중에서 은혜를 갚은 까치 이야기가 있다. 많이 알고 있는 이야기지만 그 의미를 되새기는 차원에서 한 번 기록해 보고자 한다.

옛날 어느 가난한 선비가 과거 시험을 보기 위해서 집을 나서서 먼 길을 가고 있었다. 그런데 갑자기 까치가 죽을 듯이 우는 소리가 들리기에 고개를 들어 보니 까치집이 있었고 거기에 커다란 구렁이가 까치 새끼들을 잡아먹기 위해서 혀를 날름거리고 있었다. 자신의 새끼들이 곧 죽음에 직면할 것을 동물적인 감각으로 느낀 까치는 자신의 힘으로는 대항할 수 없는 상대라는 것을 알기에 그 주변을 날면서 구렁이에게 위협을 주기 위해서 목청껏 울어보지만, 구렁이는 아랑곳하지 않고 까치 새끼를 잡아먹으려 했다.

선비는 가여운 까치 새끼의 목숨을 구해 주어야겠다는 생각이 들었다. 까치가 아무리 미물이고, 자신도 구렁이가 두렵고 무섭기는 마찬가지라지만 어미가 보는 앞에서 새끼들이 구렁이의 밥이 되는 것을 보고 있어서만은 안 되겠다고 다짐했다. 선비는 자신이 짚고 가던 지팡이를 높이 들어 구렁이를 한 대 쳤다. 그러자 위협을 느낀 구렁이가 이번에는 선비 쪽으로 머리를 돌려 공격해 오는 것이 아닌가? 선비는 나름대로 익힌 무예가 좀 있던 덕분에 무사히 몸을 피하면서 지팡이로 구렁이를 힘껏 내리쳤다. 그러자 구렁이가 땅바닥에 떨어져 내렸고 선비는 힘을 다해 구렁이를 지팡이로 때려죽일 수 있었다.

그렇게 까치를 구하고 난 선비는 기분 좋은 마음으로 길을 재촉하는데 날이 저물어 주위가 어둠에 쌓이기 시작했다. 그때 선비의 눈에 불빛이 들어왔다. 그리 멀지 않은 곳에 있는 외딴집에서 흘러나오는 불빛이었다. 순간 선비는 얼마나 더 가야 주막이 나올지도 가늠할 수 없고, 형편이 어려워 여비도 제대로 챙겨 떠나지 못한 터인지라 되도록 그 집에서 하룻밤 신세를 질 요량으로 다가갔다.

"이리 오너라."

사립문가에서 주인을 부르는 선비의 목소리를 듣고, 흔히 볼 수 있는 창틀에 창호지를 발라서 바람을 막게 만들어 놓은 방문을 열고 나온 사람은 어여쁜 아낙네였다. 순간 선비는 아낙네의 미모가 너무나 고와서 자신의 눈을 깜박이며 다시 보았다. 분명 처자는 아니었다. 결혼한 아낙의 냄새가 풍기기는 하는데 그 미모가 너무나 고운 것이다. 낡은 무명옷을 걸치고 있는 얼굴은 빼어나리만큼 미색이 넘쳐났다. 몸에서 귀티가 흐르는 것도 아니고 고상한 품위가 보이는 것은 분명 아니고 차라리 그 자태가 요염하다는 표현이 어울릴 것 같았다. 하지만 얼굴만큼은 빼어나게 예쁘다는 감정을 지울 수가 없었다.

그러나 그런 생각도 잠시뿐이었다. 여인의 뒤로 아무런 기척이 없는 것으로 보아 여인 혼자 있는 것이 분명하였다. 공연히 이 집으로 발걸음했다는 생각이 들었다. 다른 때 같으면 일단 사람의 얼굴을 보았으니 사정을 이야기하고 하룻밤 머물 것을 청했으련만 성큼 입이 떨어지지 않았다. 아무리 자신이 머물 곳이 필요하지만 여인 혼자 있는 외딴 집에 하룻밤을 묵는다는 것이 영 마음에 걸려서 머뭇거릴 수밖에 없었다.

"무슨 일이시온지요?"

그런 선비의 마음을 알았는지 여인이 먼저 입을 열었다. 그런데 그 목소리가 청명하지를 못하고 무언가 섞여 있는 음성처럼 들렸다. 그렇다고 탁한 것도 아니고 이상하게 메아리치듯이 갈라져 나가는 목소리처럼 들린 것이다. 요염하게 예쁜 얼굴에 비하면 목소리는 무언가 섞인 채로 퍼져나가는 듯해서 낭랑하지 못했다. 그러나 그런 생각도 잠시뿐 선비는 자신의 사정을 이야기하지 않을 수 없었다.

"예, 소생은 과거를 치르기 위해서 길을 가던 선비올시다. 그런데 날은 저물고 마침 이곳에 불빛이 보이기에 나도 모르게 이리로 발걸음하게 되었소이다. 얼마나 더 가야 민가든 주막이든 나올지도 모르고 해서 말입니다. 그런데 소생이 잘못 들른 것 같소이다. 여인네 혼자 기거하는 집인 줄을 모르고 그만…."

선비가 미안한 마음을 담아 겸연쩍은 얼굴을 하며 말을 쭈뼛거리자 여인은 미소까지 지으며 반색을 했다.

"무슨 말씀을 하십니까? 여인네 혼자라니요? 제가 어찌 이런 외진 곳에 혼자 살 수 있겠습니까? 제 낭군이 일이 있어서 출타를 한 것이니 그리 생각하지 마십시오. 이제 곧 제 낭군이 들어오실 것입니다. 괜한 걱정은 마시지요. 그리고 이곳에서 민가나 주막이 있는 곳까지는 상당히 먼 곳입니다. 지금 서둘러 가셔도 삼경 안에는 도착하기 힘드실 것입니다.

마침 윗방이 비어 있으니 그리로 드시어 하룻밤 쉬어 가십시오. 대접해 드릴 것은 없지만, 간단한 요기와 잠자리는 제공해 드릴 수 있습니다."

"말씀은 고맙습니다만, 그래도…."

선비는 망설이지 않을 수 없었다. 공연히 이상한 기분이 들었다.

"아닙니다. 이제 곧 낭군께서 귀가하실 것입니다. 원래 지금은 와 있어야 하는데 이상하게 늦으시네요. 자, 이 윗방으로 가시지요. 가서 요기를 하고 계시면 낭군이 오실 것이고 그때 인사를 나누시지요."

어느새 여인은 뜰 아래로 내려와 선비의 앞에서 선비를 윗방으로 안내하고 있었다. 선비는 어정쩡한 기분을 어쩔 수는 없었지만, 낭군이 들어오면 인사를 나누라고 하면서 앞장서서 방으로 안내하는 여인의 권고를 마다할 수 없었다. 아니, 그보다는 지금부터 걸어도 삼경 안에는 민가에 도착할 수 없다는 말과 자신이 가지고 있는 여비를 계산해 볼 때, 여인의 뒤를 따를 수밖에 없었다.

선비가 윗방에 들어가서 자신의 등에 지었던 간단한 짐을 벗어 놓고 갓을 벗어 걸어 놓자마자, 마치 준비라도 되어 있었다는 듯이 여인이 작은 소반을 들고 나타났다.

"대접할 것이 마땅치가 않습니다. 보리밥과 김치가 전부입니다. 소찬이오나 요기나 하십시오. 그러시는 동안 낭군님이 오시면 모시고 오겠습니다."

소반을 선비 앞에 놓으며 여인은 요염한 자태에 미소까지 머금는 것이었다. 순간 선비는 자신을 가다듬었다. 하룻밤 신세를 지는 처지에 남의 아낙에게 눈독을 들이는 것 같아서 스스로 부끄러워졌다. 하지만 처음 볼 때에 비하면 예쁘다는 표현보다는 요염하다는 표현이 훨씬 맞는다고 스스로에게 말하면서 여인의 나가는 뒤태를 쳐다보다가, 여인이 방문을 닫고서야 비로소 소반으로 눈을 돌렸다. 그런데 소반에는 뜻하지 않게 막걸리가 커다란 사발에 가득 채워져 한 잔 올라 있지 않은가? 그렇지 않아도 먼 길을 와서 피곤하고 목이 말랐던 터인지라 자신도 모르게 수저보다 먼저 막걸리 사발을 들어서 벌컥벌컥 마시기 시작했다.

잔을 말끔히 비운 선비는 김치를 반찬으로 보리밥 한 공기를 후딱 먹어 치웠다. 그런데 묘하게도 숟가락을 놓자마자 잠이 쏟아졌다. 길을 걷느라 피곤한 터에 막걸리를 마시고, 여비를 아끼느라 점심까지 굶고 오다 보니 몹시 시장했는데 밥 한 공기를 다 비워서 배가 차서 그러려니 하면서도 주인이 오면 인사를 나누고 잠을 자는 것이 예의라는 생각이 들어 잠을 쫓으려고 했지만, 도저히 감당할 수가 없어서 자신도 모르게 쓰러져 잠이 들고 말았다.

얼마나 지났을까?

잠이 들었던 선비는 숨이 막히도록 자신을 조여 오는 통증에 눈을 떴다.

아뿔싸!

이게 무슨 일이란 말인가?

자신의 눈앞에, 바로 코가 마주칠 그 거리의 눈앞에 여인의 얼굴이 마주하고 있는 것이 아닌가?

선비는 자신이 비록 요염하다고는 생각했지만, 여인의 미색을 은근히 마음에 품은 까닭에 꿈을 꾸는 것이 아닌가 하는 의심이 들어 고개를 흔들어 보았다. 그러나 분명히 꿈이 아니었다.

여인의 얼굴은 바로 코앞에 있었고 여인의 몸은 자신의 몸에 포개져 있는 것 같았다.

"부인, 부인 이게 무슨 일입니까?"

선비는 손을 들어 뿌리치려 하였지만 손이 무엇엔가 묶인 듯하여 움직일 수가 없었다.

"부인, 이건 도리가 아닙니다."

선비는 부인이 자신에게 애욕을 표하는 것으로 착각을 하고 다시 한번 도리질을 하며 말했다.

"도리가 아니라니? 뭔가 엄청난 오해를 하는가 보구나. 허나 착각을 하는 건 네 자유고. 너야말로 낮에 내 낭군을 죽인 것은 도리냐?"

여인은 다짜고짜 반말을 하며 선비가 자신의 낭군을 죽였다고 했다.

"아니! 내가 누구를 죽였다고 그러시오? 나는 낮에 아무도 마주치지 않고 이곳까지 왔소이다. 그런 내가 누구를 죽였다고 이러시오?"

"아직도 감이 오지를 않는가 보구나?"

여인은 묘한 웃음을 입가에 흘리면서 아주 표독스럽게 쳐다보았다.

"감이 오지를 않는다니 그게 무슨 소리요? 내가 낮에…."

말을 이어가던 선비의 머릿속에 문득 스쳐 지나가는 생각이 있었다. 낮에 까치집을 삼키려는 구렁이를 죽인 일이다. 그러고 보니 자신을 묶은 듯이 여겨지는 그 무엇이 섬뜩할 정도로 싸늘한 것이라는 감이 왔다. 선비는 자신의 눈을 내리깔아 자신의 몸을 묶고 있는 것이 무엇인가를 보았다.

선비는 소스라쳐 놀라지 않을 수 없었다.

눈앞에 있는 얼굴은 분명히 여인의 독기 품은 요염한 얼굴인데, 치마저고리 밖으로 나온 여인의 몸뚱이는 누런 구렁이였고 그 구렁이가 자신의 몸을 휘돌아 감고 있는 것이 아닌가?

"이제야 감이 오는구나."

선비의 소스라쳐 놀라는 모습을 본 여인이 말을 이어갔다.

"그래, 오늘 네가 낮에 죽인 그 구렁이가 바로 내 낭군이시다. 우리 부부는 백 년을 배로 기어 다니며 오로지 오늘만을 보고 살아왔다. 오늘이 백 년 되는 날이라 사람으로 환생을 할 수 있는 날이었거든. 우리가 천상 세계에서 죄를 짓고 상제에게 벌을 받아 구렁이로 이 땅에 와 오늘까지 살면서 얼마나 학수고대한 날인지 알기나 하는 것이냐? 그런데 하필 너는 오늘 내 낭군을 죽였다. 백 년이 되는 그날 반드시 살아 있는 날짐승을 잡아먹어야 한다는 그 말을 지키기 위해서 까치집에 오른 내 낭군을 죽게 만든 것이다."

선비는 갑갑했다. 숨이 막힐 것 같았다. 그러나 그 갑갑함은 구렁이에게 몸이 휘감겼기 때문이 아니라 자신의 눈앞에 벌어지고 있는 이 현실 때문이었다.

"그렇다고 어미 앞에서 새끼들이 잡아먹히는 꼴을 어찌 두고만 본다는 말이오. 자식 가진 부모라면 비단 나뿐만 아니라 누구라도 그리했을 것이오."

"그래? 좋다. 그건 네 마음이다. 하지만 너는 내 낭군을 죽였을 뿐만 아니라 나마저 흔적조차 없이 사라지게 만들었으니 너를 놓아줄 수는 없다. 원래는 낭군이 자신이 한 마리 잡아먹고 한 마리는 내게 가져오기로 되어 있던 계획을 네가 망쳐 놓았으니 말이다. 그렇지 않아도 요 옆에 있는 암자의 주지승이 눈치를 채고, 우리 부부가 환생하지 못하게 오늘 밤 삼경에 종을 세 번 울리려 했었다. 우리가 막 환생을 하려는 순간 절의 종이 세 번 울리면, 중생들의 기를 깨워 우리가 환생을 못 하는 조건도 있었거든. 우리가 삼경에 환생을 못 하면 죽는 것은 고사하고, 그 흔적조차 없는 연기로 사라져 이 세상 어디에도 흔적을 남기지 못하는 거지. 상제는 사람 중의 누군가 현명한 사람이 그 진리를 깨우쳐 우리처럼 하늘에서 커다란 죄를 짓고 벌받아 내려 온 자들이 환생하는 것을 어떻게든 막아 보고 싶은 심산이었겠지. 그런데 그 암자 주지가 그걸 어떻게 깨우쳤는지 헛수작을 부리려 하는 거였다. 그러나 그 낌새를 알아챈 우리 부부는 내가 그 주지를 없애는 동안, 낭군은 날짐승을 사냥해서 한 마리는 자신이 먹고 한 마리는 살아 있는 그대로 가져오기로 하고 각자 길을 나섰던 것이다. 그런데 네가 나타나서 내 낭군을 죽이고 만 것이지. 그러니 나까지 흔적조차 없어지게 한 것이 아니라면 무엇이라는 말이냐? 내가 그 암자의 주지를 없애는 바람에 지금은 그 암자에 아무도 없고, 따라서 종을 쳐 줄 사람도 없기에 낭군만 살아 있었다면 얼마든지 환생할 수 있는 것을 네가 망쳐 놓는 바람에, 이제 내가 사람으로 환생도 못 하고 사라져야 하는 억울함을 네게 들어 보라고 넋두리한 것이다. 아무튼 나는 너를 살려 둘 수 없다. 삼경이 지나면 사라질 목숨이니 너와 함께 갈 것이다.”

선비는 황당해서 무어라 할 말이 없었다. 그나마 한 가지 다행이라면 이 구렁이 역시 삼경이 지나면 사라진다는 것이다. 비록 자신은 죽을지

언정 다시는 엉뚱한 희생자가 나오지 않을 것은 다행이었다. 하지만 과거 길에서 돌아올 자신을 기다리는 아내를 생각하자 목이 콱 메어 올라왔다. 이제 곧 삼경이 지나갈 것이다. 구렁이는 선비가 숨이 막히고 뼈마디가 으스러져 죽게 할 심산으로 서서히 힘을 더 가하면서 조여 왔다.

바로 그때였다. 삼경이 거의 끝에 달했을 때였다.

"뎅! 뎅! 뎅!"

갑자기 종소리가 들렸다. 선비도 깜짝 놀랐지만, 구렁이는 절망 그 자체였다. 완전히 승기를 잡은 장수처럼 오만불손하게 선비를 쳐다보던 구렁이의 눈이 화등잔만 해졌다. 주변에 사람이라고는 없고 이제 선비를 죽여 원수를 갚겠다던 구렁이의 눈에는 절망이 가득 밀려왔다.

"이, 이게…, 이, 이게…!"

외마디 비명을 두어 번 지르던 구렁이는 연기처럼 흔적도 없이 사라지고 말았다.

이튿날 아침.

밤을 뜬눈으로 새운 선비는 날이 밝자 어제 구렁이가 말했던 암자로 가 보았다. 암자 추녀 끝에는 작은 종이 달려 있었다. 그리고 그 밑에는 한 쌍의 까치가 머리에 피를 흘리며 죽어 있었다. 수컷과 암컷이었다. 수컷이 종을 두 번 울린 것인지 아니면 암컷이 두 번 울린 것인지는 선비에게는 중요하지 않았다. 전날 낮에 자신이 구해 준 새끼들의 은혜를 갚기위해서 어미들이 몸을 희생한 것이다. 선비는 죽은 까치 두 마리를 조심스레 손으로 집어 암자 마당 귀퉁이를 파고 정성껏 묻어 주었다.

어떻게 생각하면 말도 안 되는 이야기라고 할 수도 있는 이야기다. 까치가 머리로 종을 쳤다는 둥 자신의 새끼를 살려 준 것에 보은한 것이라는 둥의 이야기가 말 그대로를 보면 현실감이 안 와닿을 수도 있는 이야기다. 하지만 금수도 은혜를 알고 갚거늘, 하물며 인간이라면 당연히 그리해야 한다는 교훈이라면 더없이 훌륭한 이야기다.

이번에는 우리가 잘 아는 이완 대장에 관한 이야기다.

이완 대장은 효종 때 효종과 함께 북벌을 계획하고 군비 확충 정책을 펴며 북벌에 관련된 요직을 두루 맡았던 인물이다. 1624년 무과에 급제하고, 1636년 병자호란이 일어나자 정방산성에서 적을 크게 무찔렀으며 1638년 함경남도병마절도사가 되었다. 그 뒤 여러 관직을 두루 거치고 1649년 북벌계획에 관여하면서 우포도대장, 한성우윤, 어영대장을 역임했다. 1653년에는 종래 훈척만이 임명되던 훈련대장에 뽑혔던 인물로 효종의 오른팔로 북벌을 꿈꾸고 실행에 옮겼으나 양반 사대부의 높은 벽에 가로막혀 북벌이 좌절되면서 관직을 스스로 멀리 한 분이다. 그 이완 대장이 아직 무과에 급제하기 전의 이야기다.

이완은 무과를 준비하며 틈만 나면 사냥을 하러 집에서 멀리 나가고는 했는데 일부러 큰 동물과 짜릿한 사냥을 즐겨 볼 양으로 남한산성 쪽처음 가 보는 깊은 산을 찾아 일부러 깊숙이 들어갔다. 내심 늦으면 근처 인가라도 찾아가서 사냥한 동물을 주고 하루 쉬든가, 만일 근처에 인가도 없다면 사냥한 동물을 구워 먹고 동굴에서 자면 될 것이라는 심산에서였다. 비록 초가을이라고는 하지만 아직은 하룻저녁 동굴 신세를 진다고 큰일 나지 않을 날씨였다.

그런데 어찌 된 것인지 아무리 깊이 들어가도 동물이라고는 토끼 한 마리도 눈에 띄지 않았다. 짐작으로 꽤 깊이 들어왔음은 물론이요, 하늘의 해가 중턱을 한참 지나간 것으로 보면 산속에는 곧 어둠이 깔릴 터인데, 되짚어 나가려고 하니 동물을 찾겠다는 일념으로 너무 깊숙이 들어왔는지 길의 방향을 가늠하기가 힘들었다. 다만 지금 태양의 위치로 보아 저곳이 서쪽이라는 것은 알겠는데 도대체 동서남북 중 어느 방향으로 나가야 하는지 길을 잡을 수가 없었다.

이대로 어둠을 맞을 수는 없는 노릇이었다.

우선 인가를 찾아야 하는데, 이 깊은 산중에 인가가 있을 리가 만무하고 그렇다면 우선 은신할 수 있는 동굴이라도 찾아야 할 일이었다. 동굴이 아니면 큰 바위틈이라도 찾아야 할 것 같았다.

원래 사냥을 공쳐본 적이 없는지라 사냥을 나설 때 먹을 것이라고는 물주머니만 차고 떠나는 터라 오늘은 점심도 굶었고 이제 저녁도 굶을 것이다. 그러나 지금 그 생각을 할 겨를이 없었다. 근처에 시내라도 있다면 물주머니도 더 채워야 할 일이지만 만일 시내도 없을 경우를 대비해서 물도 아껴 먹어야 한다. 날이 어두워지면 바위틈에라도 몸을 피했다가 날이 밝는 대로 길을 가늠하여 나가리라고 생각하며 이완은 큰 바위틈이라도 찾으려고 열심히 움직였다. 그러나 도대체가 큰 바위조차 눈에 띄지를 않았다.

얼마를 더 산 깊이 들어온 것인지 산 밖으로 나간 것인지는 모르지만 한참을 움직인 것은 확실한데 아무 수확도 얻지 못하고 날은 완전히 깜깜해져서 앞을 분간하기도 힘들 정도였다. 산속의 밤은 원래 더 어두운 법이다.

이제는 방법이 없다. 어디 큰 나무 아래에라도 자리를 잡아야 할 판이었다. 그래서 큰 나무라도 찾으려고 멀리 쳐다보는 순간 이완의 눈에 아주 반가운 것이 띄었다.

불빛이었다.

이완은 혹시 자신이 잘못 본 것은 아닌가 하여 눈을 비비고 쳐다보았다. 그러나 그것은 분명 잘못 본 것이 아니었다. 확실한 불빛이었다. 비록 가까운 거리는 아닌 것 같았지만 지금 그런 생각을 할 여유가 없었다. 이제껏 배고픈 것을 잊었었는데 배도 고프고 목도 마르다. 이완은 허리춤에서 물통을 꺼내 마지막 남은 물을 마시고 다시 기운을 내어 그 불빛을 향해 서둘러 걷기 시작했다.

흔히 깊은 산에서는 밤중에 여우가 나타나 사람을 홀린다고들 하는데 여우여도 좋다는 생각이었다. 백 년 묵은 여우가 사람을 잡아먹는다는 소리는 들었지만, 사람이 되기 위한 여우는 남정네의 사랑을 받아야 하기에 사랑을 구걸하는 모습으로 나온다고 했다. 그렇다면야 사랑을 주고 하룻밤 쉴 곳을 사는 것이 낫지 이렇게 깊은 산중에서, 낮이라면 어떤 맹수도 자신 있지만 이 밤에 맹수에게 당해서 죽는 것은 옳지 않다는 생각까지 들었다.

이완은 부지런히 걸음을 옮겨 불빛이 비치는 곳에 다다랐다.

그런데 이것이 무엇인가?

눈에 보이는 것은 사내들만 여덟이 앉아 술을 퍼 대며 큰소리로 왁자지껄한 것이 영락없는 도둑의 소굴임이 틀림없었다.

순간 이완은 저놈들을 모두 잡아 관군에 넘겨야 한다고 생각했지만, 자신의 지금 신분은 무과를 준비하는 과객일 뿐이다. 저들 여덟을 모조리 잡는다는 보장도 없고 더욱이 지금 눈에 안 보이는 무리가 몇이나 더 있는지도 모를 일이었다. 그래서 이제 어떻게 행동을 해야 하는지 잠시 망설이는데 목에서 차가운 것이 느껴졌다.

칼이었다.

"뒤 보지 말고 앞으로 걸어."

앞으로 걸으라는 것은 저 소굴로 들어가라는 것인데 참 난감한 일이었다.

"걸으라니까?"

이 목소리는 아까 그 목소리와는 또 다른 목소리였다.

'그렇다면 둘 이상이 지금 내 뒤에 있다는 것이니 섣부르게 행동하면 지금 목줄을 겨냥하고 있는 이 칼이 나를 용서 안 하겠지? 그래 가자. 소굴이면 어떻고 여우면 어떠냐? 그렇지 않아도 쉴 곳을 찾고 있었는데 잘됐다. 우선 오늘은 예서 쉬어야겠다.'

이완은 태평하게 마음을 먹고 앞으로 저벅저벅 걸어갔다.

그러자 대장인 듯한 사내가 흘끗 쳐다보고는 이완을 끌고 온 자들에게 무어라 이야기를 하는 것 같더니 포박을 하는 것이었다. 그리고는 한 귀퉁이에 앉혀 놓고는 자기들끼리 계속 떠들며 술을 마셨다. 목도 마르고 배도 고프고 피곤에 지칠 대로 지친 이완이었다. 이대로 가만히 앉아 저들이 먹는 꼴만 보고 있을 수 없었다. 그래서 이완은 있는 힘을 다 돋우어 목청을 높여 소리쳤다.

"여보십시오. 손님이 왔는데 자기들끼리는 실컷 마시면서 손님에게는 술 한 잔도 안 권하는 경우는 또 무어요?"

그러자 대장인 듯 보이던 그 사내가 이완을 쳐다보며 말했다.

"그놈 배짱 한번 좋다. 배짱만큼이나 목청도 좋고…, 살려 달라고 애걸할 줄 알았더니 손님 대접 소홀히 한다고 큰소리를 쳐? 그래 아무려면 어 떠냐? 우리 잔치 끝나고 나면 죽어서 맹수 밥이 될 놈 술 한 잔 못 줄까? 누가 한잔 먹여줘라."

그러자 그중 나이가 가장 많이 들어 보이는 사내가 탁배기 가득 술을 채워서 가지고 와 이완이 포박되어 손을 쓸 수 없음으로 입에 대 주었 다. 이완은 단숨에 한 방울도 남기지 않고 마셨다. 그리고 다시 소리쳤다.

"술을 주었으면 안주도 줘야 하는 것 아니오? 그 고기 한 점 큰 것으로 주시오."

그러자 대장인 듯 보이는 그 사내가 칼을 쑥 뽑아 들더니 제법 큰 고기 덩어리를 칼끝에 찍어 이완 쪽으로 손을 반쯤 내 뻗었다. 이완은 조금의 망설임도 없이 입을 떡 벌려서 칼끝의 고기를 이로 잡아 빼서 먹었다. 그 러자 대장이 확실해 보이는 그 사내가 물었다.

"만일 내가 손을 완전히 더 뻗으면 칼끝이 네 머리 뒤로 나와 너는 즉 사할 것인데 그게 두렵지 않더냐?"

이완은 싱긋 웃으며 아주 편하게 대답했다.

"어차피 잔치가 끝나면 나를 죽인다고 하지 않았소? 먹어도 죽고 안 먹어도 죽을 바에야 기왕 먹고 죽는 것이 낫지 않겠소?"

그러자 대장이 말을 받았다.

"좋다. 그리 배짱이 좋다면 나와 내기를 하자. 네 머리 위에 고기를 한 덩어리 올려놓고 내가 활을 쏘아서 그 화살이 고기를 꿰뚫으면 그 화살 채로 너에게 넘겨줄 것이다. 술과 함께 실컷 먹어라. 당연히 목숨도 살려 주겠지. 하지만 화살이 빗나가서 네 목을 뚫어도 나를 원망하지는 마라. 낮이라면 나도 자신이 있지만, 밤인데다가 술도 거나하게 취한지라 자신은 못 한다. 또한 화살이 네 몸 어딘가를 맞춰 너를 죽일 수도 있다. 네 몸 어딘가에 맞는다면 당장 죽지 않더라도 우리가 너를 죽여 내일 우리에게 고기를 선사해 줄 맹수의 밥으로 줄 것이다. 그리고 화살이 고기도 네 목도 아닌 다른 곳을 맞추거나 빗나가면 네 목숨은 살려 주마. 살 팔자라 그런 거겠지 하는 마음으로 말이다. 어찌할 거냐?"

"좋소. 그리합시다. 까짓것 어차피 죽을 목숨인데 화살에 맞아 죽으나 칼 맞아 죽으나 마찬가지 아니겠소. 대신 화살이 고기를 맞추면 고기도 먹고 술도 먹고, 그도 저도 아니고 빗나가면 적어도 목숨은 건지는 것 아니겠소. 좋소. 합시다. 그리고 기왕이면 죽기 전에 고기하고 술 좀 더 주시려우?"

이완은 여유만만하게 너스레까지 떨었다. 그러자 대장의 태도가 확 바뀌더니 이완의 포박을 제 손으로 푸는 것이었다.

"이거 미처 몰라뵈어서 죄송합니다. 내 일전에 도둑질을 하다가 어떤 점쟁이를 만났는데 내가 그 점쟁이에게 해를 안 입히면 자기도 내 목숨을 살려줄 점괘를 하나 알려 주겠다고 했소. 그래서 밑져야 본전이라 생각하고 그리하라 했더니 내가 머지않아 포도대장이 될 사람을 만날 것이니 그 사람에게 내 죄를 무조건 용서해 준다는 서한을 수결로 받아 놓으라고 하였소. 그런데 지금 보니 바로 젊은이가 그 포도대장이 될 사람인 것 같소. 이렇게 배포가 큰 젊은이라면 반드시 그런 자리에 오를 것이오. 아니 이런 젊은이가 그런 자리에 올라야 나라가 제대로 설 수 있다는 바람일 수도 있소. 내가 내기를 하자고 했던 것은 사실은 정말 그리할 생각이었소. 젊은이의 배짱을 보고 정말 고기덩어리를 꿰뚫어 고기와 술도 먹이고 목숨도 살려주려고 했단 말이오. 하지만 이제 생각이 바뀌었소. 내 실력이라면 얼마든지 할 수 있는 일이라지만 만일 한 치의 실수라도 하는 날이면 앞으로 훌륭한 일을 하게 될 젊은이를 다치게 할까 봐 두렵소. 그러니 내기는 없던 것으로 하고 다만, 앞으로 언젠가 나를 다시 만나는 날, 내가 죄를 짓고 잡혀가더라도 포도대장 자리에 오를 젊은이가 내 잘못을 용서하고 죄를 용서한다고 수결로 한 장 써 주시오. 그러면 배불리 먹고 쉬게 한 다음 날이 밝기 직전에 젊은이를 산 아래까지 데려다줄 것이오. 만일 우리를 찾고 싶어도 날이 밝지 않아 길을 모르게 말이오. 다만 우리는 여기 그리 오래 머물지 않을 것이니 다시 찾을 생각은 마시라는 충고도 함께 드리는 바요."

이완은 아직 과거에 급제도 못 한 자신의 처지를 이야기하며 아마 다른 사람을 만날 것이니 그 사람에게 수결 문서를 받는 것이 나을 것 같다고 했지만, 대장은 막무가내였다. 몇 번 사양하던 이완은 생각을 고쳐 먹었다.

굳이 목숨도 살려 주고 집에도 보내 준다는데 마다할 것이 없다 싶어 '네 죄를 용서해 준다'고 쓴 후 수결로 문서를 마무리해 주었다. 그리고 무사히 그들의 도움으로 산을 내려와 집으로 갈 수 있었다.

그리고 세월이 지나 효종 대왕이 즉위한 다음 해 포도대장으로 임명된 지 며칠 지나지 않아서였다. 우연히 포도청 안을 지나는데 포졸들이 죄인 여럿을 결박해서 무더기로 끌고 들어오는 중이었다. 그런데 그 죄인들 중에서 하나가 유난히 눈에 들어왔다.

"잠시 멈추어라."

이완의 말에 포졸들이 그 자리에 멈추었고, 그중에서 눈에 들어온 자에게 다가간 이완은 깜짝 놀랐다. 바로 2~30년 전 자신이 무과를 준비하며 사냥을 즐기던 시절에 산속에서 길을 잃고 갔던 도적들의 산채에서 만났던 그 대장이었다. 하지만 세월이 많이 흘러서인지 그는 이완을 못 알아보는 듯했다. 그렇다고 자신이 죽을 고비에서 목숨을 구해 준 사람을 나 몰라라 할 수는 없었다. 더더욱 자신이 수결을 해서 죄를 용서해 준다고 써 준 문서도 있었다는 사실을 상기하면서 죄를 물을 때는 묻더라도 그 사연이나마 들어 보고 싶었다.

"죄인들을 내 친히 심문할 것이다. 무슨 죄를 진 것이냐?"

이완은 자리에 앉으며 앞에 꿇어앉힌 죄인들을 보고 호통을 쳤다.

"예, 도적의 무리들입니다."

이완의 말을 받아 대답하는 포졸을 보며 이완은 다시 한번 물었다.

"사람을 죽인 도적들인가?" "아닙니다. 사람을 죽이지도 많이 다치게 하지도 않았지만, 남산골 김부자집 곡간을 턴 죄인들이옵니다. 그 집 종들에게 붙잡혀 왔습니다."

"남산골 김부자집이라? 그렇다면 그 김부자가 시끄럽게 굴 일이구먼! 원래 말도 많은 사람인데 시끄럽겠어. 아무튼, 네 이놈들. 어찌해서 네 놈들 스스로 일해서 먹고살 방도를 마련하지 않고 남의 집 곡간을 도적질해서 먹고살 방도를 마련하려 했다는 말이냐? 그러고도 무사할 줄 알았더란 말이냐?"

이완은 그중에서 우두머리인 듯한 얼굴을 이미 알고 있는지라 저들이 사람을 죽이지도 않고 많이 다치게 하지도 않았다는 것은 그저 곡식이나 털어서 연명하려 했던 것이라는 판단이 들었다. 만일 저들이 잡히지 않기로 마음을 먹었다면 김부자집 종들을 죽이고라도 도망치려 했을 것이고, 그리했다면 김부자집 종들은 물론 김부자도 생명을 건지기 힘들었을 것이다. 이완은 이미 그들의 실력이나 모든 것을 알고 있다. 산속에서 맹수를 잡아먹으면서 살던 그들이다. 김부자집 종 같은 이들에게 제압당해서 잡힐 그런 자들이 아니다. 그러나 죄를 짓고 들어온 이상 그대로 놓아줄 수는 없는 일이었다.

"왜 대답을 못 하느냐? 네놈들이 저지른 죄를 몰라서 대답을 못 하는 것이냐?"

이완이 다시 한번 소리치자 그중에서 우두머리인 듯한, 이완의 눈에 들어왔던 그 사내가 입을 열었다.

"소인들이라고 왜 밥벌이를 해서 입에 풀칠하고 싶지 않았겠습니까? 하지만 벌이를 하고 싶어도 할 수가 없사옵니다. 양반집 품을 팔면 손에 쥐어주는 것은 택도 없는 품삯이고, 그렇다고 전답이 있어서 농사를 지을 수도 없는 것이고, 배운 것이 도적질이라고 하도 배가 고파서 일을 저지른 것뿐입니다. 처자식은 배를 굶주리는데 아비가 되어 차마 눈 뜨고 볼 수 없어서 저지른 짓일 뿐이옵니다. 그저 죽여주십시오."

이완은 그 말에 자신도 모르게 가슴이 답답해졌다. 지금 백성들의 사정을 누구보다 잘 안다. 병자호란을 겪으면서 이 나라 농토는 피폐해질 대로 피폐해지고 많은 이들이 목숨을 잃은 탓에 과부와 고아들이 넘쳐나는가 하면, 부족한 나라 재정을 채우느라고 거두는 세금에 백성들은 날이 갈수록 힘들다는 것을 누구보다 잘 아는 그였다. 게다가 탐관오리들은 이런 혼란기를 틈타서 백성들의 고혈을 쥐어짜고, 양반들은 자신들이 소유한 전답에서 평민과 상민들에게 일을 시키고는 그 대가를 제대로 지불하지 않고도 탐관오리들과 유착하여 넘어가는 세상이라는 것을 잘 알고 있기에 가슴이 답답해졌다.

"좋다. 지금 말한 너. 네가 수괴인 것 같은데 이리 와 보거라."

이완은 자신을 살려 주었던 그 사내를 불렀다. 그리고 그 사내를 안으로 데리고 들어간 다음 결박을 풀어 주었다.

"아직도 도적의 때를 벗지 못했다는 말이오?"

이완의 말을 듣고도 그 사내는 대답이 없었다. 그러자 이완이 재차 물었다.

"나를 모르시오?"

이완이 재차 묻자 사내는 마지못해하는 듯이 자신의 안섶으로 손을 넣더니 문서 한 장을 꺼내 이완에게 내밀었다. 2~30여 년 전 자신이 수결로 작성해 준 바로 그 문서였다.

'네 죄를 용서해 준다'라고 쓴 자신의 친필 옆에 확실하게 나타나 있는 자신의 수결.

"이걸 가지고도 아직도 도적질을 한다는 말이요? 그건 그렇다 치고 이게 있으면서도 왜 나를 아는 척하지 않은 게요?"

"제 비록 도적질로 먹고사는 놈이지만 나리처럼 큰일을 하시는 분에게 과거의 작은 일로 인해서 폐를 끼치고 싶지 않았기 때문입니다. 만일 제가 이게 있으니 저를 용서해 달라고 했다면 제가 나리의 이 수결을 믿고 도적질을 한 것 밖에 더 되겠습니까? 그리하면 소인에게 득 될 일도 없으면서 공연히 나리께 누만 끼칠 것이기에 모른 척했을 뿐이옵니다. 이제 이 수결한 문서를 조건 없이 돌려 드리겠습니다. 그러니 제 염려는 마시고, 저를 벌하시고 나리께서는 큰일을 하십시오."

이완은 사내의 말에 가슴을 찔렀다. 지금 이 나라에서는 작은 끈만 있어도 붙들고 자신의 이익을 챙기기에 급급한 형국이다. 그럼에도 불구하고 이 사내는 자신이 지은 죄에 대한 응당한 벌을 받겠다면서 오히려 이완 자신의 체면을 해할까 봐 걱정을 하고 있다.

"벌은 받을 때 받고 그동안 사연이나 들어 봅시다. 어째서 아직도 도적의 때를 벗지 못한 것이요?"

그러자 사내는 그동안 지내 온 이야기를 했다.

이완의 젊은 시절에 이완을 산중에서 만났던 일이 있고 난 후 사내도 도적질에서 손을 끊고 화전을 일궈가면서 열심히 일해서 작으나마 농토도 마련하고 장가도 가서 아이도 낳았다. 그러나 병자호란을 겪으면서

이 나라 강산이 피로 물들며 사내가 농사를 짓던 땅도 폐허처럼 변한데다, 세수를 증대하기 위해서 마구잡이로 세금을 거둬들이는 바람에 도저히 세금을 감당할 길이 없어서 그나마 작은 땅을 버리고 무작정 한양으로 오게 되었는데 품을 팔아도 지주인 양반들이 입에 풀칠할 정도의 삯도 주지 않았고, 그중에도 부자로 알려진 김부자는 유독 심했기에, 자신들이 일 한 품삯을 찾아온다는 것으로 위안을 삼으며, 김부자집을 표적으로 삼아 도적질을 했다는 것이었다. 3일 굶고 도적질 안 할 놈 없다는데, 그래도 내 배곯는 것은 어찌 참을 수 있었지만 자식이 굶어 기진한 모습은 차마 볼 수 없었다는 것이다. 그래서 자신들이 일을 다니며 곡간에서 곡식이 썩어나간다는 사실을 알게 된 김부자집 곡간을 덮쳐서 곡식을 약탈하자고 모의를 했다는 것이다. 대신 사람이 다치지 않게 하자는 약조를 지키다 보니 어쩔 수 없이 체포됐다는 것이다.

이완은 솔직한 심정으로는 자신이 써준 그 수결 문서가 아니더라도 그들의 죄를 논하고 싶지 않았다. 이게 나라가 잘못해서 벌어진 일이지 백성들이 잘못한 일이 아니라는 생각이 들었다. 김부자집 곡간에서는 곡식이 썩어 나간다는데 일을 시켜 놓고 주는 품삯은 입에 풀칠도 못할 지경이라니 같은 양반으로서 미안하기 그지없었다.

이완은 한참 동안 곰곰이 생각한 끝에 사내에게 제안했다.

"좋소. 머지않아 나라에서 군을 크게 증대할 것이오. 그때를 위해서 사소한 범죄를 저지른 이들에게는 군역으로 그 죄를 대신 묻기도 한다오. 일단은 이번 죄에 대한 벌을 받는 것으로 군역을 감당하시오. 군역이 끝나고 나면 내가 군의 말직에 넣어주고 때를 보아서 내 다른 조치를 할 수 있으면 하도록 할 터이니 그리하겠소?"

"그리해 주신다면 백골난망입지요. 하오면 저 밖에 있는 제 동료들도 같이 가는 것이옵니까?"

"그렇소. 내가 써준 이 약조를 지키기도 해야 하는 것은 물론 그대들의 무예를 내가 익히 알고 있기에 내 그런 조치를 내리는 것이니 그리 아시오."

그 후 이완은 그들이 군역을 마치는 동안 식솔들을 보살펴 준 것은 물론 훈련대장에 이르도록, 비록 말직이지만 그들을 곁에 두고 지냈다고 한다.

이 이야기의 진위를 역사적으로 판가름하기는 쉽지 않다. 일각에서는 이완이 원래 훈척만 하던 훈련대장을 하게 되는 바람에 이완의 배포와 의리를 높이 사게 해 주기 위해서 만들어 낸 이야기라고도 한다. 그런가 하면 이완 시대에 당시의 세태를 풍자해서, 백성들이 올바르게 살고 싶어도 살지 못하는 고충을 이야기함으로써, 위정자들에게 듣고 정신 차려 백성들을 위한 정치를 하라고 만들어 낸 이야기라고도 한다. 물론 이 이야기의 깊은 뜻은 정치하는 사람들에게 주는 교훈이기도 하다. 병자호란이라는 큰 전쟁을 겪으면서도 명나라에 대한 사대의 의를 지켜야 한다고 주장하는 위정자들과, 백성들이 전쟁으로 인해서 기아에 허덕이는데도 불구하고 양반이라는 그늘 아래 혼자서만 배 터지게 잘 먹고 잘 지내는 이들이 오히려 혼란기를 틈타 백성들의 고혈을 쥐어짜는 현실을 직시하지 못한 위정자들에게 일침을 가하는 말이기도 하다. 그러나 이야기의 진위를 떠나서 자신이 죽을 위기에서 목숨을 구한 이완이 그 은혜를 잊지 않고, 상대가 비록 도적이라도 그 의리를 지킨 것은 우리 가슴을 뭉클하게 하는 이야기다.

수결을 했으면 한 것이고 나 몰라라 한들 당대 포도대장이 도적 하나 처벌하는데 무슨 탓을 할 것인가? 그럼에도 불구하고 이완은 자신이 입었던 은혜를 어떻게든 갚기 위해 법이 허용하는 테두리 안에서 노력했던 것이다. 자신이 궁하고 어려울 때는 찰떡같이 약속을 해 놓고 그 반대가 되면 내가 언제 그랬냐는 식으로 굴러가는 인간 세상 대부분의 경우에게 던지는 일침이기도 하다. 그 근본적인 교훈은 은혜를 입을 때는 마치 모든 것을 바칠 것처럼 하다가도 정작 은혜를 갚아야 할 때가 오면 내가 언제 그랬냐는 식으로 살지 말고 자신이 입은 은혜는 반드시 갚으라는 것이다. 아울러 그 대상은 내게 은혜를 베푼 그 사람이 아니라 내 손길이 필요한 이웃에게 내가 입었던 은혜를 갚듯이 해야 한다는 것도 잊어서는 안 된다.

이 세상 사람 그 누구라도 원수는 물에 새기고 은혜는 돌에 새기는 그런 날이 온다면, 그날이야말로 세상은 아름다운 평화의 낙원이 될 수 있을 것이다. '세상이 낙원이 되는 그날은 바로 내 눈에 보이는 모든 것들이 아름답고 평화롭게 보일 때'라는 말의 참뜻을 저절로 느낄 수 있을 것이다. 이 세상의 모든 일의 주체와 시작은 바로 나라는 것을 잊어서는 안 된다. 상대방이 이렇게 하면 나도 이렇게 한다는 것은 이미 할 마음을 잃었다는 것이다. 사람이 아니라 금수도 자기에게 잘해 준 사람에게는 잘 한다. 사람이 금수와 다른 것은 자신에게 어떻게 대했던 간에 할 수 있다면 먼저 잘해 주는 것이다. 내가 먼저 잘함으로써 상대가 나에게 잘하도록 만드는 세상, 그것이 바로 사람 사는 냄새가 나는 세상이다.

원수를 물에 새기고 은혜를 돌에 새길 때 가장 큰 행복을 맛볼 수 있는 사람은 바로 '나'라는 것을 잊어서는 안 된다.

02

정의로운 세상은
나 스스로가 만드는 것

요즈음 우리들은 '세상이 점점 무서워지고 있다'는 말을 서슴없이 한다.

연일 보도 되는 TV 뉴스에서는 전 남편이 전 아내를 끔찍하게 살해했거나, 전 아내가 전 남편을 살해한 이야기, 자식이 재산 문제로 부모를 살해한 이야기가 심심찮게 올라온다. 젊은 부부가 아이를 방치해서 숨지게 하기도 하는가 하면 부모가 피씨방에 가서 게임을 하느라고 아이를 굶겨 아이가 아사 직전에 구출되었다는 보도를 접하기도 한다. 백년해로를 약속하고 서로를 의지하며 힘든 나날을 이겨내고 살아온 부부들이나, 부모님 말씀을 따르며 살아가는 보통 자녀들이나, 자녀들을 위해서라면 모든 것을 아끼지 않고 내어주시던 우리네 부모님을 떠올리면 실로 상상도 할 수 없는 이야기들이다.

또한 이웃 간의 주차 시비가 흉기를 휘두르는 사건으로 번졌다거나, 층간 소음으로 인해서 흉기 난동이 벌어진 이야기들도 등장한다. 이웃이 함께 가는 동반자가 아니라 이웃이 적으로 변해버린 세상이라는 느낌이 들어 섬뜩하기조차 한 이야기들이다.

　그런데 이런 행위들이 벌어져서도 안 되지만, 이런 이야기들은 그나마 폭력과 살인을 동반하는 동기라도 있다. 물론 정상적인 우리들이 듣기에는 정말 말도 안 되는 이야기지만 그 나름대로 원인은 있다. 비록 그 원인이 인간이라면 저지르지 말았어야 하는 천벌을 받을 짓일지라도, 범죄를 저지른 당사자는 이렇고 저렇고 할 이야기라도 있다는 것이다. 그러나 소위 '묻지마 살인'과 '묻지마 폭행'이라는 것은 아무런 이유도 없다. 지나가던 남자가 지나가던 여자를 그냥 찌른다. 길 가던 젊은이가 나이 드신 어르신을 아무런 이유 없이, 기껏 이유라는 것이 자신을 쳐다봤다는 이유나 혹은 생긴 것이 기분 나쁘다는 이유로, 무차별 폭행을 가한다.

　뉴스를 보는 순간 그 뉴스를 보는 내가 무서워서 몸서리칠 지경이다.

　그런가 하면 모 정치인이 뇌물을 받아 당선 무효형을 선고받았다고 한다. 그것도 우리네 서민들은 평생 만져보기도 힘든 거액을 마치 사과 취급하듯이 사과 상자에 넣어서 받았다는 것이다. 사과 한 상자 마음 놓고 사먹기도 힘든 서민들에게는 잔혹하리만치 속 뒤집어지는 이야기들로, 내 나라가 싫어진다는 생각이 저절로 들 정도로 분개하게 만드는 일이다. 거기에서 그치는 것이 아니다. 모 고위공무원이 성 접대를 받았는데, 소위 클럽에서 여성들을 성폭행할 때 악용한다고 보도되는 '물뽕'이라는 마약을 이용해 여성을 성폭행하는 수준이었다고도 한다. 그리고 그들이 받는 뇌물 액수는 서민들이 듣기에는 천문학적인 숫자이건만 아나운서는 이를 쉽게 보도한다. 그뿐만이 아니다. 심지어는 유흥업소인 강남의 클럽을 유명 연예인이 운영하고, 그 클럽의 뒤를 봐준 세력이 바로 경찰이라고도 한다. 유흥업소의 퇴폐 행위를 단속할 의무가 있는 경찰이 자신들의 임무를 수행해야 할 유흥업소를 먹잇감으로 삼아 지갑을 채운 것이다. 그러니 정말 중범죄가 저질러지는 현장에 신고받고 출동해도 형식적인 방문에 그치고 결국에는 차곡차곡 쌓인 비리와 부정과 범죄들이 한꺼번에 터진 것이라고 한다.

그런데 그것보다 더 충격적인 사건들이 있다. 국민의 안전을 지키는 마지막 보루인 검찰이 외압을 받거나 뇌물을 받고 수사를 왜곡했다고 한다. 그리고 그 외압이라는 것은 결국 자신들이 은퇴하고 난 후에 가야 할 자리 마련을 위한 작업이었다는 것이다. 그뿐만이 아니다. 어느 나라든 간에 국민들의 최후 보루인 사법부가 재판을 농단했다는 뉴스도 거침없이 쏟아져 나온다. 사법부가 재판을 농단하여 국가는 물론 억울하게 불이익을 당했던 사람들이 더 큰 불이익을 당하게 됐다는 것이다. 그리고 그 농단이 조직적으로 이루어졌다는 것과 그렇게 사법을 농단한 이유가 자신들의 욕심을 채우기 위한 것이라는 점에서 우리들에게 더 큰 충격을 준다.

도대체 믿을 것이 없다.
정치인이나 공무원은 물론 경찰이나 검찰과 심지어는 사법부마저 믿을 것이 없다. 아니, 그렇게 멀리 떨어져 있는 그런 기관은 차치하고라도 바로 곁에 있는 내 이웃을 부정하고, 아내 혹은 신랑과 자식마저도 색안경을 쓰고 봐야 하는 세상이 되어가는 것만 같아서 도대체가 살맛이 안 난다. 언제 이리도 삭막한 세상이 되었다는 말인가?

우리가 어렸을 적에는 세상은 이렇게 살벌하지 않았다.

비록 전기가 안 들어오는 집도 있었고, 전기가 들어와도 냉장고나 에어컨은커녕 선풍기마저 있는 집이 거의 없던 시절이지만 이렇게 살벌한 세상은 아니었다. 세상은 살기 편해졌다고 하는데 그것은 단지 외적인 편안함일 뿐이지 오히려 살벌해지고 살기 어려워진 것이다. 세상살이가 문명의 발달로 인해서 편리해지면 사람들의 마음도 여유로워지고 마음이 넓어질 줄 알았는데 그 반대라고 해도 과언이 아니다. 세상이 물질적으로 풍요롭고 편리해지면서 사람들의 마음은 오히려 더 조급해지며 욕심을 낸다. 세상이 물질적으로 편리해지면서 사람들의 이해심은 오히려 점점 작아지고 있다. 그러나 세상이 살기 편해지는 것과 사람들의 마음 씀씀이가 반비례해서는 절대로 안 된다. 아니 그렇게 되지 않도록 우리 모두 노력해야 한다. 우리는 어린 시절에 그런 어른들의 가르침을 눈으로 보고 그 가르침을 몸으로 체험하면서 자라왔다.

봄이 오면 농사일이 시작되고 마을에는 작은 규율이 흐른다.

누구네 못자리가 언제이니 그날은 그 집에 가서 도와주고 누구네 모내기가 언제이니 그날은 그 집에 가서 도와준다. 농사일을 잘할 줄 모르는 젊은 아낙네와 논에서 일하기가 힘에 부치는 분들은 비단 모내는 일을 도와주지는 못할지라도 새참 내가는 일이나 점심 내가는 일 등을 알아서 도와준다.

가을이 오면 가을걷이로 인해 모든 농가는 바빠서 어쩔 줄을 모른다. 여북하면 '가을에는 부지깽이도 한 몫 거든다'고 할 정도다. 불을 땔 때 도움을 주는 나무 막대기가 무슨 일을 하겠냐만은, 그 정도로 바쁘고 누구든 힘을 보태주면 도움이 된다는 말이다. 그런데 그 바쁜 가을에도 누구네가 타작을 한다고 하면 그 집으로 모여 일손을 도와준다. 모내기할 때처럼 서로 품앗이를 하는 것이다. 누가 시킨 일도 아니건만 자동으로 동네가 한마음이 되어 일을 마친다.

어디 그뿐인가?

겨울이 오면 어머니들이 손을 호호 불어가면서 개울가 찬물에서 빨래를 하고, 겨우내 먹을 김치를 한꺼번에 하느라고 김장을 한다. 지금처럼 김치냉장고가 있던 시절은 아니지만 나름대로 보관법이 있었다. 바로 집안 음지의 땅을 파서 항아리를 묻고, 그 안에 김치를 보관한 후 뚜껑을 덮고, 그 위에는 추수할 때 벼를 담는데 사용하고, 방아를 찌어서는 쌀을 담아 운반해 왔던, 볏짚으로 짜서 만든 가마니를 덮어두는 것이다. 그리고 대개 식구가 많던 시절이라 한번 김장을 하면 배추 수십 폭 내지는 백 폭이 넘게 했어도 힘든 줄 모르고 하셨다고 한다.

바로 이웃이 있었기 때문이다.

개울가에서 빨래할 때는 이웃끼리 이야기를 나누며 하니까 일도 힘든 줄 모르고 손이 시렵다는 사실을 잠시나마 잊을 수 있었다. 그리고 이웃끼리 내일 누구네 김장하는 날이라고 하면 아침 일찍부터 하나둘 모여 그 많은 배추김치를 점심 무렵이면 끝내던 시절이었기에 힘든 줄 모르고 그 모든 일들을 해낼 수 있었던 것이다. 우연히 같은 날 두 집이 겹칠 때는, 그런 경우는 아주 드물었지만, 누가 교통정리를 한 것도 아닌데 자연스럽게 일손이 나뉘어졌다. 이런 일상생활에서도 그리했는데 만일 관혼상제 같은 큰일을 맞이하면 어찌했겠는지는 가히 상상이 가는 일이다.

누구네 둘째 아들이 장가를 간다고 하면 동네 사람들이 며칠 전부터 모이기 시작한다. 결혼식을 집에서 전통 혼례 방식으로 치르던 그 시절에, 각자 잔치에 필요한 것을 부조하기 위한 것이다. 물론 축의금으로 대신하는 사람도 있었지만 물건으로, 예를 들면 계란 몇 줄을 가져오겠다는 집이 있는가 하면 누구네와 누구네 이렇게 몇 집이 어울려 돼지를 잡겠다는 집도 있고, 올해 자기네 밀농사가 잘 됐으니 부침용 밀가루를 가져온다는 집, 잔치집에 반드시 필요한 국수를 얼마큼 해오겠다는 집, 신랑신부가 예식을 올릴 상에 놓을 산 닭을 가져오겠다는 집 등이다. 각자의 형편에 맞게 제공하면 서로 큰 부담이 없고, 잔치를 맞은 집에서 직접 준비하는 것보다 경제적으로도 이익이 되는 잔치 예물을 미리 접수하여 혹시 겹치는 것이 있으면 조정하기 위해서다.

물론 모든 집안이 많은 것을 내놓는 것은 아니다.

형편이 어려운 집안에서는 아주 작은 것 하나를 내놓아도 누가 뭐라고 하지 않는다. 오히려 어려운 형편에도 불구하고 그것을 가져온다고 하는 그 말에 고마워하면서 기쁜 마음으로 받아들인다.

이런 모습은 결혼식을 하는 집이 잘사는 집이건 못사는 집이건, 혹 권력이 있거나 아니거나에 따라서 있고 없고 하는 것이 아니라 동네 어느 집 잔치가 알려지면 의례히 벌어지던 현상이었다. 물론 서로의 친밀감이나 평소의 교분에 의해 가감이야 없을 수 없겠지만, 신분이나 빈부에 구애되지 않고 동네 모두가 참여하는 대동계의 방법 중 하나였던 것이다.

그렇게 물건이 모이고 잔치가 시작되기 하루 전부터 동네 아낙네들은 그 집에 모여서 음식을 준비하느라 여념이 없다. 음식 솜씨가 뛰어나고 아니고는 여기에서 중요하지 않다. 각자 자신이 자청해서 맡은 일을 열심히 할 뿐이다. 누가 어떤 일을 어떻게 하라고 지시한 것도 아니다. 자신이 보기에 지금 일손이 필요한 곳을 택하는 것이고 더 힘들고 덜 힘 들고는 가리지 않고 열심히 한다. 그리고 일의 중복을 피하기 위해서 일을 조정해주는 분의 지시에 절대적으로 따른다.

잔치가 시작되는 날이면 동네 사람 모두가 자기 일처럼 기뻐한다. 아들이 장가를 가는 집뿐만 아니라 마을 전체의 경사가 되는 것이다.

보통 그렇게 2박3일의 잔치가 진행된다. 그리고 잔치가 진행되는 동안 어느 정도 성장한 아이들이나 어른들은 각자의 집에서 식사를 하지만, 엄마가 잔칫집에 일하러 갔는데 어린아이들이 안 쫓아갔을 리가 없다. 집보다 맛있는 것도 많고 엄마가 거기 있으니 당연한 일이다. 그러나 엄마로부터 단단히 교육을 받은지라 맛있는 것 달라는 소리도 못 하고 그저 일하는 엄마 치마꼬리만 잡고 빙빙 돌 뿐이다. 특히 그 동네 젊은 아낙은 아직 형편이 어려운 지경인데 그 아이 역시 아직 어린 관계로 단단히 교육을 받았음에도 불구하고 자신이 먹고 싶은 것을 참기 힘들다.

"엄마, 나…."

자신도 모르게 엄마에게 무언가 달라고 하려다가 말끝을 맺지 못하고 주변을 둘러본다. 엄마에게 받은 교육도 생각이 났지만, 주변 누구도 무엇을 달라고 하지 않는데 혼자 그런 말 하기가 갑자기 쑥스러워진 까닭이 있기도 해서다. 이런 어린애들의 모습을 보게 되면, 그 모습을 보던 어른 중 그 집안과 관계가 되거나 아주 친밀해서 흠 없이 지내는 아주머니 중에서, 그래도 연세가 되시는 분이 하던 일을 멈추고 일어선다.

"자, 아이들은 이리 오너라. 아줌마랑 같이 가자. 애나 어른이나 먹어야 일을 하지."

그리고 앞장서서 아이들을 과방으로 데리고 가서 먹고 싶은 것을 고르게 한 후 적당량을 담아 아이들에게 챙겨 준다. 아이들은 그것을 들고 기쁜 마음으로 돌아와 먹은 후 자기들끼리 만의 시간을 가지고 재잘거리며 시간 가는 줄 모르고 논다. 아이들이 먹어야 얼마를 먹는다고 그것을 아끼랴 싶은 아줌마의 후덕한 손맛에 아이들은 더 행복해한다.

그야말로 동네 총각이 장가를 가는데 수지맞는 것은 동네 어린이들로, 애들부터 어른까지 동네 모두가 즐거워할 수밖에 없던 잔치다. 평소에는 먹기 귀한 음식을 먹는 어린이들도 행복을 느끼지만, 그것을 챙겨 준 어른이 더 큰 행복을 느낀다. 어린이라고 소외되는 것도 아니고 형편이 어려운 집 아이라고 소외되는 것도 아니다. 이럴 때는 오히려 그들에게 먼저 눈이 가고 그들에게 더 맛있는 것을 더 많이 먹게 해 주고 싶어 한다. 특히 가난한 집 아이일수록 잔치 음식을 더 접하기 힘들었을 텐데, 그 아이가 함께 행복해하는 것을 보면서 모두가 즐거웠던 것이다. 그렇게 하지 않는다고 떼를 쓰는 것도 아니지만 알아서 챙겨 주고, 작은 음식의 큰 나눔으로 인해서 함께 기뻐하며 즐거워하는 모두의 잔치였던 것이다.

진정으로 이웃이 있기에 행복한 풍경 중 하나였다.

가정의례준칙이 시행되면서 서양식 결혼 풍습이 보편화되고, 집에서 전통 혼례를 치르면서 벌어지던 이런 현상은 지금은 찾아보기 힘든 풍경이 되었다. 그렇다고 그 시절 2박 3일 잔치를 하던 모습을 그리워하는 것이 아니다. 그렇게 이웃이 서로 마음을 합해서 인륜지대사를 치르는 동안 마을은 더 결속되고 이웃은 더 가까워졌다는 것이 중요하다는 것이다.

동네가 모두 한마음으로 합심하는 풍경은 결혼식 장면에서만 볼 수 있는 것이 아니다.

누구네 어르신이 돌아가셨다고 하면 한밤중 이른 새벽에도 마을 사람들은 그 집으로 모인다. 그리고 누군가는 지붕으로 올라가서 고인의 부음을 큰 소리로 하늘과 사람들에게 고하고, 겨울 같은 경우에는 누군가 마당에 화톳불을 피운다. 조문객들이 들어가 쉴 자리가 아직 마련되지 못했기에 추위를 녹이며 같이 밤샘을 하기 위한 것이다.

망자의 친척들과 먼 곳에 사는 지인들에게는 아직 연락도 하지 못한 터인지라 쓸쓸하고 슬퍼할 유족들에게 위안이 되고자 동네 사람들이 먼저 자리를 잡고 북적여 주는 것이다. 떠난 사람의 빈자리가 드러나지 않도록 북적여 주는 것이 상가에서 할 일이라는 것은 누구라도 아는 일이다.

이런 일에도 먼저 나서는 것은 아낙네들이다.

소식을 알게 되는 순간 지체 없이 상가로 가서 망자를 위한 사자밥상을 차리기 위해 음식을 준비하며 속속 도착하는 동네 사람들의 추위를 녹일 술국을 끓인다. 그리고 바느질에 솜씨가 있는 사람들은 상가에서 내어오는 삼베를 받아 망자의 수의와 상주들의 상복을 짓기 시작한다.

아낙네들이 그리하기 시작하면서 날이 밝으면, 남정네 중 한 사람은 자전거를 타고 읍내로 향할 준비를 한다. 읍내 인쇄소에서 부고 제작을 의뢰한 후, 우체국에서 상주가 알려 준 친척들에게 전보를 치고, 인쇄소에 들러서 인쇄된 부고를 들고 와야 한다. 그리고 그 부고를 상주가 알려주는 주소의 지인들에게 돌려야 한다. 부고를 돌리는 곳은 그리 멀지 않은 곳이라고는 하지만 그래도 사방으로 퍼져있는 까닭에 서너 명의 남정네들이 서둘러 다녀서 해가 지기 전에 부고를 돌려야 한다. 삼일장이니 장례 전날까지 문상을 올 수 있게 하려면 당장 돌려야 하는 것이다.

부고를 돌릴 때는 규율이 있다.

주인을 불러서 대면하고 주는 것이 아니다. 그렇다고 대문 안으로 집어넣는 것도 아니다. 부고를 받는 집 대문의 한쪽 편에, 보통 오른쪽 편에 반을 접어서 끼워 넣는 것이다. 만일 대문 옆에 적당히 끼울 자리가 없으면 그 집안사람들이 드나들면서 가장 눈에 잘 보이는 담벼락 어느 부분에 끼워 놓는 것이다.

휴대폰은 상상도 못 하던 시절이고 유선 전화도 웬만한 집에는 없던 시절이지만, 멀리 떨어져 사는 친인척에게는 전보로 연락을 하고 같은 지방에 사는 친인척에게는 부고를 하던 시절이다. 하지만 그렇게 수신을 알리지 않고 끼워 놓은 부고를 보고도 차질 없이 문상을 오던 시절이었다.

첫날 벌인 동네 사람들의 수고 덕분에 그날 밤부터는 상가가 북적이기 시작한다. 이미 낮에 부고를 돌리러 갔던 이들을 제외하고 동네에 남아 있던 사람들이 마련한 임시 거처에는 문상객들이 가득 차고 마당의 화톳불은 밤을 밝히는 전등 역할까지 겸해 주면서 상가는 결코 썰렁하지 않다. 그런 풍경은 다음날까지 이어진다.

갑자기 상을 당하는 바람에 슬픔에 젖은 채 어찌해야 할 줄을 몰라 난감하고 당황스럽기만 했던 상주와 그 가족들은 자신들을 위해서 함께 슬퍼하고 애달파하며 시간을 내어 자기 일처럼 도와주는 마을 이웃들 덕분에 그 슬픔이 반감되고 안정을 찾아 장례 절차를 잘 치를 수 있게 된 것이다.

그리고 장례를 지내는 날.

상여를 준비할 사람과 모실 분묘를 다듬을 사람으로 나뉘어 이미 준비를 마친 마을 사람들 중 분묘를 준비할 사람들은 먼저 장지로 떠난다. 그리고 상여를 질 사람들은 상여를 대기한다. 망자를 상여에 모시고 나면 상여꾼들의 종소리와 구슬픈 가락과 함께 상여가 출발한다. 그리고 마을 어귀를 벗어날 때는 그동안 살던 정든 마을을 이제는 영원히 떠나야 하는 망자의 마음이 그대로 전해지면서, 차마 발걸음이 떨어지지 않는 상여꾼들이 억지로 발걸음을 떼느라고 구슬픈 가락을 토해낸다. 망자의 살아오던 모습을 모두 알고 있는 동네 사람들이다. 그의 기쁨은 물론 아픔과 설움까지 함께 했던 사람들이다. 그러기에 그의 죽음을 진심으로 슬퍼하는 그 마음은 서로에게 전해지고, 누가 먼저 무어라 말을 안 해도 동네를 떠나야 하는 망자의 아픈 마음이 모두에게 닿아 구슬픈 가락을 토해내는 것이다.

요즈음에는 병원이나 혹은 전문 장례식장에서 장례를 치르기 때문에, 장례식 자체가 훨씬 위생적이고 간소화된 것은 형식면이나 내용적으로 좋은 일이라고 할 수 있다. 그러나 비록 비위생적인 면도 있고, 소모적이긴 했다지만 이웃과 부대끼며 진심으로 함께 슬퍼하고 함께 위로해 주던 그 시절이 더 그리운 것은 내가 단순히 감상적인 사람이라서가 아닐 것이다.

이웃이 있었기에 슬픔이 반감되던 그 모습이 그리운 것이다.

비록 그 지방과 가문의 고유한 풍습에 따라서 방법과 절차의 차이는 있을지 모르지만, 봄부터 겨울까지 벌어지던 풍경과 혼인을 하는 집이나 초상을 치르던 집에서 볼 수 있던 이런 모습이야말로 어느 마을 어느 지방에 가더라도 볼 수 있던 우리네 이웃의 모습이었다. 그렇게 살아오던 우리네 삶이었기에 요즈음 뉴스를 보면 정말이지 실감이 안 날 정도로 진위여부를 의심하게 된다. 나도 바쁘지만 이웃은 더 큰일을 치러야 하니 그 집을 도와주어야 한다고 생각하고, 힘들 때는 서로 힘을 보태기 위해 노력하던 세상을 보고 자라서 그런지 정말로 이해가 안 되는 것이다.

이런 모습이 비단 어른들의 삶에만 있었던 것은 아니다. 어른들의 그런 성숙한 모습에는 못 미치지만, 어른들이 이웃에 대해 배려하고 서로 의지하고 돕는 모습을 보며 자라던 어린이들은 어린이들대로 그들만의 규칙과 원칙 안에서 서로를 이해하고 배려하면서 살아나가는 방법을 터득했었다.

지금은 놀이기구도 풍성하고 놀 아이템도 넘쳐난다. 컴퓨터와 휴대폰만 있으면 혼자서도 얼마든지 놀이를 즐길 수 있다. 하지만 우리가 어린 시절에는 놀이기구는 찾아보기 힘든 것이었고, 놀이 아이템은 이웃과 어울려야 하는 것들이 대부분이었다.

지금 생각해 보면 어릴 적 놀이 중에 가장 즐겁고 신이 났던 놀이들은 늦가을에서 겨울방학까지 동네 아이들과 같이 즐기던 놀이들이었다. 하기야 봄부터 가을까지는 많은 아이들이 집안일, 즉 논이나 밭일 혹은 과수원 일에 비록 작은 힘이나마 보태기 위해서 노력하던 터인지라 방과 후 집에 돌아와서도 함께 모여서 놀이를 할 시간이 그리 많지 않았다. 게다가 우리들의 놀이터로 삼아야 하는 곳이 주로 텃밭이나 논이었기에 추수가 끝나야 제대로 놀이터를 잡을 수 있던 것도 사실이다.

우리가 하던 놀이는 빤하다.

그 어원이 어디인지는 잘 모르지만 '찐뽕'이라는 공놀이와 팽이치기, 딱지치기, 구슬치기, 썰매놀이, 술래잡기, 그리고 특이한 것은 돌 따먹기 등이다. 구슬은 돈을 주고 사는 것이지만, 돌 따먹기 하는 돌은 그럴듯한 것을 주어서 사용하면 되는 것이기에 누구든지 할 수 있는 놀이였다. 공차기도 하긴 했지만 축구공만큼 커다란 공을 구매하기가 쉽지 않은 덕에 작은 고무공으로 하는, 야구와 비슷한 '찐뽕'을 더 많이 했다. 그리고 그런 놀이를 하면서 우리 나름대로의 지혜를 습득하고 질서와 규율을 확립해 나갔던 것이다. 지금의 놀이에 비하면 비용이나 기타 여러 가지 면에서 간단하다고 할 수도 있다. 하지만 그 안에 들어 있는 인간미는 지금의 놀이로는 접근하기 힘든 멋이 있던 놀이들이다. 기술한 놀이에 대해서 많은 사람들이 익히 잘 알고 있겠지만, 그 중 '찐뽕'을 예로 들어서 그 안에 숨어 있던 우리들만의 원칙과 규율 및 사람 사는 방법을 터득해 나가던 모습에 대해서 이야기 해 보고자 한다.

'찐뽕'은 앞서 말한 바와 같이 야구 경기와 비슷한 게임이다.

'찐뽕'의 주 무대는 추수를 끝낸 논이다. 동네 집에 딸린 마당은 '찐뽕'을 하기에는 대개 좁을 뿐만 아니라 공이 날아서 담을 넘어 들어가면 문제였다. 또, 밭은 평평하기가 논만 못하다. 대개는 고랑이 아직도 남아 있을 뿐만 아니라 비탈진 밭도 많다 보니 평평한 논이 가장 좋은 장소였다. 그것도 야구로 말하자면 홈 뒤쪽에 높은 둑이 있는 논이면 더 좋다. 왜냐하면 야구처럼 포수가 있는 것이 아니라 야수들이 공을 홈 쪽으로 던지고 홈인하는 주자보다 공이 먼저 홈 라인을 통과하면 자동 아웃되는 시스템이기 때문에 홈에서는 공을 잡아 줄 사람이 없다. 그런데 막아 주는 역할을 할 둑이 없으면 공이 어디까지 갈지 모를 일이다. 공이 멀리 가지 않기 위해서는 높은 둑이 막아주는 역할을 해 주어야 하기 때문이다. 야구의 홈 플레이트 뒤에 있는 펜스 역할을 해 주는 둑이 있는 곳이면 좋다는 것이다. 다행히 우리 동네에는 그런 논이 몇 있어서 '찐뽕' 놀이하기에는 안성맞춤이었다.

이왕 이야기가 나온 김에 '찐뽕'에 대해서 간략하게나마 더 소개해 보겠다. 그냥 소개를 하는 것보다는 야구와 비교를 해가면서 소개하는 것이 이해하기도 쉬울 것이니, 그 용어 역시 야구 용어를 써서 소개하기로 한다.

우선 배트는 대충 적당한 나무 막대기를 고른다. 원형이든 각목이든 그날 적당히 눈에 띄는 것으로, 무게도 어린이들이 들고 치기에 적당하고 길이도 적당하면 되는 것이다. 단, 그날 사용하게 되는 고무공을 참고해서 고른다. 고무공은 누가 무엇을 가지고 나오느냐에 따라 그날그날 다르다. 지금의 야구공 같은 공은 상상도 못 했고, 생고무로 만들어서 공기를 주입한, 야구공이나 테니스공만 한 크기의 고무공이 그 시절에는 그래도 구할 수 있던 공이기에 그런 공을 사용했다.

경기장 모양은 야구처럼 1, 2, 3루를 모두 갖춰도 되지만 대개는 2루가 없이 1, 3루만 갖춘다. 홈까지 합하면 삼각형 모양이 되는 것이다. 그 이유는 여러 가지지만 그중에 가장 큰 이유는 장소와 게임에 참가하는 인원 문제다.

장소 문제는 1, 2, 3루를 모두 갖추려면 그만큼 넓어야 하는데 홈 뒤편으로 높은 둑을 갖춘 곳이 그리 많지 않을뿐더러 더더욱 넓은 논에 그런 조건은 쉽지 않다. 그리고 인원 문제다.

우선 공격의 문제다. 1, 2, 3루 모든 루상에 주자가 있다고 가정을 하고, 쓰리아웃까지 가야하니 적어도 여섯 명의 인원이 필요하다. 그러나 삼각형 형태가 되면 1, 2루에 주자가 있어도 쓰리아웃까지 다섯이면 된다. 수비 역시 마찬가지다. 1, 2, 3루를 모두 갖추면 수비할 때 각 루상 수비수가 셋이 필요하다. 그리고 외야에 세 명을 두어야 한다. 도합 여섯이 필요하지만 1, 2루만 있으면 다섯이면 된다. 그래서 보통 삼각형 형태로 표식을 만들었는데 그 표식은 대개 추수가 끝난 후인지라, 논 한쪽에 쌓여 있는 짚단을 가져다가 사용한 후 경기가 끝나고 나면 도로 제자리에 돌려놓았다.

팀 구성은 정해진 팀이 아니기 때문에 매 경기마다 새롭게 했다. 팀 구성을 위해서 참가 인원을 두 편으로 나누는 방법으로 우선 주장을 뽑는다. 주장은 되도록 고학년 중에서 '찐뽕'도 잘하는 아이들이 각각 한 편을 맡는 것이다. 주장 두 사람이 가위바위보를 해서 이긴 사람이 먼저 자기 팀으로 올 사람 하나를 선정한다. 매번 가위바위보를 해서 새로운 사람 하나를 자기편으로 뽑다 보면 팀이 구성된다. 사람이 많은 것은 걱정할 필요가 없다. 그만큼 여러 명이 경기를 함께 하면 되는 것이다. 그리고 아무리 어리고 '찐뽕'을 잘못하는 아이라도 절대 안 끼워주는 일은 없다. 심지어 어떤 때는, 양 팀을 합한 인원이 짝수가 되어야 두 편이 똑같은 명수로 인원 구성을 맞추는데 홀수가 되는 때가 있다. 한 사람으로는 팀 인원의 균형을 맞출 수가 없어서 소속될 팀이 없는 것이다. 그러나 그런 경우에도 절대 그 한 사람을 낙오시키거나 따돌리지 않는다. 그 사람은 '깍두기'로 양 팀을 오가는 프리랜서로 만들어 준다. 편을 나누는 것이 주장의 가위바위보를 통해서 먼저 잘하는 사람, 그리고 큰 사람을 위주로 뽑는 까닭에 맨 나중까지 처지는 사람은 아직 취학 이전의 어린이인 경우가 대부분이다. 형을 쫓아 나왔다가 끼어 보고 싶은 것이다. 그런 아이의 마음을 이해하는지라 그 애는 '깍두기'로 해서 양편 모두에 속한다. 그리고 '깍두기'는 대개 공격 능력이 없기 때문에 수비하는 팀으로 옮겨 다니며 수비에 가담한다. 게임하는 동안 내내 수비만 하는 것이다. 그것도 게임의 결과에 크게 영향을 미치지 않을 외야 쪽에 배치한다. 그러나 '깍두기'는 수비나 공격, 혹은 자신의 포지션이 중요한 것이 아니다. 자신이 형들과 어울려 싸늘한 늦가을 바람 아래서 함께 뛰며 땀을 흘린다는 그 사실이 중요한 것이다. 그러기에 공이 자신 쪽으로 날아오면 열심히 달려간다. 그래봐야 게임을 하는 동안 몇 번 공을 잡아 보지도 못할 뿐만 아니라, 잡는다고 해도 그것은 이미 홈런성이나 주자를 아웃시키기에는 늦은 의미 없는 캐치이지만 그럴지라도 즐겁게 게임에 임한다. 이렇게 소외되는 사람 없이 모두가 함께 참여할 수 있도록 하는 것 역시 우리들만의 규율이자 원칙이었다.

경기 방식은 간단하다. 투수는 없다. 타자가 자신의 한 손에 공을 들고, 한 손에는 배트를 든 채로 타석에 들어선다. 그리고 수비를 향해 '찐'하고 외치면 수비 쪽에서 '뽕'하고 대답을 해야 공격을 개시할 수 있다. 기습적인 공격으로 상대를 혼란에 빠트리지 않기 위한 서로의 약속이다. 서로 공수에 대해 의견이 통일되고 나면 타자는 자신의 한 손에 있던 공을 높이 올리고 내려오는 공을 배트를 이용해서 쳐 내는 것이다. 노련하고 힘이 있으면 공을 높이 던진 후 배트를 두 손으로 잡고 내려오는 공을 멀리까지 칠 수 있다. 반대로 그렇지 못하면 공을 든 손을 배트를 든 손보다 높이 들고 공을 놓자마자 한 손으로 치기 때문에, 공을 맞힌다 해도 멀리 가지 못한다. 타자가 칠 수 있는 기회는 야구의 쓰리 스트라이크처럼 세 번의 기회가 있는 것과 달리 단 한 번의 기회밖에 없다. 공이 배트에 맞아서 앞으로 나가든 아니면 배트로 공을 맞히지 못해서 공이 바닥에 떨어지고 배트는 헛스윙을 했든 공을 칠 기회는 더 이상 부여되지 않는다. 배트로 공을 치지 못하고 그냥 헛스윙을 하면 아웃이다. 그리고 배트로 공을 치더라도 공이 1, 2루를 일직선으로 그은 선을 넘지 못하면 아웃이 된다. 포수가 없는데 타자가 바로 자기 앞에 공이 떨어지게 치고 달려 나가면 수비가 아웃시킬 방법이 없기 때문이다. 그런데 공을 쳐서 1, 2루를 연결하는 직선을 넘어가게 하는 것이 그렇게 쉬운 일이 아니다. 생각보다 어려워서 자칫하면 아웃되는 경우가 허다하다.

그리고 타석에서 공을 치고 주루를 하고 다음 타자가 안타를 치면 주루나 홈을 향해 뛰는 것은 야구와 똑같다. 세 타자가 아웃되면 공수교대를 하는 것도 야구와 같다. 또한 플라이 볼을 잡으면 아웃이 되고 진루를 했던 주자는 다시 자신이 있던 루로 돌아가야 한다. 대신 야구처럼 플라이 볼을 잡는 순간 자신이 있던 루를 찍고 뛰는 것은 없다. 그렇게 되면 송구를 해서 주자를 태그 해야 하는데 그렇게 정확한 송구도 어렵지만 홈 같은 경우에는 포수도 없어서 되지도 않는다. 플라이 볼을 잡는 순간 다음 루를 향해서 뛰던 주자는 자신이 출발한 루로 돌아가면 되는 것이다. 견제구나 도루도 없다. 그냥 루에 머무르다가 안타나 홈런이 나오면 뛰는 것이다. 홈런은 특별히 존을 정하지는 않지만 너무 멀리 가면 인정해 준다. 그런데 수비를 보면서 특히 주의할 점이 한 가지 있다. 특히 땅볼 안타가 나왔을 경우에는 더더욱 그렇다. 수비도 안타를 친 공의 진로를 예측하기 힘든 경우가 있다. 논에서 벼를 베고 남은 벼 그루터기 때문이다. 벼 그루터기 때문에 공이 튀어 방향을 바꾸기도 하고 어떤 때는 그 앞에 멈춰버리기도 한다. 겨우 선을 넘어서 굴러 나오기에 안심하고 잡으려는데 갑자기 튀어 오르거나, 갑자기 멈춰버리는 것이다. 야구에서 말하는 불규칙 바운드가 벼 그루터기 때문에 나타나는 것이다. 전혀 예측 못한 일이기 때문에 당황하지 않을 수 없다. 그러나 그런 일이 일어나도 누구도 그 수비수를 원망하지 않는다. 오히려 당황하는 수비수를 향해서 '괜찮다'고 격려해 주는 것을 잊지 않는다.

또 한 가지 특이한 것은 그렇게 플레이를 하면서도 웬만해서는 두 편 사이에 다툼이 일어나지 않는다는 것이다. 심판은 당연히 없다. 심판이 없으면 걸핏하면 다툼이 있을 것 같지만 그렇지 않다. 서로가 서로를 인정했던 것이다. 아웃과 세이프에 대해서 우기거나 하는 일 없이 스스로 인정했던 것이다. 그리고 작은 다툼이 일어나 당사자끼리 옥신각신하면 양측 주장이 나선다. 경기 중이었기에 양측 주장 모두 공에 집중하던 터이므로 상황을 판단하고 있다고 봐야 한다. 그러나 양측 주장은 먼저 해당 당사자들의 이야기를 듣는다. 그리고 각자의 의견을 이야기한다. 만일 양측이 팽팽하게 맞서게 되면 공격하는 팀이 슬그머니 양보를 한다. 그것은 게임을 하다 보면 수비가 공격보다는 힘들다는 의식이 있었고, 공격을 하는 쪽이 강자라고 생각했었기에 강자가 약자를 배려한다는 무의식중의 결정이었다. 또한 공격이 수비에게 양보한다는 것은 공수의 입장이 뒤바뀌면 우리 팀이 아니라 상대 팀이 양보를 할 것이기 때문에 결국 마찬가지라는 생각을 공통적으로 하고 있었던 것이다. 누가 가르쳐 주지 않아도 놀이를 통해서, 그것도 이웃과 함께 하는 놀이를 통해서 터득한 삶의 지혜이자 질서였다.

편을 가를 때에는 소외당하는 사람이 없도록 '깍두기'를 만들고, 게임을 할 때는 양보를 하는 지혜를 터득하고, 게임 중에 같은 팀원이 설령 실수를 하더라도 박수를 치며 이해해 주고 넘어갈 수 있는 삶의 지혜를 배우던 그 게임은 지금의 이 시대를 살아가는 우리들의 눈에는 어떻게 비칠지 궁금하다. 직접 겪어보며 자란 세대와 같은 심정으로, 서로의 배려가 없다면 할 수 없는 그런 놀이를 그리워하며 해보고 싶다는 생각을 할지, 아니면 왜 그런 놀이를 힘들여 하느냐고 할지 그것이 궁금하다는 것이다.

한 가지 더 언급할 놀이는 딱지치기다.

종이를 사각으로 접어서 하는 딱지치기 놀이에 대해서는 굳이 설명을 더 할 필요 없이 모두가 잘 알 것이기 때문에 놀이 자체를 말하려는 것이 아니다. 딱지치기는 어디까지나 딱지를 따먹기 놀이인 까닭에 반드시 승자와 패자가 생기는데 그 승자와 패자가 가진 자와 잃은 자로 나뉜다. 딱지의 소유주가 바뀌는 것이다. 그 양이 얼마 되지 않으면 별게 아니지만 많은 양의 딱지를 잃게 되면 자신도 모르게 속이 상한다. 비록 쓸모 있는 것도 아닌 종이로 만든 것이지만, 소유물을 잃게 되었다는 것과 게임에서 졌다는 두 가지가 겹쳐서 약이 오르는 것이다. 그런 경우는 놀이에 참여한 자라면 누구라도 겪었던 일이다. 그래서인지 딱지를 많이 땄다 싶으면 반드시 많이 잃은 아이에게 전부는 아니지만 상당량을 되돌려 준다. 되돌려 주면서도 상대를 반드시 배려한다. 혹시 그냥 '개평'을 주는 것처럼 하면 상대가 자존심이 상할까 배려를 하여 한 마디 붙이는 것이다.

"집에 다 가지고 가면 엄마가 집안 종이 전부 딱지만 접느냐고 야단하셔. 그러니까 이만큼은 너 가져가. 그리고 우리 내일 다시 딱지치기 하자."

상대도 빤히 아는 이야기지만 엄마 핑계를 대며 상대의 자존심을 최대한 세워주고 내일 다시 하자는 말도 잊지 않는다. 오늘의 패배를 설욕할 기회를 주는데, 그 자본은 오늘 땄던 내가 제공해 주는 것이다. 그 말은 오늘 놀이를 하는 동안 즐거웠던 것에 대한 보답이기도 하고, 비록 오늘은 내가 땄지만 그런 일로 마음 상하지 말고 내일도 우애 좋게 놀자는 부탁이기도 하다. 어린 나이에 어떻게 그런 생각을 했는지는 지금도 모른다. 하지만 그게 누구의 머리에서 나온 말이 아니라 그 시절의 우리들에게는 일반적인 인사였다. 어디에서 시작된 것인지는 모르지만 상대를 배려해주며 함께 세상을 살아가야 한다는 것을, 놀이를 통해서도 배우고 자랐던 것이다.

그렇다면 배려라는 단어가 왜 우리 삶에서 중요한 것일까?

우리는 흔히 세상이 악(惡)으로 가득 찼다는 말을 하기도 한다. 그런가 하면 선(善)을 행해야 살기 좋은 세상이 된다고도 말한다.

그렇다면 악은 무엇이고 선은 무엇인가?

악의 사전적 의미는 '양심을 따르지 않아 인간의 도덕적 기준에 어긋나는 못되고 나쁜 것'을 지칭하는 것이다. 또한 선의 사전적 의미는 '인간의 도덕적 기준에 맞음으로써 윤리적 생활의 최고 이상인 올바르고 착한 것'이다.

결국 악은 못되고 나쁜 것을 지칭하는 것이고, 선은 올바르고 착한 것을 지칭하는 것이다.

그렇게 볼 때 악의 반대는 선이다. 그런데 선의 반대는 악이 아니라, 선을 행하지 않는 것이라고 한다.

악의 반대는 선이라고 하면서 선의 반대는 악이 아니라 선을 행하지 않는 것이라고 한다면, 얼핏 듣기에는 논리에 어긋나는 말 같다. 그러나 그 의미를 되새겨 본다면 당연한 것이다. 인간의 양심과 도덕적 기준에 어긋나는 나쁜 것, 즉 인간이 못되고 나쁘게 행동하는 것이 악을 행하는 것이라면 그것은 올바르고 착하게 행동하지 않는다는 것이다. 즉, 선을 행하지 않는 것이다. 따라서 올바르고 착하게 행동하지 않음으로써 선을 행하지 않는다는 것은 악을 행하는 것과 크게 다를 바 없으니 선의 반대는 선을 행하지 않는 것이라는 논리다. 조금은 억지가 개입된 주장 같지만, 선을 행해야 한다는 의무감을 심어 주기에는 충분히 설득력이 있는 논리라고 생각한다.

선을 행한다는 것은 무엇인가?
올바르고 착한 것이라고 했다.
'착하다'의 사전적 의미는 '어질다'는 것으로 '너그럽고 덕행이 높다'는 의미다. 너그럽고 덕행이 높으려면 무엇보다 상대를 배려하는 마음이 있어야 한다. 원리 원칙대로 이해득실을 따져가면서 너그럽다는 것은 상상하기 힘든 일이다. 따라서 선의 첫 번째 조건은 배려라고 말해도 과언이 아니다. 그런데 내가 상대를 배려해 주고 싶어도 그에 대해서 아무것도 모르면 배려해 줄 수가 없다. 내가 상대하거나 상대하려는 사람에 대해 알고 그를 이해해야 배려해 줄 수 있는 것이다. 상대를 알지 못하고 이해하지 못하면서 너그럽게 대하기는 쉽지 않은 일이다. 또한 여기에서 안다는 것은 그냥 겉모습을 안다는 것이 아니다. 그의 속마음을 알고 그가 원하는 것을 아는 것이 안다는 의미다. 그러기 위해서는 무엇보다 중요한 것이 상대와의 소통이다. 대화를 하지 않고 상대를 이해한다는 것 역시 내 생각대로 상대를 평가하겠다는 것과 다를 바 없기 때문이다.

소통이 대화를 통해서 이루어진다는 것은 우리 모두가 아는 사실이다. 그런데 그 대화가 자칫 잘못하면 소통이 아니라 훈계나 명령이 된다는 사실도 잊어서는 안 된다. 권력이나 부를 가진 자가 자신이 하고 싶은 말을 상대에게 해놓고는 소통했다고 한다면 그것은 잘못된 소통이다. 그것은 소통이 아니라 자기 과시나 훈계 혹은 명령에 지나지 않는 것이 대부분이다. 정말 소통이라고 한다면 강자가 약자의 이야기를 듣고 자신이 배려할 수 있을 만큼 배려하기 위해서 노력하는 것이다. 강자가 약자의 애로사항이나 건의사항을 청취한 후 그것을 해결하기 위한 해답을 내놓는 것이 소통이다. 만일 약자가 제시한 것이 객관적인 입장에서 보아도 정말 부당하다면, 왜 부당한 것인지를 충분히 납득할 수 있도록 해 주는 것이 진정한 소통인 것이다. 이런 관점으로 본다면, 우리는 이제까지 올바른 소통을 해 왔는가에 대해서 반성해 볼 필요가 있다.

작은 단위인 가족을 볼 때, 집에서 가족끼리 가장이나 혹은 어머니의 권위를 내세워 자녀들에게 일방적인 요구를 해 온 것은 아닌지 생각해 볼 필요가 있다.

자녀들이 원하는 것이 무엇인지에 귀 기울일 생각을 하는 것이 아니라, 세상에 나가 무한경쟁 시대를 이기기 위해서는 공부를 해야 한다고 하면서 부모의 생각을 일방적으로 주입시킨 것은 아닌지 반성해 볼 필요가 있다. 만일 그랬다면 아주 어릴 적, 초등학교 정도에서는 부모의 권위에 눌려 자녀들은 그 뜻을 따랐을 것이다. 학원에 가서 공부하라고 하면

해야 했고, 태권도를 배우라고 하면 배워야 하고, 피아노 정도는 기본으로 해야 한다고 윽박지르거나, 심한 경우에는 발레 같은 것도 배워야 한다고 자녀들을 학원에서 키우게 한다. 집에서 하는 것이라고는 고작 밥 먹고 잠자는 시간이 전부다. 자녀들이 하고 싶은 것을 하게 하는 것이 아니라 자신이 하고 싶었는데 하지 못한 것을 자녀들에게 대신 시키는 인상을 지울 수가 없다. 그러나 아이들은 그런 일반적인 강요에 반해 중학교에 들어가면서부터 스스로 자신의 선택을 원하게 된다. 그리고 부모와 절충이 안 되어 자신의 뜻을 이룰 수 없을 때는 자칫 빗나갈 수도 있다는 사실을 잊어서는 안 된다. 그럼에도 불구하고, 만일 자녀들이 부모가 원하는 길을 가기는커녕 오히려 엉뚱하게 빗나가고 있으면 부모들은 한결같이 '내가 너를 위해서 어떻게 했는데 그걸 몰라주고 이런 보답을 하느냐'고 자녀들을 원망한다. 그러나 냉정히 생각해 본다면 부모가 자녀에게 해 준 것은 아무것도 없다. 부모 자신의 못다 이룬 꿈을 이루어 보고 싶어서 자녀들을 혹사시켰을 뿐이다.

직장에서의 소통 역시 문제가 있을 수 있다.

상사나 대표가 직원들의 애로사항을 허심탄회하게 듣겠다고 하면서, 회의석상에서는 딱딱하니 마음대로 말을 못 할 수도 있다는 이유로 회식을 하자고 한다. 그리고 회식에 들어가면 건배를 하는데 첫 건배자로는 그 자리에서 가장 직책이 높은 사람이 선정되기 일쑤다. 그런데 첫 건배를 하는 사람이 건배사만 10여 분을 한다. 그 내용이라는 것은 회사의 지난날의 성과에 대한 자찬과 미래에 대한 비전, 그리고 그 비전을 만족시키는 일꾼이 되기 위해서 직원 여러분이 더 열심히 일해야 한다는 은근한 협박 아닌 협박까지 곁들인 것이다. 고기는 타들어 가고 술잔을 든 손은 술잔이 부담될 정도다. 그제야 끝난 건배사에 '위하여'로 답하고 겨우 한 잔을 마신다. 그리고 나면 두 번째 건배를 하게 되는데, 두 번째 건배사는 대개가 중간 간부 중 한 사람이 한다. 그 건배사에서는 회사는 물론 조금 전에 건배사를 했던 상사에 대한 충성 맹세까지 더해지는 조금 더 유치한 건배사가 진행된다. 당연히 길이도 길다. 그런 지루한 건배를 마치고 한 잔을 마시고 나면, 건배는 세 번이 원칙이라는 어디서 생겨난 법칙인지 모를 근거를 들어가며, 이번에는 사원을 대표해서 건배사를 하라고 하면서 지정하는 것이 대부분 사원 중의 막내다. 막내가 무슨 말을 할 수 있다는 말인지 이해가 안 된다. 아마도 막내를 시키면 건배사를 통해서 아무런 제안도 못 할 것임을 계산에 넣고 시키는 것일 수도 있다. 어쨌든 막내는 건배 제의를 받으면 그동안 앞선 두 사람이 건배를 하는 동안 지루해하던 선배들의 표정이 먼저 떠오른다. 게다가 자신은 아직 회사의 구체적인 실상도 모른다. 당연히 '앞으로 회사를 위해서 더 열심히 일하겠다'는 한 마디의 충성 맹세와 함께 건배사는 끝이 나게 된다. 그러면 그때부터는 '부담 갖지 말고 실컷 많이 먹으라'고 하는 간부들의 재촉이 회사에 대한 건의 사항을 목구멍 안으로 스며들게 만든다.

그때부터 이루어지는 더 이상의 대화는 회사와는 아무런 상관도 없는 그저 일상의 이야기들이고 그 자리는 더 이상 회사에 대한 건의사항을 말하는 소통의 자리가 아니라 같은 회사에 다니는 사람들끼리 벌이는 평범한 술자리가 되는 것이다.

다음은 더 큰 세상이라고 할 수 있는 지방자치 단체나 정부나 의원들을 보자.

　흔히 정치하는 사람들은 주민과 소통의 장을 만든다고 해서 멍석을 깔아 놓은 뒤에 자신의 치적이나 자신이 추진하고 싶은 정책을 선전하는 것에 초점을 맞춘다. 주민들이 원하는 것이 무엇인가를 경청한다고 해놓고서는 자신들이 입안한 것과 다를 때에는 어떻게 하든지 주민들을 설득해서 자신들이 원하는 방향으로 몰아가기에 혈안이 된다. 주민들과 자신들의 입안이 다를 때에는 무엇이 더 합리적이고 주민 생활에 이득이 되며 법이나 제도상의 문제는 없는지를 먼저 타진해서, 더 합리적이고 이득이 되는 방향으로 나가기 위해 노력하는 것이 아니다. 내가 만든 것이 최고이니 이대로 가야 한다고 밀어붙이는 것에 지나지 않는다. 바로 이런 것들이 정치하는 사람과 주민과의 소통이 부족해서 생기는 단적인 예인 것이다. 정말로 주민과의 소통을 원했다면 어떤 일을 하고자 했을 때는 보다 합리적인 방향을 설정하기 위해서 먼저 다수의 안을 제시하고 그에 대한 주민이나 국민들의 의견을 수렴한 후 구체적인 안을 마련해야 합리적인 안이 도출될 수 있는 것이다. 물론 사사건건 그리할 수는 없는 일이다. 그러나 적어도 나라나 고장의 미래가 좌우될 수 있는 커다란 사업 앞에서는 그리 해야 한다는 말이다. 또한 주민 혹은 국민들과의 소통을 자주 해야 그들이 원하는 것이 무엇인지를 알아서 어떤 안을 수립할 때 반영할 수 있다. 그러나 그 소통이 앞서 말한 바와 같이 자신의 업적을 내세우거나 국민이나 혹은 주민들을 설득시키기 위한 훈계나 발표에 그치는 것이어서는 안 된다. 국민 혹은 주민들이 원하는 것이 무엇인지를 알기 위해서 그들의 목소리를 듣는 소통을 말한다.

이처럼 우리 사회에서 소통한다고 한 것이, 어쩌면 지금까지 대부분은 소통으로 오해를 한 일방적인 대화였을 수 있다. 만일 진정한 소통을 할 수 있다면, 이 세상은 소통을 통해서 서로를 이해하는 세상, 특히 강한 권력이나 부를 소유한 자들이 약한 자를 배려하는 세상이 올 수도 있다. 그리고 그것은 바로 어질게 행동하는 것이니 올바르고 착한 행동으로 선을 행한 것이라고 할 수 있다. 그렇게만 된다면 이 글의 서두에서 말한 '무서운 세상'은 되지 않을 것이다. 이 세상이 무서운 세상이 된 것은 바로 악으로 가득 찼다고 느끼기 때문인데 만일 선행이 곳곳에서 벌어진다면 악은 자연히 그 모습이 희미해지고 선으로 가득 찬 올바르고 착한 세상이 될 것이기 때문이다.

착한 세상이 된다는 것은 바로 선이 행해지는 정의(正義)로운 세상을 의미한다. 정의의 사전적 의미는 '옳고 바른 도리'를 말하는 것이기에 올바르고 착한 것이 선이라는 것과 맥락을 같이 하기 때문이다. 따라서 정의로운 세상이 되면 악은 자연히 사라지게 된다. 악이라는 것은 인간의 도의에 어긋나는 못되고 나쁜 것을 의미하는 것이니, 바로 '도리에 어긋나고 정의롭지 못하다'는 불의(不義)와 그 뜻은 물론 맥락을 같이 하는 것이다. 따라서 정의롭지 못한 세상은 불의가 판을 치는 악한 세상이 되는 것이고, 정의로운 세상은 선행이 꽃을 피우는 착한 세상이 되는 것이다. 그러나 그런 세상은 저절로 다가오는 것이 아니다. 우리들 스스로 자신의 욕심이나 권리를 스스로 조금씩 내려놓고, 나보다 약하다고 여겨지는 이들을 배려할 때 그런 세상이 오는 것이다. 만일 정의로운 세상을 추구한다고 하면서 자신의 욕심을 조금이라도 내세운다면, 그 욕심 때문에 정의로운 세상은 오지 않는다.

그 논리는 간단하다.

지금 이 순간의 이 상태가 정의로운 세상을 만들 수 있는 경계라고 생각해 보자. 그런데 자신이 조금이라도 욕심을 내면 정의로운 세상을 만들 수 있는 경계를 반대로 넘어서 내가 더 가지려고 한 것이다. 자신이 가질 수 있는 것을 조금이라도 덜어서 자신보다 약한 사람에게 배려해 주기 위해, 그들과 소통을 통해서, 이해하고 배려하는 마음을 행동으로 옮기는 것이 바로 정의로운 세상을 만드는 것이다. 그리고 그 배려를 행동으로 옮기는 정도가 커지면 커질수록 정의로운 사회의 영역은 넓어지는 것이다. 그런데 자신이 가지고 있는 그 경계에서 더 가지려고 욕심을 내었으니 자신이 가질 수 있는 것을 덜어내기는커녕 오히려 넘친 것이다. 그것은 이미 내 욕심 채우기에 서로 급급해하는 불의가 판을 치는 악의 세계로 발걸음하기 시작한 것이다.

정의로운 세상을 만든다는 것은 지금, 바로 지금부터 내가 가진 것을 조금 덜어서 나보다 약한 사람들을 배려하는 마음이 행동으로 옮겨질 때 이루어지는 것이다.

우리들은 이미 어릴 적부터 배려하는 마음과 그것을 행동으로 옮기는 법을, 우리들이 아무 부담 없이 접할 수 있는 놀이를 통해서 몸에 익혀 왔다. 그리고 그 모든 것들이 행동으로 표출되어 왔다. 사람이 산다는 것이 나 혼자 사는 것이 아니라 이웃이 있기에 함께 살아갈 수 있다는 것 역시 여럿이 모여서 할 수 있는 놀이 문화를 통해서 스스로 깨달았다. 동네 어른들이 서로 돕고 사는 모습을 보면서, 그것이 서로를 위한 길이라는 것을 자신도 모르게 습득하여 우리들도 그런 모습을 닮아 왔던 것이다. 바로 내 이웃에 있는 사람이 나보다 힘이 약하고 놀이에서 뒤질지라도 결코 따돌림을 당하거나 동떨어지지 않게 배려하며 함께 어울리기 위해서 노력했다. 그리고 그들은 아무 스스럼없이 우리 모두의 뜻을 받아들이고 함께 어울렸다. 어려서부터 정의로운 세상을 만드는 법을 익혀 왔다. 그러나 그런 배움이나 실천들이 나이를 먹으면서 점점 퇴색되어 간다. 그것은 앞서 언급한 바와 같이 욕심을 내기 때문이다. 자신은 작은 바람이라는 말로 포장해서 내는 욕심이 배려하는 마음을 가리게 되고, 배려하는 마음이 가려지면 상대와 대화하는 것은 어느새 소통이 아니라 명령이나 강요가 된다. 상대에게 대화를 통한 이해와 배려가 아니라 명령이나 강요를 하게 되면 이미 그것은 나만의 세상을 만들고 싶다는 욕심을 표출하는 것으로 착한 것과는 거리가 먼 욕심을 위한 나쁜 짓도 서슴없이 행하게 되는 것이니, 그것은 악을 행하는 것으로 불의가 판을 치는 악한 세상을 만드는 것과 다를 바가 없다.

　배려한다는 것은 소통의 기본이고 인간 삶의 기본으로, 정의로운 세상을 만드는 첫걸음이다. 그리고 그런 모든 것은 삶 안에서 터득되어야 하는 것이다. 그리고 터득된 것이 욕심에 의해서 가려지지 않고 현실에 표출될 때, 우리네 삶은 '살기 좋은 세상'이라는 감탄사가 절로 나오는 세상이 될 것이다. 그리고 그런 세상을 만들기 위해서는 누구보다 먼저 나 스스로가 나서야 한다는 것은 변하지 않는 진리다. '네가 먼저 배려하고 진정한 소통을 한다면 나도 하겠다'가 아니라 '내가 먼저 배려하고 진심으로 소통할 것이니 너도 같이 해보자'고 하는 것이 바로 정의로운 세상을 만드는 첫걸음이다.

우리 속담에 "되로 주고 말로 받는다"는 말이 있다. 모두 알다시피 1말은 10되다. 굳이 설명할 필요도 없겠지만, 이 속담의 의미는 반드시 10배로 받는다는 것이 아니라 자신이 한 말이나 행동에 비해서 훨씬 큰 결과로 되돌아온다는 것을 의미하는 것이다. 따라서 말이나 행동을 할 때 신중히 생각해서 하는 것은 물론 좋은 말과 선한 행동을 하라는 의미다.
자신이 악한 행동을 하고 나쁜 말을 하면, 자신에게 돌아오는 것은 악하고 나쁜 것이 몇 배나 더 심하게 되어 돌아오니 자신이 받는 상처나 고통도 그만큼 클 것은 당연한 일이다. 그러나 자신이 선을 행하고 좋은 말을 한다면, 자신에게 돌아오는 보람과 기쁨은 그보다 훨씬 커져서 돌아오기 때문에 그 감격은 이루 말로 표현할 수 없을 것이다. 그뿐만이 아니라 자신이 뿌린 작은 선행의 씨앗이 몇 배로 커져서 이 세상에 두루 퍼져 자신에게 되돌아온 것이니 세상도 그만큼의 선행을 맛보았을 것이다. 선행을 맛본 세상은 그것이 좋다는 것을 알게 될 것이고, 좋은 것이니만큼 서로 선행을 하겠다고 나설 수도 있다. 결국 이 세상이 착하고 선한 정의로운 세상이 되는 것을 원한다면, 그 모든 것은 이웃을 배려하여 이해하고 소통함으로써 선을 행하는, 나로부터의 시작이 되어야 한다는 것이다. 그러면 그 열매는 몇수십 배로 커져서 세상을 풍족하게 하고 다시 내게 돌아와 나 역시 풍요롭게 되는 것이다.

굳이 반복해서 말하자면, 선행은 지금 곧바로 내가 먼저 행해야 하는 것으로, 내가 행한 선행은 없어지는 것이 아니라 내게 더 큰 선행이 되어 돌아온다는 것이다. 그것이 정의 사회를 구현하는 첫걸음이다.

정의 사회는 지금, 이 순간 나 스스로 만들어 나가는 것이다.

* 필자는 이 글을 쓰면서 한 가지 조심스러운 것이 있었다. 마치 우리들의 어린 시절만이 배려하는 마음을 가질 수 있는 놀이 문화를 접한 것처럼 들릴 수도 있겠다는 생각이었다. 요즈음처럼 전자기기나 첨단화된 기구들을 이용해서 하는 놀이 문화에는 그런 정신이 담겨 있지 않다는 말로 오해를 할까 싶어서다. 그러나 그런 의미는 절대 아니다. 직접 겪은 우리 어린 시절의 이야기를 통해서 글을 쓸 수밖에 없는 필자의 입장을 이해해 주실 것이라 믿는다. 다만 우리들의 어린 시절에 비하면 요즈음 어린이들은 스스로 모여서 놀며 즐겁게 지내는 시간이 짧아진 것이 현실이고, 그러다 보니 어린이들 스스로의 세상을 만들어 나가는 데 시간이 부족한 것은 아닐까 하는 염려가 되는 것이 사실이다. 이런 점에서는 어른들인 우리들이 좀 더 어린이들 입장에서 배려해 보는 것이 어떨까 하는 생각이다.

03

태양을
마주하고 가는 길이
더 뜨겁다

사람은 살면서 여러 가지 길을 가게 된다.

그 길의 의미는 정말로 우리가 걷는 길을 의미하기도 하지만, 살면서 여러 가지 길을 간다고 할 때는 여러 가지 경우에 맞닥뜨려 여러 가지 체험을 하며 우여곡절을 겪기도 하고 보람을 느끼기도 하는 등의 인생 파노라마를 의미하기도 한다. 또한 한 사람이 여러 길을 가기도 하지만 여러 사람이 각자의 길을 가는 것 역시 여러 길을 간다고 표현한다. 그런가 하면 설령 남들이 보기에는 같은 길을 가는 것 같아도 사람 각각의 특성과 환경에 의해 막상 그 길을 가고 있는 본인들은 전혀 다른 길을 걷고 있다고 생각하기도 한다. 그리고 그 생각에 의해서 보람과 행복지수는 매우 달라지는 것이다.

인류는 그렇게 서로 다른 길을 가면서도 같은 길이라고 생각하기도 하고, 서로 같은 길을 가면서도 다른 길이라고 생각하는 등 사람마다 제각각의 길을 가고 있다. 하지만 인류가 길을 가면서 추구하는 확실한 한 가지가 있다. 그것은 바로 빛이다. 자신들이 걷고 있는 길이 빛과 함께 걷는다고 믿는다는 것이다. 스스로 어둠과 함께 걷는다고 말하는 이는 아마도 없을 것이다.

자고로 인류의 역사는 빛의 역사라고 해도 과언이 아니다.

성경 창세기에서 창조주께서 말씀하신 첫 명령어는 바로 "빛이 생겨라"였다. 어둠이 덮은 곳에서는 아무런 일도 할 수 없다는 것을 단적으로 말해준 것이다. 창조주 역시 어둠이 싫었고 어둠 아래서 세상을 창조해도 인간이 그 삶을 이어가기 힘들 것이기에 첫 명령어로 빛을 택한 것이리라.

이런 현상은 비단 성경에서만 있는 일이 아니다. 이집트의 파라오는 바로 태양의 아들이라고 했다. 빛 중에서 가장 강렬하여 빛의 제왕이라고 일컬어지는 태양의 아들이라는 것은 바로 빛의 아들이라는 것이다. 그리고 대다수 많은 민족의 건국 설화에 빛이 등장한다는 사실을 우리는 잘 알고 있다.

그런 점에 있어서는 우리 한민족 역시 다를 바가 없다.

단재 신채호는 『조선상고사』에서 우리 한민족을 '부루'족이라 했으며 이것은 '부여'에 사는 백성들을 지칭하는 말이니 '부루', '부여'는 모두 빛을 의미하는 '불'의 음역이라고 했다. 또한 단재는 고조선 왕실의 성이 '해'씨인데 그것은 '태양'에서 그 뜻을 취한 것이며, '조선'도 고어의 '광명'이라는 뜻으로 후대에 와서 '조선'은 이두자로 '朝鮮'이라고 쓰게 되었다고 했다.

고대의 모든 역사는 '불' 즉 '빛'에서 기원을 찾으려 하고 있고, 또 실제로 그리해야 인류의 생존이 이어질 수 있다는 것을 알고 있던 것이다. 불의 발견으로 인해서 인류의 음식 문화가 익혀 먹는 문화로 바뀌는 바람에 날로는 먹을 수 없고 익혀서 먹으면 아주 훌륭한 식량이 되는 많은 것들이 대체식량으로 구실을 하게 되었다. 또한 태양이 지고 나면 어둠이 밀려와 필요한 생산 활동을 할 수 없던 것 역시 빛이 해결해 주었다. 빛이야말로 인류에게 기하급수적인 발전을 선사한 존재가 아닐 수 없다. 그러기에 인간은 '불'을 신성시하게 되었고, 인간 스스로도 신성시되기 위해서는 불과 고리를 맺어야 한다고 생각했던 것으로 보인다. 그러나 인간이 불을 자신들의 기원이나 자신들과 긴밀한 관계로 만들려고 한 이유가 풍요로운 삶을 안겨주는 존재이기에 그리했던 것만은 아닌 것 같다. 인간이 불을 신성시하거나 기타 존귀한 존재로 보게 된 가장 큰 이유는 빛이 있을 때 편안하다고 느껴서일 것이다. 어둠이 오면 아무것도 할 수 없다는 것을 잘 아는 인간이었기 때문에 인간들은 불의 귀중함을 알았던 것이고, 귀중한 존재와 긴밀한 관계를 맺고 싶었던 것이다. 그리고 귀중한 존재인 불과 인연을 맺은 인간은 신성한 존재로만 여겨지던 불을 자신들의 기원이나 조상으로 만들어 아예 인간이 불과 하나로 뭉쳐진 사이임을 강조하기 위한 이야기를 만들어 낸 것이리라.

그런 발상은 어둠을 나쁜 존재로, 불을 좋은 존재로 만들어 버리는 이분법적 논리를 만들어 내게 되었다. 그리고 나쁜 존재인 어둠은 악이나 불의를 뜻하는 상징으로, 좋은 것을 상징하는 존재인 불 혹은 빛은 정의의 상징으로 만들어 빛과 어둠을 무형의 존재를 대신하는 용어로 확산시키기에 이르렀던 것이다.

빛이 정의에 비유되니 빛을 추구하는 인간은 당연히 정의를 추구하는 것으로 귀결된다. 하지만 정의라는 것은 단순히 단어의 뜻을 말하기는 쉬운 단어이면서도, 막상 실천을 하기에는 어려운 단어가 됨으로 인간은 실제로는 빛을 추구하기가 만만치가 않다.

그러나 우리는 늘 정의를 입에 담고 산다.

정치하는 사람들은 모든 것의 귀결점을 정의로 잡고 그들의 궁극적인 목표가 마치 정의 사회의 구현인 것처럼 말한다.

기업하는 사람들은 자신들이 기업을 통해 얻은 이익을 노동자들과 공유한다고 하면서 정의로운 기업 환경 등등 정의로 모든 것들을 도배해 놓는다. 노동조합은 노동조합대로 기업은 기업대로 각자 자신들이 정의롭다고 외친다.

교사는 교단에서 정의를 외치고 학생들은 나름대로 자신들의 영역 안에서 정의를 외친다.

그러나 현실을 정의롭게 산다는 것은 그리 녹록한 일이 아니다.

'착하게 사는 것은 쉬워도 정의롭게 사는 것은 어렵다'는 말이 있다.

우선 조금 부족한 것 같지만 실례를 들어가면서 우리네 삶을 살펴보자.

어떤 사람은 평범하지만 보통보다는 부유한 가정에서 태어나 평탄한 삶을 산다. 이웃과의 관계도 원만하고 인사성도 밝으며 큰소리 한 번 내지 않지만 남은 어떻게 되든 상관하지 않고 자신만을 돌보며, 적어도 자신을 위해서는 전혀 굴곡이 없는 삶을 사는 것 같아 보이는데도 정작 스스로는 삶이 힘들다고 한다.

반면에 어떤 사람은 불우한 가정환경에서 태어나, 흔히 하는 표현을 빌리자면 '복도 지지리 없어' 우여곡절을 겪는다. 남들이 보기에는 험난한 삶을 이어가는 것 같은데 자신은 늘 최선을 다하면서 즐겁게 살기 위해서 노력하며 하루하루 조금씩 나아지는 자신의 처지와 형편을 자랑스럽게 생각하고, 이웃이 어려운 일을 당하면 발 벗고 나서서 도와주는 삶을 살아가고 있다.

그런가 하면 어떤 사람은 아주 부유한 가정에서 태어나 아버지 회사에서 본부장이라는 직함을 달고, 회사에는 잘 머물러 있는 것 같지는 않지만 돈을 펑펑 써댄다. 아무것도 걱정할 것 없이 사는 것 같은데도 무슨 불만이 그리도 많은지 걸핏하면 욕설과 험한 짓을 저질러 주위 사람들을 불안하게 만들고 눈살을 찌푸리게 하는 행동의 연속으로 인해서, 보는 이들로 하여금 혀를 차며 절로 욕이 나오게 만든다.

위 세 사람 중에서 가장 행복한 삶을 사는 사람은 누구일까?

주변 사람들은 자신의 위치나 환경 등을 첨가해서 각자 나름대로 판단하고 누가 행복하다고 단정 지을 수 있을지 모른다. 그러나 정작 누가 가장 행복한지를 아는 것은 본인들뿐이다.

삶의 굴곡도 없이 평탄하지만 스스로 생각하기에 삶이 힘들면 그 삶은 언제나 힘들기 마련이다. 그러나 설령 힘든 삶일지라도 그 사람 스스로 삶이라는 것은 원래 그런 것이고 살아있다는 그 자체가 행복하다고 생각한다면 행복하다고 할 수도 있는 일이다.

남들이 보기에는 복도 없이 힘들어 보이지만 자신은 열심히 노력해서 일하고 그 대가를 얻어 조금씩 형편이 나아지는 것을 즐거워하고, 열심히 산다는 그 자체에 만족하며 자신의 삶을 즐겁게 누린다면 그 사람은 행복한 것이다. 하지만 본인이 내면으로는 너무나도 힘들어서 참을 수 없다고 한다면 그것은 겉으로의 행복과는 또 다른 의미가 있게 된다. 반대로 그 사람의 내면 역시 자신의 지금을 행복하다고 여기면서 최선을 다하는 삶을 살고 있다면 그 사람이야말로 정말 행복한 사람이라고 할 수 있을 것이다. 게다가 이웃이 어려움에 처하면 발 벗고 나서서 도와주는 삶이라는 것은 반드시 도움을 받은 이웃보다 도와준 나를 행복하게 하는 첫 번째 요소이니 행복하다고 보아도 무방할 것이다.

비록 돈은 많아 무엇이든지 하고 싶은 대로 하면서 살 수 있을지 모르지만, 늘 자신의 현재나 주변에 불만이 많아서 험한 짓과 욕설을 일삼는다면 그 사람을 행복하다고 할 사람은 없을 것이다. 하지만 그 자신이 그렇게 하는 것을 즐긴다고 생각한다면, 정신적인 문제를 생각해 보지 않을 수 없는 문제지만, 그 자신은 남들과는 상관없이 행복하다고 느낄 것이다. 누가 보아도 그런 행복을 행복이라고 할 수는 없을지 몰라도 자신은 그렇게 함으로써 행복하다고 느끼는 것이다. 비록 그 행복을 느끼는 것이 정신적인 문제에서 비롯된 그릇된 것일 지라도 그 사람 본인은 스스로 행복하다고 할 것이다.

위 세 가지 경우를 들었을 때, 내가 저 세 가지 경우 중에 하나를 선택해서 그 환경에 처해야 한다면, 나는 과연 어느 경우를 선택할 것인지를 생각해 볼 필요가 있다.

이번에는 관점을 바꿔서 또 다른 경우의 예를 들어 보자.

어느 유명한 인사의 천거로 인해서 같이 정치에 입문한 두 동료가 있었다. 대학도 같은 학교를 1년 차이로 졸업하고 자라 온 가정환경도 비슷하고 그 외 경력으로 내세울 것도 비슷한 두 사람이었다. 다만 다른 것이 있다면 똑같이 정치를 하는데 한 사람은 가족들이 하고 다니는 치장이나 등등을 보면 의외로 재산도 불어나는 것 같고 확실히 돈을 버는 것 같았지만 얼굴에는 늘 무언가 불안함을 감추지 못하는 듯이 보였다.

반면에 또 다른 한 사람은 같이 시작한 정치이건만 가족들이 치장하고 다니는 것이나 기타 여러 가지 면면을 보아도 정치해서 돈 벌었다고 하기에는 영 아닌 듯한 행색이었지만 얼굴에는 항상 자신만만한 빛이 역력했다.

두 사람을 비교하는 작업은 여기서 끝나는 것이 아니다.

항상 불안해하는 모습의 정치인은 자신이 속해 있는 지역 주민들을 만나면 밥도 사주면서 자신이 주민의 편에 서 있노라고 자신의 치적을 큰소리쳐서 말했지만 실제 이렇다하게 지역을 위해 한 일은 눈에 띄지 않았다.

반면에 비록 돈은 없어 보일지 모르지만 항상 자신만만하던 정치인은 지역 주민들에게 밥은커녕 차 한 잔 제대로 산적도 없고 자신의 치적을 자랑한 적은 없지만 지역 주민들이 원하는 일이요, 지역을 위해서 필요한 일이라면 발 벗고 나서서 반드시 성취해 내고 만다. 그런데도 희한한 것은, 물론 서로 다른 지역구인지라 지역 주민들이 다르기는 하지만, 선거가 끝나고 나면 두 사람 모두 비슷한 표 차이로 당선이 되더라는 것이다.

만일 내가 정치를 하는 사람이고 위의 두 사람 중 한 사람의 경우를 반드시 선택해서 그 자리에 서야 한다면 나는 과연 어떤 자리를 원할 것인가를 한 번은 생각해 볼 필요가 있다.

우리는 각각의 직업이나 처해 있는 환경도 다르기에 자신이 선택하는 기준이 다를 수밖에 없다. 하지만 어느 경우가 되었든 간에, 사람이라면 착하고 정의로운 올바른 삶을 살기를 희망하는 것은 당연한 일일 것이다. 그런데 문제는 착하게 살기는 쉽지만 정의롭게 살기는 아주 어렵다는 것이다.

착하게 산다는 것은 남에게 해를 끼치지 않고 온유하게 사는 것이다. 이웃과 다투지 않고 이웃이 가하는 작은 손해는 감수하면서 사는 것 역시 착하게 산다고 한다. 동네 어른들에게 인사 잘 올리고 동네 아이들을 보면 잘 다독이며 다치지 않게 보살펴 주는 것 역시 착한 사람이라는 말을 듣게 된다. 그러나 정의롭게 산다는 것은 옳고 그름의 문제다. 아니 단순히 옳고 그름을 따지는 것이 아니라 그 사람의 생각이나 행동거지는 물론 그 사람이 추구하는 방향과 주변 사람들과의 관계에서 발생하는 온갖 문제들이 옳게 행해질 때 정의롭게 산다는 말을 할 수 있는 것이다. 정의롭게 산다는 것은 동네 어른들에게 인사 잘 올리고 동네 아이를 잘 다독여 주는 그런 문제가 아니다. 단순히 남에게 손해를 끼치지 않는 것이 아니라, 남들에게 이익을 줄 수 있는데도 불구하고 자신의 사욕이나 아니면 기타 다른 이유로 인해서 그 이익을 줄 수 있는 기회를 활용하지 않았다면 그것은 정의로운 것이 아니다. 무조건 온유하게 산다고 정의로운 것이 아니다. 옳지 못한 일이 행해지는 것을 목격했을 때는 분연히 일어서서 자신의 목소리를 내며 분개할 줄 아는 것이 정의로운 것이다. 이웃과 다투지 않는 것은 좋다지만, 이웃이 가하는 작은 손해가 내가 감당할 정도를 넘어서 내가 아닌 또 다른 이웃에게 같은 손해를 끼치는 것을 보면서도 침묵을 지킨다면 그것은 정의로운 것이 아니다.

착하게 산다는 것은, 특히 현실에서 착하게 산다는 것은 남들이 평가해 주는 것이다. 대다수의 경우 고분고분하고 큰소리치지 않으며, 자기가 할 일을 하면서, 남의 일에 신경은 안 쓰지만 공중도덕 잘 지키고, 정해진 세금이나 공과금 잘 내면서, 누가 보아도 겉으로 평온하면 착하게 산다는 말을 쉽게 들을 수 있다. 그러나 정의롭게 산다는 것은 때로는 불의 앞에서 분연히 일어서기도 하고 정의를 위해서는 간혹 남들이 과격하다 싶을 정도로 투쟁을 해야 하니 대부분의 사람들은 그를 착한 사람이라고 평가해 주지 않을 수도 있다. 실제로는 겉보기에 착한 이들에 비하면 진정으로 착한 사람은 바로 정의로운 사람인데도 세상은 그렇게 말하지 않는다. 그가 정의로우니 진정 착한 사람이라고 칭찬받기보다는 오히려 과격하고 폭력적이라고 비난할 확률이 더 높을 수도 있다. 그렇다고 정의롭게 산다는 것이 반드시 불의를 보고 분개하고 투쟁을 해야 한다는 말은 아니다. 그런 경우가 아닐지라도 이웃을 돕고 이웃의 어려움을 내 어려움처럼 여기며 산다면 그것이 바로 정의로운 삶이니 그런 사람은 착하게 산다는 표현이 어울릴 수도 있는 것이다.

이런 시각을 가지고 예를 들었던 각각의 경우를 비교해 보자.

우선 첫 번째로 예를 들었던 세 사람의 이야기다.

굴곡 없는 삶을 살면서도 인생이 힘들다고 했던 그 사람이 행복한 삶인지는 그 사람 본인만 안다. 하지만 그 사람의 행동거지가 이미 기술되어 있는 그대로라면, 그 사람이 착한 사람일 것이라는 짐작은 누구라도 할 수 있다. 그렇다고 선뜻 그 사람이 정의로운 삶을 살았다는 말은 하기 힘들 것이다. 그렇다고 그 사람의 아주 작은 소개말을 들었을 뿐인데 그 사람이 정의롭지 못하다는 말도 할 수 없을지 모르지만, 남은 어찌 되든 간에 자신만을 돌본다는 표현을 보면 정의와는 거리가 있다는 생각을 할 수밖에 없을 것이다.

비록 지지리 복도 없다지만 자신은 스스로 열심히 일해서 형편이 나아지고 있다는 그 사실 자체를 즐거워하며 사는 그 사람 역시 착한 사람임에는 틀림이 없다. 물론 행복한지 아닌지 그 내면은 본인만 알겠지만 스스로 행복한 삶을 살 것이라는 짐작은 충분히 해 볼 수 있다. 아울러 섣부른 판단일지 모르지만, 그 사람은 정의로운 사람이라고도 할 수 있을 것이다. 남들이 보기에는 자신도 어려운 삶을 살면서 어려움을 당한 이웃을 보면 발 벗고 나서서 도와준다는 것은 정의라는 것이 선행하지 않으면 할 수 없는 일이기 때문이다.

그러나 아주 부유한 집에서 태어나 경제적인 면에서는 부러울 것 없는 삶을 사는 그 사람은 누가 보아도 착한 사람이 아니다. 뿐만 아니라 정의로운 사람은커녕 정의롭지 못한 사람이다. 돈이라는 무기를 휘둘러서 주위 사람들을 불안에 빠트리고 험한 짓으로 주위 사람들의 눈살을 찌푸리게 하는 것은 악행이다. 정의와는 아주 상반되는 것이다. 비록 그 자신은 정신적인 결함을 가지고 태어나서 자신의 행동에 대한 옳고 그름을 판단하지 못하는 까닭에 자신이 저지르는 일들에 대한 평가도 못 하고 스스로는 행복하다고 할지는 모르지만, 누가 보아도 잘못된 삶이라는 것은 두말할 필요도 없는 것이다.

이렇게 비교했을 때 과연 나는 누구의 처지를 택할 것인가 고민하지 않을 수 없다.

남들이야 뭐라고 하든지 간에 돈 많은 쪽을 택하고 싶기도 하지만 사람인 이상 차마 그런 선택을 하겠다는 말을 선뜻 내뱉지는 못할 것이다. 그렇다고 아무런 굴곡이 없으면서 이웃과의 관계는 원만하다지만 자기 스스로만 생각하며 살아가는 그런 무의미한 삶 역시 내키지 않을 것이다. 대의명분이나 모든 면에서 비록 남들 눈에는 지지리 복도 없어 보일지 모르지만, 스스로는 행복하고 남들이 보기에는 정의로운 그 삶을 선택하고 싶기는 한데, 가난하게 산다는 그 말에 선뜻 용기가 나지 않을 것이다. 냉정한 현실 앞에서, 자본주의의 현실 앞에서 돈이라는 거대한 권력은 사람 위에서 군림하기 때문이다.

다음은 두 번째로 예를 들었던 정치인 두 사람의 이야기다.

먼저 정치를 해서 돈을 번 것 같기는 한데 무언가 늘 불안해하는 사람은 얼핏 떳떳하지 못한 무언가 있다는 느낌이 온다. 하지만 자신은 물론 가족들도 잘 치장하고 지역 주민들에게 대접도 잘하면서 큰소리를 뻥뻥 쳐 대니 그럴듯해 보이기도 할 것이다.

반면에 누가 보아도 형편이 그리 넉넉해 보이지 않는 그 정치인은 자신은 물론 가족들의 치장이나 매무새가 비록 초라해 보일지라도 얼굴에는 자신이 넘쳐나고 해야 할 일은 반드시 한다는 그 점에서 누구라도 부러워할 것이다.

하지만 어차피 두 사람 모두 2위와의 표차가 비슷하게 당선이 됐다고 한다면, 굳이 초라한 행색으로 살아야 하는 것인지 고민해 보지 않을 수 없을 것이다. 같은 값이면 정치해서 돈도 벌고 폼도 잡는 것이 멋있는 것 아닌가 하는 생각도 할 수 있다. 그러나 냉철히 생각해 보면 정치해서 돈도 벌고 어쩌고 한다는 것이 떳떳할 수 있나 하는 생각을 해 볼 수 있을 것이다. 아니, 실제로는 자기들끼리 수군대며 머지않아 저 사람 정치 인생 끝나는 것 아니냐고 말하는 이도 있을 수 있다. 예를 든 두 사람의 수입이 공식적으로는 거의 똑같다고 할 수 있는데 한 사람은 부를 누리고 한 사람은 그렇지 못하다는 것부터 무언가 석연치 않은 기운이 도는 것이다. 그런 생각을 하면 다시 고개를 갸우뚱하게 된다. 정치를 해서 돈을 벌었다는 것 자체가 무언가 정의롭지 못하다는 생각이 들게 하는 것이다. 그리고 비록 돈은 없다지만 주민들을 위해서라면 열심히 일한다는 그 정치인을 선택하고 싶어질 것이다. 그러나 역시 자본주의 사회에 살고 있다는 현실을 감안하면서 고개를 갸우뚱하게 된다.

인간이 추구하는 삶은 과연 무엇일까?

이미 직접적으로 언급하지는 않았지만 여러 가지 비유를 들어가면서 말한 바와 같이 착하고 정의롭게 사는 것이다. 그러나 앞서 말한 대로 착하게 살기는 쉬워도 정의롭게 살기는 어렵다. 그리고 그런 삶이 어려운 가장 큰 이유는 정의로운 삶은 나를 위한 것이 아니라 그런 나를 원하는 이웃, 특히 나보다는 권력이나 경제적인 약자들이 추구하는 것을 이루기 위해 나를 희생하는 삶이어야 하기 때문이다. 설령 나를 희생까지는 하지 않더라도 희생될 각오가 없으면 시작할 수 없는 삶이기 때문인 것이다. 자신에 대한 이익을 위해서가 아니라 남을 위해서 투쟁하는 것이다. 물론 그 안에 내가 포함될 수는 있겠지만 거기서의 나는 작은 구성원 중의 하나일 뿐이지 더 이상의 의미는 없는 것이다. 만일 그 상황에서의 내가 주가 되어 자신의 이익을 추구하려 한다면 그것은 나를 위한, 자신의 이익을 위한 투쟁일 뿐이지 그것을 정의로운 삶이라고 말하는 이는 아무도 없을 것이다. 다만 내가 속한 공동체가 겪는 고통이나 혹은 불합리한 일에 대해서 누군가는 나서야 함에도 불구하고 아무도 나서지 않기에 그 불합리한 것을 개선하기 위한 투쟁의 방법으로 나를 주체로 삼았다면, 그 경우는 겉으로만 내가 주체지 실제로 '나'라는 존재는 아주 작은 구성원 중 하나로 돌아가는 것이므로 결국 자신의 이익을 위한 것이라 볼 수 없을 것이고, 그런 사람을 우리는 정의로운 삶을 사는 사람이라고 한다.

분명히 그런 삶이 빛을 향해 나가는 인간이 추구하는 삶임에는 틀림이 없다. 그러나 앞에서 이야기 한 바와 같이 정의롭게 살기 위해서는 우선 불의와 타협하는 일이 없어야 한다. 불의와 타협하지 않는다는 것은 때로는 투쟁을 동반할 수도 있고, 때로는 억울함을 호소하기 위해서 과격해질 수도 있다. 물론 폭력을 두둔하자는 것은 아니다. 그렇게 될 수도 있다는 것이다. 그렇게 될 경우 그 사람은 자신이 쌓아 놓은 지금까지의 모든 것을 잃을 수도 있다. 그 의미는 꼭 목숨을 잃거나 감옥에 간다는 의미가 아니라, 자신이 쌓아 온 모든 것이 그러한 투쟁을 행동으로 옮김으로써 불이익을 당할 수도 있다는 것이다.

지금이 어느 시대인데 그런 말을 하느냐고 하는 것은 현실에서 벌어지는 민주주의를 잘못 이해하고 이론이 제시하는 민주주의에 맹종하기에 던지는 반문이다. 현실의 민주주의는 정의가 지배하는 정치체제가 아니라 다수가 지배하는 정치체제다. 다수의 사람이 빤히 정의가 아닌 것을 알면서도 자신들의 이익을 포기하기 싫어하면 그들이 추구하는 것이 정의라고 포장되는 사회가 현실의 민주주의다. 그래서 소수이기는 하지만 진정으로 정의를 추구하던 이들은 그 다수에 의해 불이익을 당하게 되는 사건이 발생하는 것이다. 그런 사회는, 어쩌면 민주주의라는 표현보다는 자본만능주의라는 표현이 더 어울릴 수도 있기는 하다. 그러나 민주주의로 포장된 현실은 그런 것이다. 정말로 뜻있는 사람들이 그런 불합리한 점을 개선하고 진정한 정의가 바로 서는 세상을 만들기 위해서 끊임없이 노력하는 것일 뿐이다. 따라서 정의로운 삶을 산다는 것은 숱한 따가운 시선과 불합리한 대우는 물론 그 이상의 출혈을 감수해야 할지도 모른다. 도대체 어떤 선택을 해야 할지 스스로 답을 내리기 힘든 상황에 다다르는 것이 우리네 현실이다.

이런 고민에 휩싸일 때 우리는 한 번쯤 우리의 역사 안에서 그 답을 주실 분을 찾아보는 것도 현명한 일이다. 내가 하고자 하는 일이 비록 역사 속의 인물이 추구하던 일에 비한다면 미소하기 그지없다지만 그분들의 지혜를 구하고자 할 뿐이니 문제 될 것이 없다.

정의로운 삶이 이웃을 위한 삶이라고 한다면, 이웃과 함께 올바른 길을 가야 하는 삶이라면, 사람이 사람답게 사는 세상을 추구하는 삶이라면, 그런 삶을 사신 분은 우리 선조 중에 많이 계시지만 특별히 생각나는 분이 한 분 계신다.

바로 죽도 정여립 선생이다.

죽도 정여립은 민주주의의 본산이라고 하는 유럽에서 프랑스 혁명으로 공화정이 성립되기 무려 200년 전에 공화정을 주장하고 나선 조선 중기의 문신이며 사상가다. 어쩌면 전 세계 최초로 근대 공화정을 주장하고 나선 분일 수도 있다.

정여립의 본관은 동래이며 1567년 진사가 되고 1570년 식년문과에 급제하여 예조좌랑을 거쳐 수찬에 올랐던 인물이다.

그는 처음에는 서인으로서 이이와 성혼의 후원을 받았으나, 이이가 죽고 나자 집권 세력인 동인의 편에 섰다. 그러자 서인의 집중적인 제거 대상이 되어 표적이 되고 선조의 눈 밖에 나게 되자 벼슬을 버리고 고향인 진안으로 돌아가서 진안 죽도에서 서실을 짓고 강론을 펴는 등의 사회 활동을 했다.

죽도 정여립은 반상의 구분이 엄연하고 임금과 신하의 구분이 엄연하여 신분이나 상감에 관한 이야기 중 불손한 이야기를 입에만 올려도 역모에 휘말리며 3대를 멸하던 그 시절에, 반상을 타파하고 임금도 백성을 위해 주는 임금으로 바꿔야 한다는 공화정의 기치를 들고 분연히 일어섰던 분이다.

『연려실기술』에 기록되어 있는 죽도의 사상은 가히 놀랄 만한 것이다.

"천하는 공물이니 어찌 정해 놓은 주인이 있으리오. 충신은 두 임금을 섬기지 않는다 함은 왕촉(王蠋)이라는 자가 죽을 때 일시적으로 한 말이지 성인의 통론이 아니다."

이 말이 당시로서는 얼마나 무섭고 두려운 말인지 그 말의 진위를 알면 더 실감이 난다.

먼저 천하는 공물, 즉 공동의 재산이므로 정해 놓은 주인이 없다는 것이다. 이 말은 이 세상의 모든 재물은 미리 정해 놓은 주인이 없는 것이니 열심히 일하는 자가 차지하는 것이 맞는다는 이론이다. 따라서 일하지 않고 놀면서 상민과 노비를 혹사하여 호의호식하는 양반들의 재산이라는 것은 실제로 열심히 일한 자들이 주인이 되어야 한다는 것이다. 다시 말하자면 양반도 일을 하면 그만큼의 재물을 획득하는 것이요, 양반이라고 공연히 거드름만 피우고 제 할 일 하지 않고 백성들의 고혈을 쥐어짠다면 그 재산은 당연히 일한 사람들의 것이 되어야 한다는 논리를 편 것이다.

사유 재산 제도가 엄연히 존재하는 현실에서 본다면 얼핏 이해가 되지 않을 수도 있다. 하지만 연암 박지원이 쓴 양반전에 있는 양반의 횡포를 보면 충분히 이해하고도 남는다. 이해를 돕기 위해서 양반전의 내용 일부를 인용해 보겠다.

강원도 정선 고을에 한 양반이 살고 있었다. 그는 성품이 무척 어질고 글 읽기를 매양 좋아했으나 일은 하지 않고 글만 읽느라고 관곡을 1,000석이나 꾸어 먹었다. 그런데 관찰사가 그 고을을 순행하던 중 관곡을 조사해 보고 몹시 노했다. 아무리 양반이라지만 너무나도 지나친 특혜였던 것이다. 관찰사는 그 양반을 잡아 가두게 하였다.

그때 마침 그 마을에는 부자 한 사람이 살고 있었다. 양반이 봉변을 당하게 된 내력을 듣고 집안끼리 의논이 벌어졌다.

"양반이란 아무리 가난해도 항상 존귀하고 영화로운 것이다. 나는 아무리 돈이 많아도 항상 비천함을 면치 못했다. 말을 한 번 타보지도 못하고, 양반만 만나면 쩔쩔매고 코를 끌고 무릎으로 기어야 하니 참으로 더러운 일이다. 그런데 지금 양반이 관곡을 못 갚아서 감옥에 갇혔다니 이제는 그 양반을 지탱할 수가 없을 거다. 그러니 내가 그 양반을 사서 행세하는 게 어떻겠는가."

의논을 매듭지은 부자는 즉시 양반을 찾아가서, 자기가 관곡을 갚겠노라고 자청했다. 양반은 몹시 기뻐했다. 약속대로 부자가 관청에 나가 그 관곡을 모두 갚아 주었다. 그리고 군수를 찾아가서 전 후 사정을 설명한 후에 양반이 부자에게 자신의 양반을 팔아넘겼노라고 했다. 그러자 군수는 고을 안에 사는 모든 양반들은 물론 농사꾼, 공장, 장사치까지 모두 모이라 했다. 새로 양반이 된 부자는 오른편 높직한 자리에 앉히고, 양반을 팔아먹은 원래의 양반은 뜰 밑에 세워 놓았다. 그러고는 증서를 만들어 읽었다.

"양반을 팔아서 관곡을 갚았으니 그 값이 곡식으로 1,000석이나 된다. 원래 양반에는 여러 가지가 있다. 글만 읽는 것은 선비요, 정치에 종사하면 대부라 하고, 덕이 있는 자는 군자라고 한다. 무반은 서쪽에 서고 문반은 동쪽에 선다. 그래서 이것을 양반이라고 한다. 이 중에서 너는 맘대로 고르면 된다. 절대로 비루한 일은 하지 말아야 하고, 옛사람들 본받아 그 뜻을 숭상해야 할 것이다. 새벽 오경이면 일어나 촛불을 돋우고 앉아서 눈으로는 코끝을 내려다보고 무릎을 꿇어 발꿈치는 궁둥이를 받친다. 동래박의를 마치 얼음 위에 박을 굴리듯이 술술 외워야 한다. 배가 고픈 것을 참고 추운 것도 견디어 내며 입으로 가난하단 말을 하지 않는다. 이를 마주 부딪치면서 뒤통수를 주먹으로 두드리고 작은 기침에 입맛을 다신다. 소맷자락으로 관을 쓰는데, 먼지 터는 소맷자락이 마치 물결이 이는 듯해야 한다. 손을 씻을 때 주먹을 쥐고 문지르지 말고 양치질을 해서 냄새가 나지 않게 한다. 긴 목소리로 종을 부르고 느린 걸음걸음으로 신을 끈다. 고문진보나 당시품휘를 베끼는데, 깨알처럼 글씨를 잘게 한 줄에 100자씩 쓴다. 손으로 돈을 만지지 않고 쌀값을 묻는 법이 없다. 아무리 더워도 버선을 벗지 않고, 밥을 먹을 때 맨상투 바람으로 먹지 않는다. 밥 먹을 때는 먼저 국부터 마시지 말고 넘어가는 소리를 내지 않는다. 젓가락을 자주 놀리지 않고 날 파를 먹지 않는다. 술을 마실 때 수염을 빨지 않고, 담배를 피울 때 볼이 불러지도록 연기를 들이마시지 않는다. 아무리 화가 나도 아내를 때리지 않고, 노여운 일이 있다고 해도 그릇을 던지지 않는다. 주먹으로 아이들을 때리지 않고, 종놈을 '죽일 놈'이라고 꾸짖지 않는다. 소나 말을 나무랄 때에 그 주인은 욕하지 않는다. 화로에 손을 쬐지 않고, 말할 때 침이 튀지 않게 한다. 소를 잡아먹지 않고, 돈 놓고 노름을 하지 않는다. 이러한 100가지 행동이 양반과 다를 때에는 이 문서를 가지고 관청에 가서 고치게 할 것이다.

이렇게 쓰고 정선군수가 수결을 하고, 좌수와 별감도 모두 서명을 했다. 이

것이 끝나자 통인이 도장을 내다가 여기저기 찍었다. 그 소리는 마치 큰북을 치는 소리와 같았고 찍어 놓은 모양은 별들이 벌여 있는 것 같았다. 이것을 호장이 다 읽고 나자 부자는 좋지 않은 안색으로 한참 생각하다가 말했다.

"양반이란 겨우 이것뿐입니까? 내가 듣기에 양반은 신선과 같다던데 겨우 이것뿐이라면 별로 신통한 맛이 없군요. 더 좀 좋은 일이 있도록 고쳐주십시오."

이에 군수는 문서를 고쳐 다시 썼다.

"하늘이 백성을 낳을 때 넷으로 구분했다. 가장 높은 것이 선비이니 이것이 곧 양반이다. 양반의 이익은 막대하니 농사도 안 짓고 장사도 않고 약간 문사를 섭렵해 가지고 크게는 문과 급제요, 작게는 진사가 되는 것이다. 문과의 과거 합격증은 길이 2자 남짓한 것이지만 백물이 구비되어 있어 그야말로 돈자루인 것이다. 진사가 나이 서른에 처음 관직에 나가더라도 오히려 이름 있는 음관이 되고, 잘 되면 남행으로 큰 고을을 맡게 되어, 귀밑이 일산의 바람에 희어지고, 배가 요령 소리에 커지며, 방에서 기생이 귀고리로 단장하고, 뜰에는 학을 기른다. 궁한 양반이 시골에 묻혀 있어도, 이웃의 소를 끌어다 먼저 자기 땅을 갈고 마을의 일꾼을 잡아다 자기 논의 김을 맨들 누가 감히 양반을 괄시하랴. 양반이 너희들 코에 잿물을 붓고 머리꺼덩이를 회회 돌리고 수염을 낚아채더라도 가히 원망하지 못할 것이다."

부자는 그 증서를 받자 혀를 내밀어 보이면서 말했다.

"제발 그만두시오. 나를 도둑놈으로 만들 작정이시오?"

이렇게 말하고 부자는 머리를 손으로 싸고서 달아나 버렸다. 그러고는 죽을 때까지 다시는 '양반'이란 말을 입 밖에 내지 않았다.

양반이라는 신분을 동경한 나머지 양반이 신선과 같은 고귀한 품격을 지닌 것으로 생각했던 부자는 실망할 수밖에 없었다.

양반이라는 것은 자신의 진심을 드러내는 것도 아니고, 그저 남들 보기에 좋아 보이라는 허세 속에서 자신은 물론 남의 눈마저 속이면서 체면 유지를 위해 사는 것과 별반 다름이 없었다. 그래서 더 좋은 것, 말하자면 사람답게 사는 것을 물었던 것이다. 자신이 사람대접을 받지 못하고 살았던 터이기에, 사람답게 살기 위해서 양반이라는 신분을 사고자 했던 것이지 체면 유지나 해 가면서 허세를 떨기 위해서 양반을 사고자 했던 것은 아니기 때문이었다. 그러나 군수가 제시한 더 좋은 삶은 가히 상상도 못 하던 것이었다. 이건 정상적인 사람이 아니라 화적떼 무리나 시정잡배는 물론 칼을 손에 든 강도만도 못한 짓을 저지르는 것이 바로 양반이라는 것이라고 선포한 것이나 다름이 없었다. 부자는 당연히 아연실색할 수밖에 없는 일이다. 사람답게 살자고 무려 1,000석이라는 어마어마한 재산을 털어서 빚을 대신 갚아 주는 데 썼지만, 그 돈을 아까워해서 양반을 그대로 샀다가는 사람이 아니라 금수만도 못한 삶을 살아야 했다. 부자는 그런 삶은 용납할 수 없기에 1,000석의 재산을 버리고 그 자리를 떠나 다시는 양반이라는 말도 꺼내지 않았던 것이다. 당시 1,000석의 쌀이라고 한다면 여러 가지 물가 계산 방식에 의해서 조금 차이는 있을 수 있겠지만 적어도 수억 원에 해당하는 것이다. 부자는 그런 큰 재산을 포기하는 한이 있더라도 인간답게 살기 위해서 양반을 마다하고 머리를 두 손으로 쥐어 싼 채 도망쳐 버린 것이다.

그 당시 양반들의 허세와 폭거를 잘 알게 해주는 소설이다. 물론 소설이기에 과장된 점이 있다고 할 수도 있다. 하지만 연암 박지원은 사실주의 작가로 유명한 분이다. 훗날 실학파를 태동시키고 그 정신적 지주로 활동하신 분이다. 약간의 허구가 가미된 것을 부정할 수는 없겠지만, 그 당시 양반들이 얼마나 못되게 굴며 백성들의 고혈을 쥐어짜고 폭거를 일삼았는지 잘 볼 수 있는 대목이다. 죽도 정여립은 이런 양반의 행태를 그대로 보고 넘길 수 없기에 천하공물론(天下公物論) 즉, '천하는 공물이니 주인이 따로 있을 수 없다'는 주장을 내세웠던 것이다. 진짜 힘들게 일하는 것은 백성들이건만 권좌에 앉아 있는 양반이나, 시골에서 빈둥거리는 양반이나 백성들을 자신의 수족 부리듯이 하면서 착취하는 당대의 모순을 그대로 보고 있을 수가 없었던 것이다.

또한 충신이 두 임금을 섬기지 않아야 한다는 것은 성인들의 통론이 아니라고 하였다. 임금을 한 사람만 섬겨야 한다는 것은 이미 중국의 지나간 사상일 뿐 성인들의 통론에 의하면 백성들을 위할 줄 아는 임금을 세워야 한다는 것이다. 지금 용상에 앉아있는 임금이 백성들을 위해서 정치를 하지 않는다면 임금을 바꿔야 한다는 논리다. 양반들이 백성들을 착취할 수 없도록 막아 주고, 백성을 보살펴 주어야 할 것이 임금이건만 그 직무를 제대로 수행하지 못한다면 임금으로서의 자격이 없는 것이니 임금을 바꿔야 한다는 것이다. 즉 백성을 생각하고 보살피지 못하는 임금이라면, 백성을 사랑하고 보살펴 주며 지켜 줄 수 있는 사람으로 임금을 바꿔야 한다는 것이다. '누구든 임금으로 모시고 섬길 수 있다'는 하사비군론(何事非君論)을 주장한 것이다. 이것은 마치 무능하다고 손가락질 받고 있던 당대의 임금인 선조를 지목해서 했던 말 같은 것이다.

성리학에 깊이 심취되어 있던 당시 지배계급인 양반들, 특히 권좌에 앉아서 백성들의 고혈을 쥐어짜던 당시의 권세가들에게는 치명적인 사상이었다. 우선은 자신들의 이권이 모조리 날아가 버릴 판이었다. 게다가 만일 임금이 바뀐다면 자신들은 저지른 과오가 많아서 새로운 임금 앞에서는 목숨 보전도 힘들 판이다. 당시 양반들에게는 어떻게든 정여립을 제거해 버려야 한다는 생각이 팽배해지고 있었다.

그런데 죽도 정여립은 단순히 이론적인 논리로만 그 세태를 꼬집었던 것이 아니다. 그분은 실제로 '대동계'를 조직해서 보름에 한 번씩 무술 훈련을 하는 등 호남을 중심으로 활동해 나갔다. 물론 그의 대동계에는 그의 사상을 담아 신분 때문에 져야할 부담이 일절 없었다. 반상의 구분은 물론 천민이나 노비도 똑같은 사람으로 똑같이 호흡하며 살았다. 스스로 자신의 사상을 펴며 살아가기 위한 공동체를 만들고 육성해 나갔던 것이다. 그리고 호시탐탐 곡창지대인 호남을 노략질해서 백성들의 식량을 강탈해 가던 왜구들로부터 자신들의 고장과 백성들을 지켜주기 위해 무술훈련을 했다. 점점 잦아지는 왜구들의 침입이 마치 무슨 전쟁을 예고하기라도 하는 것 같아서 정여립은 더 열심히 군사훈련도 시키고 세력도 확장했다. 제 욕심 채우기에 급급한 양반들이 집권하는 나라는 더 이상 백성들을 지켜 줄 것이라고 기대하기 힘든 세상이었다. 그렇다면 스스로 자신의 목숨과 재산을 지키는 수밖에 없었다. 죽도 정여립은 그런 상황에 대처해 나갔던 것이다. 그리고 그런 상황에 대처하는 데에는 신분도 빈부도 필요가 없었기에 대동계에 참여하는 모든 이들에게 신분은 아예 집어던지게 했다. 그러니 당연히 그 세력이 커져 나갈 수밖에 없던 것이다. 실제로 그렇게 세력을 확장해 나가던 대동계는 1587년 전주부윤 남언경의 요청을 받아 전라도 손죽도에 침범한 왜구를 물리치기도 했다. 그들은 진심으로 신분을 타파하는 삶 안에서 살면서 자신들의 안위를 지키기 위해서 무술훈련을 했지만, 나라가 필요하다면 언제든지 나서서 나라를 위해서 목숨을 바쳐 싸울 준비를 했던 사람들이다. 그러나 죽도 정여립의 이런 행동은 그를 제거하기 위해서 혈안이 되어 있던 양반, 특히 서인들에게는 그를 제거할 수 있는 절호의 기회를 만들어 준 꼴이 되고 말았다.

1589년(선조 22) 10월 2일.
황해감사 한준이 정여립이 모반을 꾀한다는 비밀 장계를 올린 것이다. 당시의 상황을 왕조실록에서는 다음과 같이 전한다.

황해 감사가 안악·재령 등에 역모 사건을 보고하였는데 전라도에는 정여립이 관련되다.
황해 감사의 비밀 서장을 입계(入啓)하자, 그날 밤 삼공(三公) 및 6승지를 불러 인대(引對)하고, 입직(入直)한 도총관(都摠管) 및 옥당(玉堂)이 다 입시(入侍)하였는데, 안악(安岳)·재령(載寧) 등처에서 일어난 역모 사건을 의논하기 위해서였다. 선전관과 의금부 도사를 황해도와 전라도 등처로 나누어 보냈는데, 전라도에는 정여립(鄭汝立)이 괴수였다. 검열(檢閱) 이진길(李辰吉)을 정여립의 생질(甥姪)이라 하여 입시(入侍)에서 제외하였다가, 얼마 안 되어 하옥시켰다. (선조실록 23권, 선조 22년 10월 2일 병자 1번째 기사. 1589년 명 만력(萬曆) 17년)

이 장계로 인해서 정여립에 대한 역모가 인정되고 정여립은 역모의 수 괴가 된 것이다.

그뿐만이 아니었다. 공공연하게 나도는 유언비어에 의하면 '정여립은 신병(神兵)을 거느리고 하루에 수백리를 가며 지리산과 계룡산에도 들어 간다는 길삼봉이라는 자를 반역의 선봉장으로 내세웠다'는 것이다. 그리 고 '정팔용이라는 신비롭고 용맹한 이가 곧 임금이 될 것인데, 머지않아 많은 군사를 일으킨다'는 유언비어마저 나돌고 있었다. 정팔용은 정여립 의 어릴적 이름이다. 그러나 모든 유언비어는 정여립을 궁지에 몰아넣고 제거하기 위한 양반들의 철저한 준비에서 비롯된 것들이었다. 그들은 먼 저 황해도 일대에 자신들이 만들어 낸 유언비어가 퍼져나가게 유도했다. 빈곤에 허덕이던 백성들은 조정에 대한 불만으로 가득 차 있는데, 마침 떠도는 새로운 세상이 올 것이라는 이야기를 혼자 듣기에 아까웠다. 이 야기를 들은 이는 그 진위여부를 가리고 말 것도 없이 이웃에게 전했다. 입에서 입으로 전해지는 소식은 걷잡을 수 없이 빠른 속도로 퍼져나갔 다. 그리고 급기야는 황해도를 넘어 한양으로 진입하는 즈음에 황해감사 가 장계를 올린 것이다.

그렇지 않아도 정여립을 못마땅해하던 선조의 심기를 잘 아는 서인들 이다. 그들은 이 기회에 정여립의 편에 서 있던, 서인들이 영원한 적으로 삼고 있는, 동인들까지 제거하는 것을 목표로 삼아 대대적인 음모를 꾸미고 그 각본대로 살육행각을 시작하였다.

우선 정여립을 체포하라고 했지만 정여립은 아들 옥남과 죽도로 피신하여 자살했다고 한다. 그러나 정여립의 죽음으로 일이 끝나는 것이 아니었다. 11월에 호남 유생 양천희가 '김우옹, 이발, 이호, 백유양, 정언신, 최경영 등 조정의 많은 신하들이 정여립과 은밀하게 내통하고 있었다'는 상소를 올림으로써 대대적인 동인 탄압의 막이 오른 것이다.

당시 위관을 맡은 송강 정철은 오늘날로 말하자면 경찰, 검사, 재판장의 역할을 도맡아서 하는 것이니 자신의 정치적 적인 동인들을 그대로 놓아둘리가 없었다. 그는 동인들을 곤장을 쳐서 무참하게 죽이기도 하고 참수도 하는 등 이루 말할 수 없는 고통을 안겨 주며 역모에 가담한 혐의를 씌워 제거하였다. 심지어는 정여립이 죽던 날 눈병으로 눈물을 흘린 최영경에게는 정여립의 죽음을 슬퍼해서 눈물을 흘렸다고 억지를 씌워 처형하기도 했다. 최영경은 생전에 정여립으로부터 편지 한 통을 받은 죄 밖에 없던 사람이다. 그뿐만이 아니었다. 역모에 휩싸인 이발의 82세 노모를 주리를 틀어서 죽이는가 하면 여덟 살짜리 아들은 포승으로 묶은 채 울부짖다가 죽게 했으니 이보다 더한 살육의 현장도 인류 역사상 찾아보기 힘들 정도였을 것이다. 우리는 이 사건을 기축옥사라고 부르는데 3년에 걸친 살육의 현장에서 죽어간 사람은 특히 동인이 많은데, 무려 1,000여 명에 이른다고 한다. 반면에 이를 고변하고 해결하는 데 앞장섰던 22명의 서인들은 난을 평정했다고 해서 평란공신(平亂功臣)이 되어 관직을 올려 받았다.

이 사건에 있어서는 몇 가지 생각해 볼 점이 있다.

첫째는 정여립이 자살을 했다는 것이다.

이 사실에 대해서는 아직까지도 그 의문을 제기하는 학자들이 많다. 왜냐하면 하사비군론과 천하공물론을 제기하던 인물이 그까짓 역모 운운하면서 체포하려는 것이 겁이 나서 자살을 했겠느냐는 것이다. 차라리 누군가가 정여립을 죽이고 자살로 위장한 것이라는 설이 지배적이다. 왜냐하면 정여립은 실제 역모를 할 마음도 없었고 역모를 꾸미지도 않았다. 다만 자신의 사상을 실천으로 옮기면서 노략질을 하는 왜구를 물리치고 만일 왜놈들이 쳐들어오기라도 한다면 무찌르기 위해서 군사훈련을 했을 뿐이다. 그런 정여립이 역모를 했다는 것은, 서인들에게 무서운 적으로 성장해 오는 정여립에게 올가미를 씌우고 그것을 계기로 서인들이 동인을 정치무대에서 제거하기 위한 술책이었다는 것이다. 다시 말하자면 정여립의 난이라는 것 자체가 날조된 것인데, 공연히 정여립이 살아 있으면 국문을 할 때 그 모든 사실이 밝혀질 것이고, 자칫 잘못하다가는 서인들 스스로 자신들에게 칼날을 겨눈 꼴이 될 수도 있기 때문이다.

둘째는 동인은 왜 그렇게 무기력하게 당하기만 했냐는 것이다.

그 질문에 대한 우선적인 답변은 동인도 정여립이 마음에 들지 않았던 것이다. 그가 자신들의 당파였으니 웬만하면 그편을 들어 주고 싶었으나, 그가 부르짖는 하사비군론과 천하공물론은 여간 곤란한 것이 아니었다. 정여립이 역모를 꾸미지 않았다는 것은 누구든 알 수 있는 일이다. 그러나 정여립의 편을 들고 나서서 변론하다 보면 자칫 정여립을 지지하는 것으로 보일 수도 있다. 하사비군론을 지지하다가는 자신들도 역모에 휩싸일 것이고, 천하공물론을 지지하는 것은 자신들의 잇속을 내놓아야 할 판이니 정여립을 감싸 주기 싫었던 것이다. 그런데 정철이 일을 너무 확산시키자 동인들 스스로도 놀라서 막아보려고 했다. 그러나 이미 때는 늦었다. 달리는 말의 등에서 내리지 말라는 격언을 정철은 그대로 시행하고 있었던 것이다. 자신이 세운 계략대로 밀고 나가도 동인들의 반응이 없으니 음모를 실천하기란 여간 쉬운 일이 아니었다.

동인들 스스로 공연히 나섰다가는 정여립을 감싼다는 누명을 쓰고 자신도 죽을까 봐 겁을 낼 것이라는 계산을 이미 했던 정철이다. 그런데 그 계산이 맞아떨어지니 걸릴 것이 없었고, 자신의 계획대로 그저 화를 면하기에 급급한 동인들을 정치 무대에서 무참하게 제거했던 것이다. 동인들 스스로 몸을 사리다가 자신의 코앞까지 화가 미치고 다음에야, 이번에는 자신의 차례이다 싶어서 어떻게든 막아 보려고 했으나, 이미 그때는 늦은 때였다. 모든 것은 백성들은 안중에도 없고 오로지 자신들의 권력과 재물을 지키겠다는 욕심에서 비롯된 일들이었다.

그렇다면 실체도 없는 정여립의 역모는 왜 꾸며진 것인지 생각해 보아야 한다.

첫째는 서인들이 동인들을 제거하고 권력을 독점하기 위해서 만든 자작극이다.

마침 성리학에 절대적으로 반대가 되는 이론을 주창하는 정여립을 이용해서 서인의 정적인 동인을 척결하자는 것이었다. 아울러 그것은 성리학에 젖어서 백성들은 돌보지도 않던 양반 정치인과 관료들이 자신들의 기득권을 지키기 위한 수단이었다.

둘째는 조선사회의 변화에 대한 무의식적 거부감과 내부 모순을 극복할 여력이 없는 조선왕조의 무기력함이 빚어낸 한계다.

선조시대는 훈구 척신 세력을 청산하고 사림세력이 중앙 정계의 주류를 형성했던 시기다. 혼란과 가난에 허덕이던 백성들의 개혁에 대한 열망이 최고조에 달하던 시기였다. 그러나 동인과 서인으로 나뉘어 당파싸움은 극에 달하고 있었고 어떻게든 탈출구가 필요하던 참이었는데, 마침 동인 정여립이 서인에게 그 단초를 제공해 준 셈이었다. 백성들이 요구하는 것은 그들이 숨이라도 마음대로 쉬고 살 수 있는 세상이 되어주는 개혁이라는 것을 알고 있었지만, 그런 개혁을 할 정치인이 없었다. 역량이 없어서가 아니라 자신들의 것을 빼앗기기 싫고 오로지 더 많이 축적하고 싶은 욕심이 그들로 하여금 개혁에서 눈을 돌리게 했던 것이다. 민생은 도탄에 빠지고 민심은 요동치는데도 백성들이 요구하는 개혁을 하지 않고 대신 동인들을 도륙함으로써 조정을 쇄신했다는 이미지를 백성들에게 전달해서 요동치는 민심을 가라앉혀 볼 심산이었다. 실로 말도 안 되는 발상이라고 할 수 있지만 무능한 선조가 품에 안고 있던 무기력한 조정은 그 이상의 대책을 세울 수가 없었다. 아니, 대책을 세울 수가 없던 것이 아니라 대책을 세우기 싫고 그저 눈 가리고 아웅 하는 식으로 그 상황만 면해보자는 심산이었다. 참으로 안타까운 일이 아닐 수 없다.

이런 정여립을 두고 일만 년 우리 역사에서 최고의 사학자로 손꼽히는 단재 신채호는 『조선상고사』에서 다음과 같이 안타까운 마음을 전하고 있다.

정여립이 "충신은 두 임금을 섬기지 않으며, 열녀는 두 지아비를 바꾸지 않는다"고 한 유가의 윤리관을 일필로 말살하고 "인민에게 해가 되는 임금은 죽여도 되며, 의를 행하지 않는 지아비는 버려도 된다"고 하면서, "하늘의 뜻과 사람들의 마음이 이미 주나라에서 떠나갔는데도 주나라를 존중해야 한다니, 이 무슨 말이며, 사람의 무리들과 땅이 벌써 조조와 사마의에게로 돌아갔는데도 구차하게 한쪽 구석을 차지하고 있는 유현덕이 정통이라니, 이게 다 무슨 말이냐"고 하면서 공자와 주자의 역사 필법을 반대하였다. 그의 제자 신극성 등은 "이는 참으로 앞의 성현들이 말한 적이 없는 말씀이다"고 하였고, 당시의 재상과 학자들도 그의 재기와 학식에 기우는 사람들이 많았으나, 삼강오륜의 사상이 벌써 터를 잡았고, 퇴계 선생의 임금을 받들고 성현의 말씀을 흠모하는 주의가 이미 집을 지어서 전 사회가 안정되고 정돈된지 오래이니, 이처럼 어디서 갑자기 날아온 듯한 혁명적 학자를 어찌 용납할 수 있었겠는가. 그러므로 애매한 한 장의 고변장에 그의 머리가 잘려 나가고 온 집안이 폐허가 되었다.

실로 정여립의 혁명적인 사상에 가까운 하사비군론과 천하공물론이 시행되지 못한 것에 대한 안타까움을 전한 글이 아닐 수 없다.

물론 우리 모두가 죽도 정여립선생과 같은 삶을 살 수도 없으려니와 지금 세상은 그때와는 많이 다르기는 하다. 하지만 아직도 힘없는 백성들보다는 권력과 돈이 있는 이들이 득세하고 백성들은 그 권리조차 제대로 행세하지 못하는 것을 부인할 수 없다. 정치하는 이들이 뇌물에 연루되어 재판받고, 권력을 남용하여 고발당하는 일도 비일비재하다. 권력과 돈이 유착해서 백성들에게 손실을 끼친 일도 부지기수로 "유전무죄, 무전유죄"라는 말을 넘어서 "유권무죄, 무권유죄"라는 말까지 공공연하게 나돌고 있다.

　이런 현실 앞에서 우리는 어느 삶을 살아야 할까?

　분명한 것 하나는 "태양을 마주 보고 걸어가는 길이 더 뜨겁다"는 것이다. 당연히 태양을 등지고 걷는 것보다는 뜨거울 수밖에 없을 것이다. 그러나 태양을 마주해서 뜨겁다는 것은 단순히 태양의 열에 의한 것만은 아닐 수도 있다.

　빛이 정의를 뜻하는 것이며, 태양은 빛을 상징하는 제왕이니 태양을 마주하고 걷는 길은 분명히 정의를 추구하는 길일 것이다. 어쩌면 세상으로부터 받을 질타와 불합리한 대우의 따가운 빛이 마주하는 태양보다도 더 뜨거울 수도 있는 길이다. 반면에 태양을 등에 두고 걷는 길은 앞으로 가면 갈수록 빛과 멀어지니 정의와도 그만큼 멀어지는 것이리라. 그 누구에게 질타당할 일도 없고 불합리한 대우를 받을 일도 없는 것은 확실한 일이니, 적당히 세상과 융화하여 두리뭉실하게 살아가며 정의라는 단어는 잊을지도 모른다.

　이제 우리에게 어느 길을 선택해야 할 때가 왔다면 나는 어느 길을 선택할 것인가?

　"태양을 마주 보며 걷는 길은 더 뜨겁다"는 그 말을 극복할 자신이 있다면, 아니 당장은 극복할 자신이 없지만 적어도 그 길을 걸어야 한다는 의지가 있기에 극복할 힘을 기르겠다는 각오가 되어있다면, 기꺼이 태양을 마주 보고 걸어야 할 것이다. 비록 완주는 못 할지라도 적어도 중도에서 포기는 하지 않을 것이며, 힘이 다하는 순간까지는 태양에 가까이 간다는 것이 바로 인류가 추구하던 모든 삶의 시작이요, 귀결점이라는 것을 아는 이상 태양을 마주 보고 걷는 것이 옳은 길일 것이다.

모두가 편한 길을 가겠다고 태양을 등에 두고 걷는다면, 그들이 종국에 만나는 곳은 빤한 곳이다. 그곳은 태양을 멀리 떠나 어둠밖에 없는 곳으로, 인류 스스로 불의라고도 하고 악이라고도 표현하던 곳에 도달하게 되는 것이다. 비록 지금 당장은 뜨거울 것이 확실할지라도 태양을 마주하고 걸어야 할 용기를 내야 한다. 그리고 그 용기를 내는 것에 필요한 단어는 '나'가 아니라 '우리'라는 단어다. '나' 혼자라면 힘들지 모르지만 내가 아닌 또 다른 분이 최소한 하나라도 더 보태져서 '우리'가 형성될 수 있다면, 불의 나라, 불의 민족, '부루'족의 후손답게 기꺼이 태양을 마주 보며 걷는 뜨거운 길을 택할 수 있다.

죽도 정여립 선생께서도 자신과 함께해 주는 이웃이 있었기에 그리하실 수 있던 것이다. 아무리 훌륭한 사상을 가지고 뜻을 펴고자 해도 '대동계'에 참여해 주는 이웃이 없었다면 불가능한 삶이었던 것처럼, 우리도 함께 태양을 마주 보고 걸어야 하는 이웃이 되어야 할 이유가 있는 것이다.

04

도전하라

::: 해보고 실패해서 후회하는 것이 하지도 않고 후회하는 것보다 훨씬 낫다

　사람이 살아가면서 자신이 선택한 것에 대해 만족하는 것과 후회하는 것의 비율은 얼마나 될까? 사람마다 다르겠지만, 모름지기 후회하는 쪽이 만족해서 흐뭇해하는 쪽보다 더 많을 것이다. 나 역시 그랬고 내 주변의 숱한 사람들이 그런 모습으로 살아가는 것을 직접 눈으로 보고 살아왔다. 그러나 한 번의 실패가 영원한 것은 아니다. 한 번 실패했다고 주저앉기에는, 인생이라는 여정이 길고도 멀다. 인생이라는 것은 정말이지 생각하기에 따라서 길다면 길고 짧다면 짧은 것이다. 그건 생각하기 나름이다. 그렇기에 나에게 주어진 인생에서, 한 번 도전해 보고 실패해서 다시 출발한다고 한들 출발이 늦는 것도 아니다.

　자신이 해 보고 싶은 일이 도덕과 윤리에 어긋나지 않는 일이라면 무

조건 도전해라. 남의 것을 모방하고 남을 비방하거나 남의 생각을 내 것처럼 만드는 파렴치한 짓으로 인하여 남을 곤란에 빠트리는 것이 아니라면 무조건 행동으로 옮겨라. 그러나 여기서 명심할 일은 하고 싶은 일이라는 것이 순간적인 충동에 의해서라든가, 아니면 장난기 어린 심정에 무언가 찔러보고 싶은 그런 일이 아니다. 내 인생의 앞날을 위한 설계와 그것을 바탕으로 한 일에 대한 도전을 말하는 것이다. 그것이 당장 눈에 보이는 소득으로 이어지는 일이 아니라도 해야 할 가치가 있는 일이라면 도전해야 한다.

도전에는 딱 두 가지 중요한 요소가 있다.

첫째는 바로 자신감이다.

내가 할 수 있다는 자신감이 있는 일에 도전해라. 내가 이걸 해도 할 수 있을까라고 망설인다면 이미 그 일을 시작하기도 전에 자신감을 잃은 것으로 그만큼 일을 진행하기가 힘들 것이다. 나는 반드시 이 일을 해낼 수 있다고 자부해도 막상 부딪히면 해내기 어려울 수도 있을 터인데, 할 수 있을까 없을까를 고민하면서 도전한다면 그것은 자신감을 잃고 시작하는 일이므로 그만큼 성공할 확률이 줄어드는 것이다. 반드시 할 수 있다는, 해낼 수 있다는 자신감을 가지고 도전해라.

두 번째는 남들을 의식하지 말고 나 스스로에게 묻고 대답해서 얻은 결론이 도전이라면 즉각 도전해야 한다. 나도 좋아하긴 하지만 남들이 보기에 멋있어 보인다는 평을 듣고 싶어서 도전하거나, 주변에서 너와는 어울릴 것 같다고 말해준다고 도전하는 것은 해 보고 싶은 일에 도전하는 것이라기보다는 남들에게 보여주기 위한 도전이 될 수 있다. 보여주기 위한 도전이라면, 나도 할 수 있다는 막연한 감상에 사로잡혀 막상 일을 시작해 놓고는 감당하기 힘들 수도 있다. 또한 보여주기 위한 도전이었다면 나 스스로에게 맞지 않는 일이라는 것이 언젠가는 나타나게 되고 그때는 그 일에 대한 끝을 보기도 전에 포기하기가 십상이다. 하지만 정말 내가 해 보고 싶었던 일이라면 진행하는 도중에 설령 어려움이 닥칠지라도 그 어려움을 얼마든지 극복해 낼 수 있는 용기가 생길 것이다.

어떤 일에 대해서 도전하는 데 정말 중요하게 명심할 것이 하나 있다.

정말 하고 싶은 일이라면 이미 내가 감당할 수 있는지 아니면 감당할 수 없는지에 대한 능력이 검증되었기에 정말 해 보고 싶은 일이다. 단순히 동경하는 것이 아니라 내가 실행해 보고 싶은 일인데 자신의 능력을 염두에 두지 않았다면 그것은 인생을 헛산 것이라고 해도 과언이 아니다. 사람의 능력은 자기 자신이 가장 잘 알기 때문이다. 다만 냉철하게 분석한 자신의 능력이어야 한다. 공연히 망상에 사로잡혀 실제의 자기보다 자신을 과대평가하는 자기 교만에 빠져 우쭐대는 것이라면 그것은 자신을 통째로 망칠 뿐이다. 겸허한 마음으로 자신을 돌아보면서 자신이 과연 그럴 능력이 되는지를 생각해 본다면 얼마든지 자신을 올바르게 판단할 수 있을 것이다.

사람이 능력이 없다는 것은 부끄러운 일도 아닐뿐더러 능력이 없는 사람도 없다. 다만 어떤 특정한 능력을 기준으로 볼 때 상대적으로 부족할 수는 있다. 모든 사람이 모든 것을 할 수 있는 재능을 가지고 태어났다면 그게 더 이상한 일이다. 그것은 마치 우리 몸이 여러 가지 지체가 모여서 하나를 이루고 있는 것과 똑같은 것이다. 코는 냄새를 맡는 일을 하고 눈은 보는 일을 하고 머리는 생각하는 일을 한다. 손은 무엇을 집고 나르는 일을 하고 다리는 우리 스스로를 움직일 수 있게 한다. 그렇다고 머리가 위에 있고 다리는 아래에 있으니 머리가 다리보다 높은 것은 아니다. 다리가 없으면 머리가 하는 생각을 다른 곳으로 이동하여 전할 수 없으니 서로 하는 일이 다를 뿐 무엇이 먼저이고 더 좋은지를 가릴 수는 없는 것이다. 마찬가지로 이 지구상의 모든 사람들은 각자 자신이 할 수 있는 능력이 다를 뿐이지 능력이 없는 사람은 아예 없다. 다만 어떤 특정한 일에 대한 내 능력이 얼마나 될지는 아무도 모를 뿐이다.

그렇다고 자신이 꼭 도전해 보고 싶은 일인데 마냥 능력 탓만 하고 있을 수는 없는 일이다. 도전해 보고 능력이 부족한 것 같으면 그만큼 더 노력하면 된다. 능력이 부족한 부분을 노력으로 채우면 된다는 것이다. 그럴 자신이 없으면 아무 것도 할 수 없는 것이 세상이다. 그렇기에 하고자 결심했다면 자신의 숨어 있던 능력까지 최선을 다해서 쏟아붓고 그것이 부족하다 싶으면 그만큼 더 노력을 해서 채워야 하는 것이다. 그런데 우리는 특정한 일을 해결하는 데 일정 기준보다 못한 사람을 능력이 없다고 표현하기를 주저하지 않는다. 그리고 그것이 자기 자신의 일이라면 능력이 없다고 포기하기도 한다. 하지만 포기하거나 능력이 없다고 생각하기 전에 과연 내 노력이 부족한 것이 아니었나를 반드시 먼저 생각해 볼 필요가 있다.

심사숙고해서 결정할 일들이 세상에는 너무나도 많다. 그러나 마냥 생각만 하다가는 아무것도 못 한다. 생각을 깊이 하고 주변의 조언 역시 많이 구하는 것은 좋은 일이고 잘하는 일이지만 그 시간은 짧고 깊게 가질수록 좋은 것이다. 심사숙고하지만 결정은 빠르게 하고 일에 도전한 후에는 몇 배 노력도 아끼지 말고 투자해서 성공으로 이끄는 것이 중요한 것이다.

그러기 위해서는 열심히 공부를 해야 한다.

공부라는 것을 단순히 국어, 영어, 수학을 공부하라는 것으로 듣지 말고 자신이 지향하거나 자신이 해 보고자 하는 일에 대한 지식을 충족하는 데 게으르지 말라는 것이다. 많은 시간을 책과 함께해서 손해 보는 일은 결코 없다는 것을 명심해야 한다.

겉으로 흐르는 지식을 습득하는 것보다는, 보다 정확하고 확실한 지식을 습득하는 것이 중요하고 그러기 위해서는 책을 가까이 하는 것이 가장 빠르고 손쉬운 방법이라는 것을 잊어서는 안 된다. 수 없이 난무하는 인터넷의 기사들을 통해서 광범위한 정보를 습득하고, 일반적인 지식을 아는 것이 아무런 소용이 없다는 것이 결코 아니다. 그 나름대로는 반드시 필요한 부분이 있을 것이다. 그러나 전문가가 된다는 것은 그렇게 겉을 안다는 것만으로는 힘들다. 정말 중요한 지식은 깊이 있는 전문 지식이라는 것을 알아야 한다. 자칫 잘 못 알고 겉핥기식으로 알았다가는 선무당이 사람 잡는다는 속담처럼 정말 중요한 전문적인 지식을 요구하는 일에 봉착하면 헤쳐 나갈 방법이 없다. 인생이 짧은 것 같지만 공부할 시간은 충분히 주어지고 있다는 사실을 잊어서는 안 된다. 인생이 짧다는 말은, 짧은 인생이기에 시간을 낭비하지 말고 주어진 시간에 충실 하라는 교훈이지, 내 삶의 풍요를 위해서 지식을 얻으려는 공부를 하는데 시간을 할애하지 못할 정도로 짧다는 의미가 아니라는 것을 절대 잊어서는 안 된다.

자신이 심사숙고해서 결정한 일임에도 불구하고 실패하더라도, 실패하는 것을 두려워해서는 안 된다.

많이 달구어진 쇠가 강하다고 했다.

처음에는 보잘 것 없는 무쇠 덩이가 수없이 불에 들어갔다가 나와서 두드려지고 다시 물에 들어가 달구어지면서 쇠는 강해진다는 것을 잊어서는 안 된다. 그렇게 함으로써 농기구도 탄생하고 또 명검도 탄생한 것이다. 그렇다고 대충 해 놓고 실패한 것을 후회하지 말라는 이야기는 절대 아니다. 노력하지 않고 실패를 했다면 자기 자신에게 부끄러워해야 한다. 노력 없이 이루어지는 것이 없다는 교훈을 얻은 것도 중요하겠지만 자신에게 부끄러워하며 다시는 노력하지 않아서 실패하는 일은 없을 것이라고 스스로 약속해야 한다. 다만 후회 없이 노력했지만 실패했다면 그것은 더 나은 내일을 위해서 그동안 나를 담금질한 것이라고 스스로를 위안해도 좋다는 것이다.

다시 한번 강조할 것은 도전해라.

도전해야 결과를 얻는다.

생각만 하고 도전하지 않는다면 아무것도 얻을 것이 없다는 것을 잊어서는 안 된다. 차라리 해 보고 실패하는 것이 해 보지도 않았기에 아무런 과정도 결과도 얻지 못하고 망상에 젖어 있는 것보다는 훨씬 가치가 있는 것이다. 해 보지도 않고 세월만 허비하고 나서, 그때 그것을 해 볼걸이라고 후회하는 것은 인생을 그저 낭비만 하고 있다는 것을 후회하고 있는 것과 조금도 다를 것이 없다는 사실을 잊어서는 안 된다.

참고로 내 경험을 들어서 이야기해 볼까 한다.

내가 도시공사 사장 재직 시절의 이야기다.

지금은 하남의 랜드마크로 우뚝 서서 하남시민보다도 외부 손님들을 더 많이 유치하는 스타필드 이야기다. 7,000여 명의 고용 창출 효과를 내고, 정확한 매출은 알 수 없지만 입주해 있는 이마트 트레이더스의 매출만 추정해 봐도 엄청난 경제효과를 내고 있는 덕분에 우리 하남시의 재정확충에도 커다란 기여를 하고, 하남시민에게 일자리를 제공하는 그곳을 만드는 일이 쉽지만은 않았다. 솔직히 나 자신도 이런 일을 이루어낼 수 있을까 하는 의구심이 들 정도로 큰 사업이라고 생각했다. 하지만 당시 경기도지사와 하남시장을 비롯한 주변 분들의 도움과 하남시민의 도움만 있다면 못할 일이 없다는 생각에 기꺼이 일을 시작한 것이다. 그리고 일은 의외로 잘 풀려나갔다. 물론 어려움이 없었다는 말이 아니다. 어려움이 많았지만 그 일들을 해결하기 위해서 시민들과 도시공사 직원들의 지혜를 모아 헤쳐 나갔다는 것이다. 그야말로 도전이었다. (당시에는 스타필드 하남을 유니온스퀘어라는 예명으로 명명했었다. 2016년 개관식 때 스타필드 하남으로 개관했다는 것을 참고로 밝혀둔다. 결국 유니온스퀘어와 스타필드 하남은 같은 사업이라는 것을 독자들은 염두에 두고 읽어주시기 바란다.)

2011년 9월 5일 스타필드 하남 외국인 투자유치 확정 및 사업선포식이 열렸다. 스타필드 하남은 우리 하남시도시개발공사(현 하남도시공사)가 주축이 되어 토지를 수의 공급해 주고 경기도와 하남시, ㈜신세계, 터브먼 社가 공동으로 8억 6,000만 달러를 투자를 유치하여 시행하는 공사다. 연면적 442,580㎡(약 134,000평)에 이르는 어마어마한 규모의 공사다. 이 공사는 외국인 직접 투자 2억 5,000만 달러를 유치하면서 시작한 공사로 이미 각종 언론에서 주목받은 공인된 성공 사업이다.

나는 그 선포식을 통해서 당당하게 연설했다.

스타필드 하남 사업을 선포하는 김시화 사장

존경하는 김문수 지사님과 문학진 국회의원님.

홍미라 시의회 의장님, 그리고 정용진 신세계 부회장님과 하남유니온스퀘어 임영록 대표이사님을 모시고 이 영광스러운 자리에 함께할 수 있게 되어 기쁘고 자랑스럽게 생각합니다.

그리고 이번 행사를 준비하기 위해 노고를 아끼지 않으신 관계자 여러분들께도 깊은 감사의 말씀드립니다.

저는 오늘 이곳을 오는 길에 가을빛을 가득 머금은 하늘을 보며 가슴이 벅차올랐습니다.

2015년 하남의 하늘, 하남유니온스퀘어의 하늘을 떠올렸기 때문입니다.

경기도의 관광·유통의 랜드마크로 우뚝 선 하남유니온스퀘어와 이를 통하여 발전을 거듭하는 하남시의 모습을 마음속에 그렸습니다.

올해, 시 승격 22주년을 맞는 하남시는 20대 청년의 힘으로 비상을 하고 있습니다.

마침 하남유니온스퀘어 건설을 통하여 두 날개가 되어 주신 한국 유통의 선두주자인 신세계그룹과 세계적인 유통 전문기업 터브먼그룹에 깊은 감사를 드립니다. 그리고 대규모의 외국자본투자 유치를 성공시킨 김문수 지사님께 깊은 존경과 축하를 드립니다.

하남유니온스퀘어 사업은 협력과 합심 그리고 신뢰가 중요합니다.

저는 오늘 우리 모두가 외국인투자 유치를 축하하는 것뿐만 아니라, 상호협력과 합심, 신뢰에 대한 증인으로서 경기도민과 하남시민을 대표하여 이 자리에 서있다고 생각합니다. 오늘의 약속과 다짐이 2015년 준공 때까지 그대로 변함없이 이어진다면 유니온스퀘어는 경기도민과 하남시민 마음속에 자긍심으로 남을 것입니다.

다시 한번 외국인투자 유치 확정과 하남유니온스퀘어 사업 선포식을 축하드리며, 하남시도시개발공사는 본 사업의 성공을 위하여, 그리고 하남유니온스퀘어가 하남시와 더 나아가 경기도의 랜드마크로 우뚝 서는 그날을 위하여 최선의 노력을 다 하겠습니다.

감사합니다.

그리고 그 결실들이 하나씩 눈에 보이기 시작했다. 당시의 보도 자료들이 그 상황을 상세하게 전해준다.

지역경제 활성화 선봉장 '하남도시개발공사'
일자리 창출·수익 환원, 하남市 재정기여

하남시의 지역균형개발과 재정확충, 시민의 복리증진에 이바지하기 위해 2000년 8월 10일 설립된 하남도시개발공사(대표 김시화, 이하 공사). 공사의 주요 사업은 토지개발과 주택건설, 일반건축물 등을 위한 토지의 취득, 개발, 공급, 임대, 관리 등을 비롯해, 유통·물류단지 조성, 관리 및 도로, 도시철도 등 교통 관련 시설 건설과 관리이다. 지방자치단체의 위탁 업무를 비롯해 공공성과 수익성이 있는 사업도 영위하고 있다. 이러한 사업 과제를 성공적으로 수행하기 위해 4대 경영전략으로 지역발전 및 개발사업 역량 강화, 공공시설의 최적운영 및 시민 편의 제공, 하남시민의 복리증진 기여와 내부역량 강화시스템 구축 등을 수립해 실천한다. 또한, 끊임없이 고객감동, 소통화합, 투명윤리, 가치창조를 기치로 내걸고 하남시민에게 사랑받는 지방공기업으로 서기 위한 기반을 다져가는 과정에 서있다.

현재 하남도시개발공사는 천현과 교산 등지에 대규모로 친환경복합단지를 개발하는 사업을 추진한다. 1조 원을 투자해 심혈을 기울여 추진하는 친환경복합단지 개발 사업은 하남시 관내에 산재한 소규모 제조업체 및 물류 창고의 집적화를 통한 산업 기능 고도화가 목적이다. 이를 위해 우선 하남시 천현·교산동 일원 약 120만㎡의 개발제한구역을 해제했고 이 구역을 지식기반 산업용지, 물류·유통용지, 지원시설용지, 주거용지 등으로 개발한다.

하남시는 이번 사업 추진을 위해 작년 3월 12일 친환경복합단지 개발 구상 연구용역을 완료하고 같은 해 3월 31일 대상지역의 개발행위허가 제한고시를 했다. 이어 올해 1월 13일 공사가 시로부터 친환경복합단지 개발사업 예비사업시행자로 선정됨에 따라 2월 28일 사업시행을 위한 이사회 의결을 마쳤다. 그 후속 절차로 4월 말 전략적 투자군(SI)·건설 투자군(CI)·금융 투자군(FI), 모두 참여할 수 있는 사업자유제안공모를 실행했다. 해당 사업은 공모공고와 사업설명회를 거쳐 오는 9월 말까지 제안서를 신청받아 올해 말까지는 우선협상대상자를 선정할 예정이다. 공사 관계자는 "사업제안서에 대한 면밀한 사업성 분석을 통해 하남시 경제발전과 재정자립도 제고를 위한 최적의 대안을 찾을 것"이라고 밝혔다.

과거 하남도시개발공사는 하남 풍산 지식산업센터 '아이테코' 개발 사업을 추진하는 과정에서 다른 시공사를 배제하고 개발 사업을 추진했었다. 국내 최초로 민간 사업자를 대상으로 공모한 공공 민간합동 프로젝트파이낸싱(PF) 사업 모델에서 미래에셋 증권, 한국산업은행, 한국교직원공제회 등 순수 재무 투자자만으로 구성해 성공을 거둬 주목을 받았다. 현재 하남시 풍산택지개발지구에 자리 잡은 아이테코 아파트형 공장은 연 면적 약 6만 평 규모에 달하는데, 중소기업과 IT 벤처기업 등이 입주하면서 침체한 지역경제를 살리는 계기가 되고 있다. 아이테코는 편리한 교통망을 확보했고 5개 테마공원, 친환경 미사리 수변공원 등 다양한 간접시설이 인접해있으며 △하남미사지구 △위례신도시 △풍산택지개발지구 등 주거지역도 구축돼 하남시 산업경쟁력을 높이고 있다.

공사는 이외에도 사업이익을 지자체에 환원함으로써 하남시 재정을 돕고 있으며, 기초 지자체 설립 공사 중 최초로 2011년 현금 30억 원을 배당해 하남시 재정확충에 기여했다. 이 밖에도 2004년 '시도 184호선 도로개설' 사업에서 얻은 95억 원, 2005년 '덕풍 5교설치'를 통해 얻은 27억 원을 하남시에 기부했고 2006년부터 2010년까지 하남시민장학회에 약 23억 원을 지원한 바 있다.

하남도시개발공사는 2011년 경기도, 하남시, ㈜신세계, 터브만 社는 함께 유치한 외국인 직접투자금 2억 5,000만 달러를 포함 총 8억 6,000만 달러를 투자해 건립하는 하남시 신장동 미사리 조정경기장 인근 복합쇼핑몰 '하남 유니온 스퀘어'를 담당하게 된다. 유니온 스퀘어 내에 프리미엄 아울렛과 명품 및 해외 특화 백화점이 들어설 예정이고, 시네마파크와 공연 및 관람·전시시설 등도 마련된다. 사업협약에 따라 개발이 추진될 때 창출되는 경제효과는 상당할 것으로 전망되는데, 특히 건설투자 및 시설운영에 따른 약 1만6,000여 명의 새로운 일자리 창출을 비롯해 유동인구 증가와 주변상권 확대는 물론 한강변 최대 랜드마크로 부상해 특색 있는 관광명소로서 경쟁력도 확보할 수 있다.

한편, 공사는 어려운 저소득계층의 주거안정을 위해 2010년부터 기초 지방자치단체 중 최초로 '기존주택 전세임대사업'을 시행한 결과, 올해 사업을 주관하는 국토해양부에서 공급받은 물량이 작년 50호보다 더 확대돼 80호로 확정됐고 총 170호의 물량을 확보했다.

하남시도시개발공사
지역현안2지구 부지조성공사 3월 21일 기공식 개최

하남시도시개발공사(사장 김시화)는 오는 21일 오후 3시 하남시 지역현안2지구 부지조성공사 기공식을 하남시 신장동 190번지 일원(환경기초시설 건설현장 앞)에서 개최한다.

하남시 지역현안2지구 부지조성공사 기공식 현장에서(중앙에서 왼쪽이 김시화 사장)

본 행사는 사물놀이와 국악 공연 등 식전 행사와 본식인 기공식, 축하 공연과 경품 추첨 등 식후 행사로 진행되며, 기공식에는 시장 및 시의회 의장, 국회의원, 각 유관기관 단체장이 내·외빈으로 참석하고 하남시민 3000여 명이 초대되어 순조로운 사업의 추진을 기원한다.

지역현안사업 2지구 개발사업은 하남시 랜드마크와 친환경 수변도시 건설을 목표로 2015년까지 하남시 신장동 288번지 일원 부지면적 56만8487㎡(약 17만평)에 프리미엄 복합쇼핑몰과 공동주택 및 공공문화시설 조성을 내용으로 한다.

본 사업부지에 조성되는 복합쇼핑몰은 경기도, 하남시, ㈜신세계, 터브먼 社가 공동으로 8억 6,000만 달러(외국인 직접 투자금 2억 5,000만 달러 포함) 투자·유치에 성공하여 각종 언론에 주목을 받았다. 복합쇼핑몰 건설과 공동주택 및 공공문화시설, 상업시설 조성에 따른 경제 유발효과는 2조 6천억에 달하며 고용유발효과도 7천 명으로 추산된다.

지역현안2지구 부지조성공사는 거양산업개발 주식회사 등 5개사가 시공사로 참여하며 2014년 말 완공을 목표로 사업을 추진 중이다.

하남 랜드마크 친환경 복합쇼핑센터 '하남유니온스퀘어' 건설
지역현안사업 2지구 개발사업

하남시 랜드마크와 친환경 수변도시를 건설하는 지역현안사업 2지구 개발사업은 2015년까지 하남시 신장동 288번지 일원 부지면적 56만 8487㎡에 프리미엄 복합쇼핑몰 '하남유니온스퀘어'와 공동주택 및 공공문화시설 건설을 내용으로 한다.

본 사업은 경기도, 하남시, ㈜신세계, 터브먼 社가 공동으로 8억6,000만 달러(외국인 직접 투자금 2억5,000만 달러 포함)를 투자·유치하여 각종 언론에 주목을 받았고 하남유니온스퀘어에는 프리미엄 백화점, 시네마파크와 공연 및 관람·전시시설 등이 마련될 예정이다.

본 사업을 기대되는 경제효과로 건설투자 및 시설운영에 따른 약 1만 6,000여 명의 고용창출이 예상되며 유동인구 증가, 파생수요 확대에 따른 경제유발효과는 2조 원 이상이 될 것으로 추정되고 있다.

공사는 지난 12월 부지조성공사에 착공하여 2014년 12월 준공을 목표로 현재 공사가 한창 진행 중에 있다.

강동권 랜드마크 '하남유니온스퀘어'를 건설하는
지역현안사업 2지구 개발사업

하남시 랜드마크와 친환경 수변도시를 건설하는 지역현안사업 2지구 개발사업은 2015년까지 하남시 신장동 288번지 일원 부지면적 56만 8487㎡에 프리미엄 복합쇼핑몰 '하남유니온스퀘어'와 공동주택 및 공공문화시설 건설을 그 내용으로 한다.

본 사업은 경기도, 하남시, ㈜신세계, 터브먼 社가 공동으로 8억 6,000만 달러(외국인 직접 투자금 2억 5,000만 달러 포함)를 투자·유치하여 '하남유니온스퀘어'를 조성한다는 점에서 각종 언론에 주목을 받았다.

하남유니온스퀘어에는 프리미엄 아울렛, 명품백화점 및 해외백화점이 들어설 예정이고, 시네마파크와 공연 및 관람·전시시설 등도 마련된다. 사업협약에 따라 개발이 추진될 때 창출되는 경제효과는 건설투자 및 시설운영에 따른 약 1만 6,000여 명의 고용창출과 유동인구 증가, 파생수요 확대에 따른 주변상권의 개발 등 다양하다.

현재 하남시는 지난 3월 교통영향평가 및 개선대책 심의를 마치고 4월 25일 '도시개발구역지정 및 개발계획변경 고시'를 하였으며 11월 29일 실시계획 승인을 득한 상태이다. 공사 관계자는 '시공사를 선정하여 연내 착공'할 예정이라고 하였다.

하남유니온스퀘어 10월 착공된다.

토지정산금 잔금 795억 납부완료

고용창출효과 7,000명, 경제유발효과 2조 6천억 원

하남시도시개발공사(사장 김시화)는 ㈜하남유니온스퀘어가 지난 7월 30일 토지감정평가에 따른 정산금 795억 원을 입금하였다고 밝혔다. 잔금이 납부됨에 따라 하남시도시개발공사는 토지사용승낙서를 발행하여 10월 착공이 무난할 것으로 보인다.

이에 앞서 하남시는 본 사업과 관련한 사전결정신청서를 경기도에 제출한 바 있으며, 오는 31일 경기도 건축위원회에 하남유니온스퀘어 복합개발 신축공사에 대한 심의안건이 상정될 예정이다. 이로써 하남시 최대 현안사업이며, 국내 최대규모의 복합쇼핑몰인 하남유니온스퀘어의 건설사업이 본격화될 전망이다.

반면 하남시도시개발공사는 본 자금으로 오는 11월 말에 도래하는 위례지구 택지잔금 766억 원을 선납하여 약 4개월간의 할부이자 14억 원을 절감하게 되어 민간과 공공이 Win-Win하는 사례로 남게 되었다. 공사 관계자는 "공기업의 방만한 경영에 따른 과다한 부채가 연일 문제되는 요즘, 택지대금 선납으로 금융비용을 절감할 수 있어 기쁘다"고 밝히면서 "사업의 성공을 위한 하남시, ㈜하남유니온스퀘어와의 긴밀한 협조가 있었기에 가능한 일이다"고 강조했다.

하남시는 본사업의 추진을 위해 시 개발사업단장을 위원장으로 하고

시 관계부서, 하남시도시개발공사, ㈜하남유니온스퀘어 관계자로 지원협의회를 구성하고 정기적 협의를 통해 본사업의 추진에 총력을 쏟고 있다.

오는 10월 착공하여 2016년 상반기 오픈할 예정이 하남유니온스퀘어는 국내 최대의 복합쇼핑몰로 경기도, 하남시, ㈜신세계, 터브먼 社가 공동으로 8억 6,000만 달러(외국인 직접 투자금 2억 5,000만 달러 포함)를 투자·유치하여 각종 언론에 주목을 받았고 연면적 442,580㎡(약 134,000평)에 프리미엄 백화점, 시네마파크와 공연 및 관람·전시시설 등이 마련될 예정으로 약 1만 6,000여 명의 고용창출이 예상되며 유동인구 증가, 파생수요 확대에 따른 경제유발효과는 2조 원 이상이 될 것으로 추정되고 있다.

하남시도시개발공사는 하남유니온스퀘어가 건설될 지역현안2지구 부지조성공사를 지난해 12월에 착공하여 2014년 12월 완료할 예정이다.

이런 보도 자료들만 보면 아무런 어려움 없이 스타필드 하남 공사가 진행된 것 같다. 하지만 앞서 밝힌 바와 같이 그 일을 추진하는 과정에서의 어려움이라는 것은 이루 말할 수 없을 정도로 나를 힘들게 했다. 그러나 어차피 내가 우리 하남을 위해서 시작한 일이니 내가 끝을 맺어야 한다는 생각으로 나는 최선을 다해서 발로 뛰면서 머리로 생각하는 시간을 보냈다. 내가 우리 하남과 시민들을 위해서 낸 도전장이나 마찬가지인 만큼 일에 대한 도전이자 나 자신에 대한 도전이기도 했다. 당연히 해야만 할 일이라고 생각하고 일을 성취하는 것에만 몰두했지 나머지 가능, 불

가능이나 그로 인해서 내가 감수해야 할 어려움 등은 생각하지 않았다. 다만 일을 성취하기 위해서 끊임없이 주변의 의견을 청취하면서 건축법 이나 기타 필요한 부분에 대해서는 밤을 지새워 가며 공부를 해서 지식 을 습득했다. 당시의 나는 도시공사 사장으로 재직하는 중이었기에, 토 목이나 건축법 등에 대한 기본 지식은 가지고 있었지만 세부적인 것에 대해서는 자세히 알지 못했던 터였다. 하지만 일을 추진하기 위해서는 반 드시 알아야 할 것들이 많았고, 나는 그 지식들을 습득하기 위해서 퇴근 후 나에게 주어진 시간을 아낌없이 투자했던 것이다.

물론 내가 도시공사 사장으로 재임하는 중에 스타필드 하남이 완공되 는 모습을 보기는 힘들 것이라는 점은 나도 이미 감지하고 있던 일이다. 그러나 그 사업이 성공리에 이루어지도록 마무리하는 것까지는 내 재임 기간 중에 내가 할 일이다. 내가 스타필드 하남의 사업을 성공리에 마무 리할 수 있는 기반을 마련해 놓고 퇴임할 수 있던 것은, 내 재임 기간 중 에 내가 해야 한다는 책임 의식과 노력해서 안 되는 일이 없다는 신념과 우리 하남을 살기 좋은 고장으로 만들어야 한다는 목적이 있었기에 최 선을 다해서 노력했고, 그 노력이 어려움을 극복하고 성공리에 일을 마 무리하는 원동력이 되었다고 생각한다.

드디어 2013년 10월 28일 스타필드 하남 기공식이 열렸다. 기공식이 열리던 날 나는 하남의 랜드마크가 하나 생긴다는 마음에 기쁘기도 했 지만 스타필드 하남이 준공되면 행여 손해를 보게 될 수도 있는 일부 소 상공인들을 생각하면서 미안하고 죄송한 마음이 들었다. 틀을 마련하여 하남시가 발전할 수 있는 계기를 만들어야 한다는 생각으로 일을 추진하면서도 늘 마음에 걸렸던 소상공인들에게는 무언가의 길을 열어 드려야 한다는 생각이 들었던 것이다. 그리고 그분들에게도 큰 손해를 보지 않도록 하는 조치가 반드시 뒤따르도록 노력할 것이라는 각오를 하면서 스스로를 위로했다. 아니, 단순히 스스로를 위로한 것에서 그치지 않고 반드시 이 사업으로 인해서 피해를 보는 시민들을 위한 대책이 마련되어야 한다고 몇 번인가를 다짐했다.

나는 이 사업을 통해서 하남이 한 걸음 더 앞으로 나갈 수 있다고 자신했기에 일을 추진하고 결실을 본 것이 사실이다. 하지만 나 자신은 물론 일부에서 시민들이 우려하는 것처럼 재래시장을 위축시키는 등의 단점도 있을 수 있다는 것을 결코 잊은 적이 없다. 다만 커다란 틀을 마련하여 발전이라는 기치를 세우고, 그 틀 안에는 반드시 소외되는 이들을 위한 제도적인 보장을 포함해야 한다는 생각만은 변함이 없었다. 시민 모두가 행복하기 위해서 벌이는 것이 바로 발전이라는 사업인데 그것 때문에 소외되는 분들이 있어서는 안 된다는 것이다. 특히 생존권이 걸려 있는 소상공인들이라면 더더욱 그렇다. 그래서 나는 스타필드 하남으로 인해서 직접적인 피해를 보는 소상공인들을 위해서, 하남에 건설되고 있는 지하철 5호선에 스타필드 하남과 연계하는 지하상가를 건설하여 그들에게 우선적으로 분양을 해 주면 어떨까 하는 생각까지 하게 되었다.
어떤 일을 추진함에 있어서 닥칠 일에 두려움을 가진다면 아무것도 추진할 수가 없다. 처음에 하남에 스타필드 하남이 들어설 때, 스타필드 하남에서 창출될 수 있는 고용을 통한 하남시민들의 이익이 더 크다는 평가가 있었기 때문에 일을 시작했던 것이다. 단순히 머릿속으로 암산을 한 것이 아니라 실제 여러 가지 통계와 경제적인 방식을 통한 산출에 의해서 이익이라는 결론을 내리고 유치한 것이고, 지금도 하남시 전체에게는 이익이 되는 것으로 확신하고 있다.

하지만 시 전체를 위해서 주변의 소상공인들이 손해를 보거나 생계가 막막하다는 표현을 하는데도 모르는 척한다면 그 역시 잘못된 일이다. 정말 최선책을 강구하기 위해서 대책을 만들어야 한다. 그렇다고 내가 제시한, 지하상가 건설로 인한 고용 창출 수익증대 방안이 꼭 옳다는 것은 아니다. 더 좋은 방안이 있다면 당연히 그리 해야 할 일이지만, 요즈음 내가 하남의 앞날을 생각하며 그 대책을 구상하던 중에, 같이 하남을 걱정하는 경제적, 환경적 전문 지식을 가진 주변 분들은 물론 실제 대규모 유통업에 종사하는 분들, 마케팅을 전문으로 하는 전문가들과도 상의하면서 여러 가지 검토를 해 본 결과 그런 방법이 있다는 것을 제안하는 것일 뿐이다.

짧게나마 한 가지 더 제안하자면, 앞서 밝힌 바와 같이 스타필드 하남에 찾아오는 고객들에는 하남시민보다는 외부에서 오는 분들이 더 많다. 그렇다면 단순한 쇼핑이 아니라 놀거리, 먹을거리가 있는 주변 환경을 조성하는 것도 깊이 생각해 볼 일이다.

더 큰 이익을 위해서라면 작은 이익은 버려야 한다는 밀어붙이기식의 경제 논리는 이제 끝났다. 모두가 함께 잘 살 수 있는 더불어 가는 공동체 의식을 가지고 시민 모두의 행복을 위해서라면, 우리 모두가 서로 머리를 맞대고 연구하고 검토해서 반드시 실행하려는 의지가 무엇보다 중요하다는 것을 덧붙이고 싶다.

내가 도시공사 사장 재직시절 스타필드 하남을 성공적으로 유치해서 기공식을 하고, 비록 내 재임 중에 완공을 한 것은 아니지만 지금 하남에 많은 세수를 창출하고 하남시민들의 고용 창출과 이익 증대에 상당한 부분을 기여하고 있다는 이야기를 한 것은 자랑을 하고자 한 것이 아니다.

머리로만 생각하지 말고 행동으로 도전하면 무언가 반드시 그 결실을 맺을 것이라는 실례를 들어주기 위한 것일 뿐이다.

인간의 삶이라는 것은 내가 겪었던 일만을 경험이라고 하는 것이 아니다. 주변의 이웃들이 겪은 일이나 그 사람들이 행한 일에서 배우고 익히며, 용기를 얻는 것이 바로 인간의 삶이다. 우리 삶의 가장 큰 스승은 바로 이웃 안에 있다는 것을 잊어서는 안 된다.

그런 철학을 갖고 있는 나로서는 요즈음 국내 대학과 손을 잡고 성공리에 AMP 과정을 수행하고 있는 샌프란시스코 주립대학 이야기를 듣고 우리 하남에 그 대학을 유치하기 위해서 여러 가지로 방법을 모색하고 있다. 나 역시 서울외대 석좌교수이며 AMP 과정 책임 지도교수로 많은 수료자를 배출했고, 또한 지금도 진행하고 있기에 평생교육의 중요성을 인식하고 있다. 하지만 단순히 평생교육이라는 틀에 얽매일 이유는 없다. 좋은 것을 마주하는 순간 확장할 수 있으면 얼마든지 확장하는 것이 현명한 처사다. 지금 미국의 많은 대학이 외국에 현지 캠퍼스를 열고 있다. 그런 현실을 응용할 수 있는 방법을 강구해서 우리 학생들이 폭넓게 공부할 수 있는 기회 역시 함께 제공하면 된다. 평생교육을 실시하는 것은 그것대로 진행하면서, 더 확장할 수 있으면 해 보자는 것이다.

그런 생각이 들자 일단은 우리 하남에 샌프란시스코 주립대학을 유치하는 일을 추진해 보기로 했다. 고등학교를 졸업하자마자 유학 가는 것이 아니라 샌프란시스코 주립대학 하남캠퍼스에서 1, 2학년을 마치고 3, 4학년을 샌프란시스코로 가서 현지 학생들과 함께 동일하게 수업하는 방법이다. 1, 2학년 수업은 샌프란시스코 캠퍼스에서 파견된 교수들과 샌프란시스코 주립대학이 이곳에서 채용한 교수들이 함께 강의한다. 필자는 그런 방법을 제안하고 여러 경로를 통해서 접근하여 유치 협상을 진행하는 중이다.

또한 주립대학 유치라는 한가지에만 얽매일 것이 아니라 도전 정신으로 또 다른 새로운 방법도 모색하고 있다. 국내에서 고등학교 1학년을 마치고 시애틀에서 2년 동안 2, 3학년 과정을 마치면서 고등학교 졸업과 동시에 칼리지 졸업장을 받아 4년제 대학에 편입하는 방법도 있다는 것을 알게 되어, 그 학교를 우리 하남시에 유치하기 위해서 다각도로 접촉하고 있다. 최선의 노력을 다해서 이런 방법이 성공한다면, 그야말로 교육 하남이라는 이름이 부끄럽지 않을 뿐만 아니라 강남 위에 하남으로 우뚝 설 것임은 더 말할 나위도 없다고 확신한다.

물론 필자가 제시한 두 가지 방법 이외에도 더 좋고 합리적인 과정이 있어서 배우고자 하는 이들이 배움의 길을 더 쉽게 걸을 수 있다면 그 방법을 택하고 유치 노력을 기울이는 것에도 게을리하지 않을 자신이 있다. 다만 이 모든 것이 말처럼 쉽게 이루어지는 것은 아니다. 여러 가지 정보를 입수한 후에는 그 정보가 옳은 것인지를 분석하고, 분석된 정보에 의해서 접근할 방법을 모색하고, 사람을 만나서 서로 신뢰할 수 있는 대화의 분위기를 조성하기까지의 과정이 단순하지만은 않다. 하지만 모든 것을 있는 그대로 솔직하게 말하고 교육에 대한 진실한 열정으로 다가가면, 그 진실을 알게 되는 순간 상대방도 인정해 준다. 물론 좋은 결과를 내야 모든 보람을 얻을 수 있겠지만, 열심히 노력하면 반드시 좋은 결과가 오리라는 확신을 가지고 임하는 것이다.

그뿐만이 아니다. 우리 하남 시민들이 여가를 즐기는 것은 물론 발만 내디디면 마주하게 되는 서울 시민을 비롯한 근방의 다른 도시 시민들까지 여가를 즐기기 위해서 하남으로 오도록 만들어 관광 수익을 창출하기 위해서도 다각도로 구상하고 연구했다. 그중 하나가 바로 필자의 두 번째 책인 『은방울꽃』에 수록한 유럽 마을이다.

유럽 마을은 제주도의 스위스마을이라는 신개념의 수익형 휴양민박단지를 벤치마킹한 것을 기본으로 설계해 봤다. 스위스마을은 주거와 경제 활동의 새로운 패러다임을 제공한다는 슬로건으로 소유자 모두가 협동조합원이 되어 함께 운영하고 함께 만들어 가는 주거 공동체다. 스위스 건축가가 직접 디자인 설계한 유럽스타일의 테마 마을로서 골목의 낭만과 자연의 여유까지 디자인에 담았다고 한다. 각각의 독립된 화단과 텃밭 조성을 기반으로, 건축과 자연의 조화를 추구한 단지 및 조경계획을 통해서 그 안에서 안락한 전원의 삶을 영위할 수 있도록 한다. 그리고 마을의 중심에 축제 광장을 만든다. 유럽의 작은 마을에서 느낄 수 있는 평온함 속에서 휴식과 여유를 즐길 수 있도록 축제 광장을 조성하여 마을의 중심공간을 특화 시킨다는 것이다. 또한, 단지 내 오솔길을 만든다. 단지 외곽을 따라 산책로를 마련하고 공기의 흐름을 거스르지 않는 배치와 동선 설계를 통해 자연이 주는 즐거움과 건축의 쾌적함을 극대화하는 것이다. 이런 과정을 통해서 "같이" 누리는 가치를 창조한다. 일반 타운하우스와는 달리, 함께 모여 있는 단지 배치와 커뮤니티 센터를 마련해 더불어 사는 마을, 사람냄새 나는 공동체의 이미지를 구현한다는 것이다.

그러나 스위스마을은 단순히 모여서 즐기고 힐링하는 공동체만은 아니다. 수익을 창출하는 구조를 갖추고 있기에 더 가치가 있다.

건축은 모두가 삼층인데 건물의 색깔은 형형색색이다. 외형은 유럽, 그중에서도 스위스의 마을 하나를 옮겨 놓은 것 같다. 1층은 명품관을 필두로 한 쇼핑몰이고, 2, 3층은 게스트하우스이다. 그중에서 3층은 투자자가 거주하려면 입주하면 된다. 다만 투자자가 그곳에 거주하지 않고 휴양지나 별장으로 이용하고자 한다면 그가 이용하지 않는 기간은 임대하여 그 수익을 취하는 것이다. 이것은 내가 그곳에 거주한다면 상가 등을 이용해 내 할 일을 평생 하면서 여유롭게 생을 즐기자는 취지이고, 만일 내가 그곳에 거주하지 않는다면 임대수익을 통해 은퇴 후에도 여유로운 생활을 하자는 것이다.

미사섬이 지금처럼 식당 위주의 섬으로 남는 것보다는, 설령 제주의 스위스마을과 똑같은 방식이 아니라도, 1층에는 상가를 두어서 명품관을 비롯한 여러 쇼핑몰을 통해서 고객을 유치하고, 2, 3층에는 가족이나 혹은 단체별로 숙박을 할 수 있는 주거 공간으로 계획되어 개발되는 것은 물론, 섬 한가운데에서는 각종 공연을 비롯한 문화행사를 할 수 있는 터도 마련된다면 더할 나위 없는 4계절 전천후 휴양주거단지가 될 것이다. 그것은 현재 운영되고 있는 미사섬의 식당 활성화는 물론 우리 하남시민들에게 이익 극대화를 창출해 주고, 시 재정에는 세수에 보탬이 됨으로써 50만 자족도시를 만드는 데 일조할 것이다. 거기다가 시민의 품으로 돌아와야 하는 경정장에서 문화·예술 공연을 즐기는 값을 더한다면 문화예술의 50만 자족도시 하남으로 거듭 나는 데 무리가 없을 것이라는 생각이다.

한 가지만 더 하자면, 바로 4차 산업 기업의 유치다. 필자는 지금도 다각도로 국내는 물론 외국의 사례를 입수하여 전문가들과 함께 분석하고, 검토하고, 연구하고 있다. 물론 단순히 연구하는 데 그치지 않고 실제로 가능성을 타진해 보기도 한다. 물론 현재 필자의 입장에서는 타진해 보는 것으로 그 결과를 말하기에는 성급한 감이 있지만, 하고자 한다면 국내 기업은 물론 외국 기업도 가능한 것으로 조사되고 있다. 4차 산업의 기업들이 IT 산업, 플랫폼 사업, 스마트팜 등 대개가 무공해 산업이면서도 효율은 극대화할 수 있는 사업이라는 점을 감안한다면 반드시 유치해야 한다. 기업을 유치하여 시민들의 일자리를 창출하는 것이 자족도시 하남을 건설하는 필수 조건 중 하나라는 것을 생각하면 반드시 해야 할 일임에 틀림이 없고, 하고자 하는 신념을 가지고 노력한다면 이루어진다고 확신한다.

도전하라.
망설이기만 하면 아무것도 못한다.

그리고 넘어져도 아파하지 마라.

넘어져 아픈 만큼 인생은 더 성숙해진다는 것을 잊어서는 안 된다. 그러나 넘어질 것을 미리 생각해서는 결코 안 된다. 넘어지지 않게 최선을 다하고 후회 없이 노력한다면 넘어지더라도 그만큼 성숙해진다는 것이다.

그리고 그 아픔은 인생의 귀중한 자료로 남을 것이다.

설령 그 방면에서 성공하지 못하고 다른 방향으로 삶의 방향을 튼다고 해도, 그곳에서 넘어졌던 그 상처는 경험이라는 가장 고귀한 배움으로 남을 것이다. 다만 똑같은 아픔을 겪지 않기 위해서 항상 자신을 담금질하는 것을 잊어서는 안 된다.

도전하라.

바로 지금이 그 순간이다.

망설임은 인생에 아무것도 가져다줄 수 없다.

도전하지 않으면 결과도 없다.

오직 도전만이 결과를 갖게 해 준다.

도전해 보지도 않고 후회하지 말라. 도전해서 최선을 다해 노력했으면 실패할지라도 인생은 그만큼 더 성숙해지는 것이다.

해 보지도 않고 하지 않았던 것을 후회하는 것 보다는 해 보고 비록 실패할지라도 그 실패를 경험 삼아 새로운 일에 또 도전하는 것이 낫다. 그것이 바로 삶이라는 것임을 잊어서는 안 된다.

가장 아름다운 것은 도전해서 반드시 성공하는 것임을 잊어서는 정말 안 된다.

시민이 주인인 생태도시 하남

그리스 아테네 신전에 적혀 있던 비문 "너 자신을 알라"라는 문구를 전파함으로써 우리에게 잘 알려져 있는 그리스 석학 소크라테스가 제자들과 아테네 외곽으로 소풍을 나갔다. 아름다운 자연을 본 소크라테스는 자신도 모르게 감탄했다.

"참 아름답구나."

그러자 제자 중 한 사람인 플라톤이 물었다.

"스승님. 이 경치를 처음 보십니까?"

"그렇소. 내 학문은 사람들 사이에서 생각하고 발전하며 응용되지, 자연에 있지 않다고 생각했었소. 그런데 그것도 아닌 것 같구려."

그날 소크라테스가 무슨 생각을 해서 이런 말을 했는지 정확히 알 수는 없지만, 사람이 살아나가는 여러 가지가 아름다운 자연으로부터 온다고 생각했을 수도 있다. 그러기에 자신의 학문은 사람에게만 필요하다고 생각했는데 그게 아니라 자연과 사람이 벗하는 것이 더 중요하다는 의미로 말했을 수도 있다.

우리는 창조주가 인류를 영장으로 창조하신 이유가 동식물 모두를 지배하라고 하신 것이 아니라 동식물 모두인 자연을 보호하라고 하신 것이라고 알고 있다. 이야말로 환경이 인류의 삶이라는 명제와 일치하는 것이다.

필자는 일찍이 석사학위 취득 당시부터 환경의 중요성을 인식했다. 단순히 중요성을 인식했을 뿐만 아니라 내 고향이자 영원히 함께해야 할 하남이 환경의 손상 없는 자연 생태도시로 발전해야 한다는 기본 관념으로 꾸준히 연구하고 공부했다. 그런 필자의 노력은 환경 도시 하남을 가꿔나가야 한다는 필자의 한양대학교 지역개발학과 석사학위논문 「생태도시 추진 전략 및 발전방안 연구-하남시의 사례를 중심으로-」에 잘 나타나 있고, 이 논문은 필자가 두 번째로 발간한 책 『은방울꽃』에 요약해서 소개했다.

이미 서문에서 기술한 바가 있지만, 필자는 하남에서 태어나 군 복무 기간을 제외하고는 하남을 떠나서 생활한 적이 없다. 고등학교 시절 취곡(덕풍동) 4H 회장으로 봉사하기 시작하면서, 86아시안게임 자원봉사, 88서울올림픽 자원봉사, 하남시의회 3선 의원과 의장 등 하남시민과 함께하며 봉사한 시간이 40여 년이다. 그리고 아직도 봉사에 목말라 언제든 필자가 필요한 곳이라면 봉사할 수 있도록 사회복지사 1급, 평생교육사 2급 자격증을 준비해 놓고 있다.

그동안 필자는 끊임없이 하남의 발전을 연구하고 이웃들과 공유하면서 토론하고 발전시켜 더 좋은 결과를 도출하기 위해서 노력했다. 그러면서 항상 생각해 온 것이 하남시를 정말 행복한 도시로 만들기 위해서는 수장인 시장이 정치인이 아니라 도시관리 경험이 있는 사람으로 시민 편의를 위한 수단이 될 수 있는 사람이어야 한다는 것이다. 사람이 수단이 된다는 말이 어폐가 있다고 할 수도 있지만, 적어도 시장은 시민들의 행복을 추구하기 위한 도구로 활용되어야 한다는 것이다. 시장이 도구로 활용된다면 시 공무원 모두가 시민을 위한 도구가 되기를 자처할 것이고, 그렇게만 된다면 시정 자체가 시민을 위해서 움직이는 도구가 되어 관과 민이 함께 하남을 행복한 도시로 만들어 나갈 수 있다는 지론을 갖고 있다.

필자는 하남도시공사 5, 6대 사장으로 재직하던 시절, 매년 시행하는 공기업 평가에서 하위를 면하지 못하던 하남도시공사(당시에는 하남도시개발공사)를 최고 공기업으로 발전시켰다. 위례신도시 롯데캐슬 아파트 1673세대를 건설하고, 현안1지구 사업으로 47,000평에 대우힐즈파크와 지식산업센터(한국자동차부품단지 유치)를 조성했으며, 현안2지구 사업으로 172,000평에 아이에스동서 아파트, 대명건설 아파트, 호반건설 아파트 3개 단지 건설과 더불어 하남시 랜드마크인 스타필드 하남까지 조성하는 데 한 치의 오차도 없이 완성해 내기 위해서 밤낮으로 연구하고 행동한 결과 하남시민의 자긍심을 높였다. 10여 년 전부터 하남발전민주연구소 이사장으로서 인구 50만으로 성장할 하남이 바로 인접한 서울의 베드타운이 아니라 자족도시의 기능을 갖춘 도시로 발전할 수 있는 방안을 연구하고 개발하기 위해서 강남 위에 하남이라는 슬로건을 내걸고 노력했다. 그러한 필자의 연구 결과들 역시 두 번째 책 『은방울꽃』의 「강남 위에 하남」에 발표하기도 했다. 우리가 흔히 강남이라고 하면 높은 소득 수준, 교육특구, 문화예술을 누리고 있다고 생각하는데 그런 강남보다 살기 좋은 하남으로 발전시키는 것이 하남 토박이인 필자의 꿈이자 소망이었다.

황포돛배에 몸을 싣고 백제문화예술제를 즐기면서 미사섬과 시민의 품으로 돌아온 경정장에서 다채로운 공연과 함께 문화예술을 누리는 행복한 시민을 만나고 싶다.

시민 편의시설과 미래 먹거리인 제4차 산업혁명의 기업 유치로 일자리 창출을 통해 경제적으로 풍부한 잘사는 시민들과 이웃하고 싶다.

평생교육으로 평등한 교육 기회 확대와 교육의 질을 높이기 위한 예산지원, 미국의 샌프란시스코 주립대학 Korea 캠퍼스 유치로 교육특구를 선포하여 배우고 싶은 이들은 누구든지 연구하고 탐구하러 오는 하남이 되게 하고 싶다.

자연 친화적이고 지속 가능한 개발로 환경 도시 강남 위에 하남을 건설하고 싶은 것이 필자의 소망이며, 반드시 그렇게 만들기 위해서 지금도 끊임없이 연구하고 이웃의 의견도 경청하면서 노력하고 있다. 서울외대 AMP 인문 과정 석좌 교수로 있으면서, 그동안의 행정 경험과 개발 경험의 철학을 바탕으로 CEO들을 위한 제4차 산업혁명과 부동산개발과정을 운영하며 꾸준히 새롭게 거듭나고 있다.

도전하라.

미사섬과 시민의 품으로 돌아온 경정장에서 문화예술을 즐기는 문화 하남.
제4차 산업혁명 기업 유치로 잘사는 경제 하남.
평등한 교육 기회 확대와 특색 있는 교육 하남.

문화예술이 풍부하고 잘사는 교육도시, 강남 위에 하남은 꿈이 아니라 반드시 건설해야 할 우리의 소명이다.